Disney
Pirates des Caraïbes
Jusqu'au bout du monde

Disney

Pirates des Caraïbes

Jusqu'au bout du monde

Adapté par Katherine Quenot
D'après un scénario de Ted Elliott & Terry Rossio
D'après les personnages créés par
Ted Elliott & Terry Rossio et Stuart Beattie et Jay Wolpert
D'après « Pirates des Caraïbes » de Walt Disney
Produit par Jerry Bruckheimer – Réalisé par Gore Verbinski

HACHETTE
Jeunesse

À mon ami Dominique,
pirate à ses heures, merci.

K. Quenot

Prologue

Tout est fini. Le capitaine Jack Sparrow n'est plus... Élisabeth, Will, Gibbs, Cotton, Marty, Pintel et Ragetti ont vu de leurs propres yeux le Black Pearl *enlacé par les tentacules gigantesques du Kraken qui l'emportait, lui et son capitaine, pour un dernier voyage jusqu'au Bas-Fond de Davy Jones, d'où l'on ne sort que le jour où l'Éternité tout entière se sera écoulée.*

Tout est vraiment fini, puisque James Norrington, le commodore déchu, a réussi à s'emparer du cœur de Davy Jones, enfermé dans un coffret, et est allé l'offrir à James Cutler Beckett en échange de sa réintégration triomphale dans la Marine Royale. En possession de ce cœur toujours battant, et plus que jamais décidé à exterminer les pirates pour le compte de la puissante Compagnie des Indes, Lord Cutler Beckett est devenu le maître de Davy Jones et surtout de son navire sorti tout droit de l'enfer : le Hollandais Volant, *terreur des océans...*

Tremblez, pirates ! Votre dernière heure serait-elle venue ? Le monde libre et dangereux des pirates est-il condamné à disparaître, maintenant que Jack Sparrow n'est plus là pour le défendre ? Élisabeth, Will, Gibbs, Marty, Cotton, Pintel et son acolyte Ragetti : vous êtes tous là, réunis dans l'antre mystérieux de Tia Dalma, la sorcière des bayous au sourire envoûtant. Tandis qu'elle vous sert du rhum chaud pour vous réconforter, son regard plonge au plus profond des désirs de chacun d'entre vous.

– Si on pouvait faire quoi que ce soit pour le ramener..., commence Will en regardant Élisabeth, dont les yeux sont rougis par les larmes et les joues creusées de chagrin.

– Le feriez-vous ? lance Tia Dalma, les yeux étincelants. Que feriez-vous ? Jusqu'où iriez-vous ? Navigueriez-vous jusqu'aux confins de la terre et même au-delà ?

Elle les regarde tous à leur tour dans les yeux. Et tous, l'un après l'autre, répondent gravement, sans l'ombre d'une hésitation, qu'ils sont prêts. Prêts à tout pour retrouver Jack et le Black Pearl*, qui est le seul navire capable de se mesurer avec le* Hollandais Volant.

– Très bien ! répond Tia Dalma, avec un sourire resplendissant. Mais pour vaincre les écueils hantés et surnaturels que vous rencontrerez aux confins de la terre, il vous faut un capitaine qui connaît ces eaux-là !

Elle fait un signe et on entend alors un pas descendre des marches. Stupéfait, l'équipage du Black Pearl *voit sortir de l'ombre le pire ennemi du capitaine Jack Sparrow, celui-là même qui s'était jadis emparé de son bateau, avant de l'abandonner sur une île déserte à une mort certaine : Barbossa, que Jack avait finalement réussi à occire dans la grotte sous-marine de l'île de la Muerta. C'est bien lui, le capitaine Barbossa en personne, revenu d'entre les morts, son petit singe sur l'épaule et mordant avec délectation dans une pomme juteuse...*

– Alors, mes braves, dites-moi, mon navire, qu'en avez-vous fait ? s'exclame-t-il en éclatant d'un rire triomphal...

1

Cinq mille pirates écumaient les mers des Caraïbes : c'était le nombre officiel avancé par la Marine Royale à cette époque d'exploitation impitoyable du Nouveau Monde par la Couronne britannique.

« Cinq mille pirates de trop », déclarait à qui voulait l'entendre Lord Cutler Beckett, le directeur de la plus puissante organisation commerciale du monde : la Compagnie des Indes. Et aujourd'hui, il pouvait être content de lui car, dans quelques minutes, dix pirates allaient se balancer au bout d'une corde.

Le projet d'éradiquer la piraterie ne datait pas d'hier. Mais lorsque les habitants de l'ancien monde avaient découvert les richesses du continent américain, ces hors-la-loi leur avaient été bien utiles pour harceler à leur place les navires des nations rivales à bien meilleur coût que si elles avaient engagé leurs flottes nationales. On ne les appelait pas pirates, mais corsaires. On leur offrait des lettres de course et leur activité était légale. La reine Élisabeth Ire d'Angleterre avait encouragé le navigateur Francis Drake à piller les navires espagnols lors de ses voyages en lui offrant officiellement une part sur les prises...

Mais désormais, corsaires ou pirates n'étaient plus que du gibier de potence. Les flibustiers avaient fait leur temps. Par le traité de Madrid, l'Espagne et la Grande-Bretagne avaient légitimé leurs possessions respectives dans les Caraïbes et décidé d'un commun accord de mettre fin à la piraterie qui gênait leurs opérations lucratives. On allait enfin traiter entre gens civilisés et les soldats de fortune des temps héroïques troublaient l'ordre de ce monde en gestation. Le commerce : telle était la nouvelle religion. L'exploitation et la production effrénées apportaient tout ce dont on ne pouvait plus se passer désormais : soie, épices, argent, or et émeraudes et même la marchandise humaine, amenée d'Afrique pour travailler dans les mines et les champs, à la place des Amérindiens que la colonisation espagnole avait presque anéantis en apportant dans ses bagages des maladies inconnues. Le produit des récoltes et les richesses extraites des sous-sols partaient vers le continent européen et le bénéfice réalisé servait à se procurer de nouveaux esclaves, toujours plus nombreux. C'est ce qu'on appelait le commerce triangulaire. De cette manière, la boucle de l'exploitation était bouclée... comme les chaînes de ces millions de Noirs africains, arrachés à leurs pays et marqués au fer comme du bétail.

– Dix de moins ! se répéta avec satisfaction Lord Cutler Beckett, revêtu de son uniforme impeccable, en rejoignant la cour intérieure de Fort Charles, tout en contemplant les dix cordes de chanvre suspendues aux dix potences, qui se dressaient sur une haute estrade, bien en vue de tous.

Il regarda autour de lui. Il y avait foule, comme d'habitude pour une pendaison. Dix d'un coup, ça valait le déplacement...

Mais, contrairement à l'habitude, toutefois, on ne distinguait guère de visage réjoui dans la foule qui s'était réunie pour assister au spectacle. Pas de cris : le silence. Et même des yeux rougis, des larmes. Les cœurs étaient serrés à l'idée de ce qu'on allait faire à ces pauvres bougres qui ne cherchaient, somme toute, qu'à survivre dans un monde où ils n'avaient plus leur place.

Cinq mille pirates, peut-être, mais seuls contre tous à présent. On pendait, on expulsait, l'ordre devait régner. En Jamaïque, on pendait. Ailleurs, dans les mers de Chine, on décapitait. Trente-trois pirates en quarante-cinq minutes : tel était le genre de record dont les bourreaux s'enorgueillissaient. Avec, pour bien faire passer le message, les têtes qui restaient exposées pendant plusieurs semaines, comme ce serait le cas pour les futurs pendus de Fort Charles, sortes d'enseignes publicitaires pour avertir le navigateur de passage qu'il avait intérêt à bien choisir son camp. Les tambours commencèrent à rouler au moment où le directeur de la Compagnie des Indes alla prendre sa place sur les gradins avec les autres officiers, en compagnie de son assistant, le fidèle Mercer, assassin à ses heures. Leurs roulements résonnaient entre les murailles de Fort Charles, à l'endroit même où Jack Sparrow avait failli être pendu, jadis.

Le capitaine du *Black Pearl* avait échappé à son sort

mais, malheureusement, ce ne serait pas le cas de ces dix pirates, dont le plus jeune n'avait pas quinze ans. Eu égard à son âge, ce serait lui qui passerait à la trappe – à proprement parler – en premier. Au pied de l'estrade, la foule des habitants de Port Royal mit ses mains en visière. Leurs regards allaient du jeune mousse que l'on conduisait maintenant à la potence, à ses camarades qui attendaient en file derrière lui sous bonne garde et les pieds enchaînés.

Le grondement du tambour enflait sous les baguettes énergiques des fusiliers en uniformes rouges et blancs, chaussés de guêtres impeccablement cirés. Quel bel ordonnancement ! Les drapeaux de la Couronne flottaient fièrement et un peloton de soldats posté sur les créneaux du fort surveillait la scène, prêt à faire feu au moindre désordre.

« Tam-tam... Tam-tam-tam... Tam-tam... Tam-tam-tam... Tam-tam... »

Poussé par un geôlier au visage masqué d'une cagoule, le premier candidat à la mort gravit les marches de la potence. Puis, la longue litanie des chefs d'accusation commença, toujours sous les roulements de tambours :

– « La cour proclame que vous êtes condamné pour avoir commis des crimes contre la Couronne... Lesdits crimes étant divers et nombreux et de sinistre nature... Les plus insignes d'entre eux étant cités ci-après : contrebande, piraterie... »

Droit comme la justice, Beckett écoutait la succession des crimes nombreux et de sinistre nature, exactement comme s'il s'agissait de la succession des hauts faits de sainte nature qu'il avait accomplis. C'est grâce à lui que l'on se débarrassait de dix pirates aujourd'hui !

– « ... Pour ces crimes, vous êtes condamné à être pendu haut et court jusqu'à ce que mort s'ensuive. » Puisse Dieu avoir pitié de votre âme !

Les roulements de tambour s'accélérèrent. Maintenant, le condamné était debout sur la trappe. Ses mains liées par-devant, le bourreau prêt à intervenir à toute tentative de rébellion, le jeune homme contemplait le ciel à travers le nœud coulant. Il n'avait jamais senti aussi intensément la beauté du monde qu'en ces derniers instants... Le roulement de tambours cessa et, à ce signal, le garde encagoulé lui mit la corde autour du cou. C'est alors qu'une mélodie commença à se faire entendre parmi les rangs des pirates enchaînés. Juste un murmure. « Mmmmm... » Ce genre de mélodie que tout pirate chantonne en lui-même ou entonne avec les autres pour se donner du courage sur les mers déchaînées, quand il a trop faim, trop soif, quand la maladie le terrasse, ou quand sa famille lui manque trop...

À ce murmure, le temps fut comme suspendu. Que se passait-il ? Des condamnés à mort qui chantaient ? Chante-t-on quand on va mourir ? De qui se moquait-on ? Lord Cutler Beckett serrait les dents, furieux. Il voulut faire signe au bourreau de procéder sans plus tarder à l'exécution, quand le condamné à mort entonna le refrain du chant d'une voix haute et vibrante. Il ne murmurait pas. Il chantait ! De tout son cœur. La chanson joyeuse des pirates que même la mort ne peut faire taire !

Yo ho, tous ensemble, hissez haut les couleurs !

Haut hisse, voleurs et mendiants,
La mort ne nous prendra jamais !

Le jeune garçon ferma les yeux, attendant le choc final, puis comme rien ne venait encore, il reprit, encore plus fort :

Le roi et ses frères tirèrent la reine de son lit
Et l'enchaînèrent à ses propres os.

Alors, le pirate dont le tour venait juste après joignit sa voix à celle du jeune garçon :

La mer sera nôtre et, par Neptune,
Nous roulerons sur les vagues,
Libres comme le vent !

Le bourreau ne bougeait toujours pas. Ses mains étaient prises de tremblement. Il pouvait faire ce travail, à condition que rien ne vienne troubler le strict déroulement de la procédure.

Puis, une troisième voix se joignit à celles du jeune garçon et du condamné qui le suivrait, et bientôt tous les pirates se mirent à chanter :

Yo ho, tous ensemble, hissez haut les couleurs.
Haut hisse, voleurs et mendiants,
La mort ne nous prendra jamais !

Excédé, Beckett fit un signe de tête au juge, qui donna l'ordre au bourreau de remplir enfin son office.

À la voix de l'autorité qui fondait sur lui, le bourreau se reprit. Il ajusta la corde autour du cou du jeune garçon et poussa le levier qui commandait l'ouverture de la trappe. Avec un chuintement, elle céda sous le poids du condamné, qui tomba d'un seul coup. Pendu !

Aussitôt, le pirate suivant fut conduit à la corde. Cette fois, c'était un vieux bougre, un loup de mer qui avait tout vu, tout enduré, et finissait pourtant sa vie sans la moindre pièce de Huit en poche. Il écouta patiemment la litanie des accusations portées contre lui et monta sur l'échafaud. Derrière lui, les pirates chantaient. Une fois la corde au cou, presque triomphalement, le vieux pirate entonna seul le couplet suivant :

Il en est qui sont morts et d'autres qui vivent.
Et d'autres qui naviguent sur les mers
Avec les clefs de la prison et le diable à payer.
Nous nous étendrons sur les champs du vert paradis
Où le violon du Malin nous fera danser la gigue !

Et le chœur des pirates reprit le refrain, d'une voix qui gonflait d'instant en instant :

Yo ho, tous ensemble, hissez haut les couleurs.
Haut hisse, voleurs et mendiants,
La mort ne nous prendra jamais !

Mais à présent, le bourreau était habitué. Sans plus d'état d'âme, il mit la corde autour du cou du vieux pirate et une seconde plus tard, l'homme se balançait à côté du premier.

Il suffisait en réalité d'une seconde pour pendre un homme.

Contrairement au bourreau, Cutler Beckett se serait bien passé de toute cette cérémonie pour pouvoir exécuter les dix pirates en dix secondes.

Cinq mille pirates : cinq mille secondes. Moins de deux heures... C'était bien assez ! Il attendit patiemment, alors que le chant des pirates mourait peu à peu, perdant une voix à chaque nouvelle exécution. Le juge aussi avait l'air pressé d'en finir. Il énumérait les chefs d'accusation de plus en plus vite, après quoi le bourreau mettait la corde au cou du pirate suivant, tirait le levier et la corde se tendait net, interrompant le chant du pirate en pleine strophe.

Et ainsi de suite, de plus en plus vite.

Dix, neuf, huit, sept, six, cinq, quatre, trois, deux, un...

Lord Beckett sourit. Les dix pirates pendaient maintenant au bout de leurs cordes...

Loin, très loin d'ici, à Madagascar, un homme nommé Teague examinait une de ces pièces de Huit que le vieux pirate pendu n'avait pas réussi à obtenir de toute sa vie. Cet homme faisait partie de la grande communauté des Frères de la Côte, constituée des boucaniers et des flibustiers qui avaient trouvé refuge autour de l'île de Tortuga. Mais Teague était l'un des membres du Tribunal de la Confrérie des pirates – le gardien en personne du Code –, et il se serait bien passé d'avoir cette pièce de huit entre les mains. Car cette pièce, ainsi que la lettre qu'il venait de lire, signifiaient que les choses allaient mal. On savait que l'heure était grave : les dix cadavres étaient là pour en témoigner. Mais les pirates d'ici et d'ailleurs ne savaient pas encore à quel point...

2

Que les choses aillent mal ou très mal, il y avait pourtant quelqu'un qui ne perdait jamais courage : c'était Élisabeth Swann. Ce courage lui avait permis de sauver sa vie jusqu'à présent, et bien souvent aussi celle des autres. Ainsi, c'était grâce à son sang-froid que son fiancé, Will Turner, et les autres membres d'équipage du *Black Pearl*, avaient survécu au Kraken. En endormant le capitaine Sparrow par de belles paroles – dont on ne pouvait néanmoins pas dire qu'elles étaient réellement mensongères –, elle l'avait fait reculer jusqu'au mât de son bateau où elle l'avait à son insu attaché avec des menottes, tandis qu'elle l'embrassait à pleine bouche. Élisabeth ne savait pas exactement pourquoi elle n'avait pas tout avoué à Will, cet acte étant plutôt en son honneur...

Ce fut un long voyage pour se rendre de l'île de la Jamaïque jusqu'à Singapour, là où Tia Dalma leur avait expliqué que le véritable grand voyage commencerait. Ils embarquèrent à bord d'un cargo. Tout l'équipage de Jack était là, sans compter Tia Dalma et bien sûr Barbossa, flanqué de son abominable singe mort-vivant, toujours perché sur son épaule ou courant sur les haubans en piaillant comme un diable. Ils traversèrent l'océan Atlantique Nord, franchirent le cap de Bonne-Espérance, arrivèrent dans l'océan Indien puis, après être passés au large de Madagascar, coupèrent par le golfe du Bengale pour arriver en mer de Chine. Ils étaient parvenus enfin à la « ville du lion » : *Singapura*, autrement dit Singapour.

Les protagonistes de la coalition s'étaient déjà mis d'accord sur un plan d'action, où chacun avait son rôle. De sorte que le soir même, quand la nuit fut tombée, Élisabeth, le visage caché par un chapeau pointu qui lui tombait bas sur les yeux et vêtue d'une veste et d'un pantalon à la chinoise recouverts d'une grande cape à doublure, se retrouva sur une petite chaloupe à fond plat, en train d'avancer à l'aide d'une longue perche, entre les quais branlants et mal éclairés du port de Singapour.

La jeune femme avait un peu de mal à réaliser où elle se trouvait. Jamais elle n'avait vu de sa vie un port aussi important, avec ses centaines et ses centaines de jonques de toutes tailles – des petits sampans au dôme en bambou tressé, jusqu'aux puissantes jonques de haute mer avec leurs voiles lattées qui se déployaient comme des ailes membraneuses de chauve-souris. Jamais non plus elle n'avait vu un endroit aussi délabré, aussi sale, avec ces monticules d'ordures flottantes qui s'entassaient contre les pontons au rythme des marées : pire que Tortuga, le repaire bien connu des pirates des Caraïbes…

Pour se donner du courage, elle se mit à chanter. C'était la même chanson que celle qui était morte entre les lèvres des dix pirates pendus, à Port Royal, peu de temps auparavant.

Hissons haut les couleurs ! Haut hisse !

Et comme Élisabeth ne se trouvait pas suspendue à un gibet – même si elle devait craindre d'y finir un jour –, elle continua doucement sa chanson :

La cloche a été remontée de sa tombe marine,
Entendez-vous son chant sépulcral ?

Silencieusement, l'embarcation continua à se faufiler dans le labyrinthe des piliers à demi immergés qui soutenaient un assemblage de pontons et de passerelles reliant les quais entre eux, et sur lesquels était construit un enchevêtrement phénoménal de cabanes de bambou aux toits de paille. Toute une population vaquait là à des occupations mystérieuses, dont la contrebande devait être la principale. Beaucoup de pirates se cachaient sans doute en son sein et, bien qu'Élisabeth ait été fille de gouverneur et ait vécu dans le plus grand luxe en jouissant de tous les privilèges dus à son rang jusqu'à ses vingt ans, son cœur était désormais du côté de ces miséreux. À Singapour, la population de pêcheurs était bien obligée de trouver d'autres ressources à la saison des moussons, quand les pluies torrentielles balayaient le rivage et que le poisson se faisait rare. Les décapitations publiques qui se multipliaient ces temps-ci n'empêchaient pas les hommes de continuer à attaquer les navires impériaux pour nourrir leurs familles.

Élisabeth continua à progresser en direction de la haute tour en forme de pagode à toits étagés, qui constituait son repère. Oppressée par l'angoisse, elle continuait à chanter, tout en contemplant les miroitements de l'eau où les lampions rouges accrochés ici et là jetaient des reflets chatoyants. Elle passa devant une femme qui vidait des poissons, les bras plongés dans leurs entrailles jusqu'aux coudes, un artisan qui soufflait du verre sur un feu de charbon, et un jeune garçon, qui éclata de rire en entendant le cri poussé par Élisabeth quand il alluma sur son passage une fusée tournoyante qui projeta des étincelles sur la jeune femme.

De plus en plus tendue, Élisabeth redoubla d'effort sur sa perche pour atteindre aussi vite qu'elle le put la voie écartée qui conduisait vers son lieu de rendez-vous. Elle avait l'impression que mille yeux sournois la guettaient sous les chapeaux pointus, que les lampions suspendus dessinaient des sourires maléfiques sur les bas des visages, que les craquements des planches et des cabanes se multipliaient comme pour la menacer, et que les éclats de lumière qui jaillissaient parfois dans l'obscurité étaient ceux d'armes blanches qui allaient s'enfoncer dans son dos sans crier gare. Elle sauta sur le ponton avec un soulagement indicible.

– *Écoutez tous, prenez garde à la bourrasque !* chanta-t-elle d'une voix plus aguerrie.

Mal lui en prit. Soudain, elle aperçut des soldats de la Compagnie des Indes qui venaient dans sa direction. Mercer était parmi eux !

Se penchant sur l'anneau d'amarrage, Élisabeth se mit à resserrer le nœud de sa corde pour se donner une contenance. Elle priait intensément pour que les hommes n'aient pas entendu sa chanson : une chanson de pirates ! Mon Dieu, pourquoi avait-elle été si imprudente ? Mais à son grand soulagement, les hommes passèrent devant elle sans s'arrêter, puis s'éloignèrent. Élisabeth resta encore quelques instants accroupie, le cœur battant à tout rompre puis, peu à peu, elle se calma, tandis que reprenait le cours de ses pensées.

Que faisait donc Mercer ici ? Avait-il eu vent de leur projet ? Les avait-il suivis ? Ou était-ce pure coïncidence, puisque la Compagnie contrôlait maintenant la mer de Chine et Singapour ?

Tandis qu'elle se posait toutes ces questions, toujours accroupie et pensive, Élisabeth s'était remise à chanter machinalement :

Yo ho, serrons-nous les coudes.
Hissez haut les couleurs ! Haut hisse !

– *Hissons haut les couleurs ! Haut hisse !* se rajouta soudain à la sienne une voix masculine.

En une seconde, Élisabeth fut sur ses jambes. Trois Chinois armés jusqu'aux dents surgissaient de la grosse bouche d'égout qui se trouvait dans la ruelle aboutissant au ponton. Au milieu de ses deux acolytes, encore plus grand et plus imposant qu'eux avec ses muscles qui saillaient sous sa robe sombre, c'était le chef qui chantait, tout en se dirigeant à pas lents et mesurés vers Élisabeth. Celle-ci le regardait venir, partagée entre la crainte et le soulagement. Cet homme s'appelait Tai Huang et il devait les conduire à son chef, un des neuf Frères, le capitaine Sao Feng.

Mendiants et voleurs, jamais nous ne mourrons !

Arrivé devant la jeune femme, il se tut.

– Un chant bien dangereux à fredonner ! lâcha-t-il en dévisageant Élisabeth. Particulièrement pour une femme, ajouta-t-il. Et plus encore pour une femme seule !

La voix de Barbossa résonna à son tour.

– Qu'est-ce qui vous fait penser qu'elle est seule ?

Les deux gardes du corps firent volte-face, leur sabre prêt à jaillir du fourreau. Le vieux capitaine se tenait devant eux, les toisant d'un regard majestueux. Il était vêtu comme à son habitude de sa vieille redingote verdâtre et de son grand chapeau noir orné d'une plume de paon, le tout aussi défraîchi que leur propriétaire à la peau grêlée de petite vérole et à la barbe mal tenue.

– Tu es son protecteur ? lui lança Tai Huang en se retournant à son tour.

Élisabeth ne laissa pas passer cette occasion. D'un bond, elle sauta derrière le pirate, à qui elle mit son couteau sous la gorge.

– Qu'est-ce qui vous fait croire que j'ai besoin d'être protégée ? grinça-t-elle.

– Son maître nous attend, intervint Barbossa. Et une mort inopinée jetterait un léger froid sur notre réunion, ajouta-t-il en foudroyant Élisabeth du regard.

Celle-ci baissa son couteau, mais ne le rengaina pas. Tai Huang considéra le vieux pirate avec condescendance. Il lui faisait penser à ces portraits vieillots qui ornent les châteaux des pays européens.

– Vous êtes donc le capitaine Barbossa ! grogna-t-il.

– Tu l'as dit, lui-même en personne, répondit Barbossa. Et cette impertinente damoiselle est

Élisabeth Swann. Sao Feng nous a promis libre passage.

– Tant que ça lui conviendra ! répondit l'autre avec un sourire qui ressemblait plutôt à un rictus.

Dans un grand froissement de robes, le pirate se tourna pour les précéder, quand il se ravisa brusquement en leur faisant signe de s'arrêter. Des agents de la Compagnie des Indes traversaient la ruelle. Mais ils s'éloignèrent sans se soucier d'eux.

Quelques instants plus tard, le groupe se faufilait à l'intérieur de l'égout...

Décidément, les soldats de la Compagnie étaient partout. Mais il était facile d'échapper à leur attention, tant ils semblaient dénués de toute imagination. Jamais ces soldats nourris au lait de la discipline la plus stricte n'auraient imaginé que l'on puisse emprunter un égout puant, où ils saliraient leur bel uniforme, sans parler des rats, des araignées énormes et autres bêtes répugnantes comme des reptiles de vase, qui les frôleraient et pourraient même les mordre.

Deux de ces soldats exemplaires de la Compagnie des Indes patrouillaient non loin de là, sur un de ces nombreux ponts branlants qui enjambent les canaux et les voies d'eau de Singapour. Ils examinaient consciencieusement les environs pour voir s'il n'y avait rien d'anormal. Et ils ne virent rien d'anormal. Si les deux hommes s'étaient penchés au-dessus de la rambarde du pont, ils auraient estimé pareillement qu'il n'y avait rien d'anormal non plus. Et il est vrai qu'une file de noix de coco dérivant lentement sur l'eau, à la queue leu leu, comme une famille de canards, ce n'était pas quelque chose de forcément anormal. De toute façon, les noix de coco allaient bientôt être à l'abri en arrivant sous le pont. C'est à ce moment que l'une d'elle se souleva. C'était bien une noix de coco, mais elle avait été transformée en casque de camouflage pour les besoins de l'opération, avec deux petits cordons à nouer autour du cou. Sous ce casque, se trouvait Pintel. Puis, une autre noix de coco se souleva et apparut Ragetti, dont l'œil de bois tourna dans son orbite, tandis que l'autre furetait de tous côtés. Presque en même temps, les autres noix de coco se soulevèrent et découvrirent les visages rusés des autres comparses de l'équipage de Jack Sparrow : Gibbs, Cotton et Marty. Ils marchaient sous l'eau depuis un certain temps en levant de temps en temps leur nez pour aspirer un peu d'air, de gros ballots de toile huilée imperméable au bout des bras et une lime entre les dents. Sous le pont, se trouvait une grille métallique, assez large pour leur livrer passage, devant laquelle ils se mirent à attendre patiemment.

Quelques instants plus tard, une femme sortit de l'ombre et s'avança vers le pont. C'était une femme chinoise, du moins en avait-elle l'accoutrement, avec son chapeau en forme de toit de pagode, entouré d'un voile de gaz qui lui dissimulait complètement le visage. Elle poussait devant elle une carriole aux roues extrêmement grinçantes, sur laquelle était accumulé tout un bric-à-brac : cages d'oiseaux occupées par des canaris aux gazouillis assourdissants, flacons remplis de potions troubles, sacs de farine entassés par dizaines, le tout surmonté par un petit singe qui tournait la manivelle d'un orgue de Barbarie au crincrin insupportable. C'était cette carriole que les hommes de Gibbs attendaient. À elle seule, elle faisait plus de bruit qu'une escouade d'ivrognes : c'était bien ce qu'il fallait pour recouvrir le bruit de limes en action. Sans plus tarder, Gibbs et ses hommes s'attaquèrent à la grille métallique.

Ameutés par le tintamarre, les deux soldats de patrouille s'approchèrent de la carriole. Sous le pont, les hommes limaient et limaient, tandis que Jack – le singe de Barbossa – tournait et tournait la manivelle. Mais il s'interrompit un instant pour se gratter et la musique s'arrêta net. Tous les hommes s'arrêtèrent aussitôt de limer, sauf Ragetti, qui donna un malencontreux coup de lame supplémentaire...

Au-dessus, sur le quai, un des soldats se mit à examiner le macaque. Il l'obligea de la pointe de son sabre à se redresser, tandis que son acolyte enfonçait son sabre çа et là dans le bric-à-brac de la carriole. Rien ne semblait suspect.

– Vous n'avez pas le droit d'être là ! jeta le soldat, histoire de dire quelque chose.

La propriétaire de la carriole releva alors le voile qui recouvrait son chapeau. Le soldat tressaillit. La femme levait de grands yeux vides vers le ciel : elle était aveugle...

Puis, un sourire apparut sur sa bouche. Ce sourire était extrêmement reconnaissable, avec sa candeur et son charme, mais les deux soldats de la Compagnie n'avaient jamais eu le bonheur de le contempler : c'était celui de Tia Dalma.

– Ta mère a toujours su que c'était toi qui avais jeté

le linge dans le puits, déclara-t-elle de sa voix aux accents mélodieux.

– Qu'est-ce que... ? commença le garde, abasourdi. D'où... ?

– Mais elle te l'a pardonné, acheva Tia Dalma, péremptoire.

Le garde ouvrait de grands yeux. Son cœur battait très fort dans sa poitrine. Il n'avait jamais raconté cette anecdote à personne.

– Comment as-tu appris cela ? demanda-t-il à la femme d'une voix tremblante.

– Les canaris ! répondit Tia Dalma en désignant ses oiseaux qui piaillaient à qui mieux mieux dans leurs cages.

Elle leur souriait de toutes ses dents noirâtres. Les soldats reculèrent puis, après avoir échangé un bref regard de connivence, ils firent demi-tour sans ajouter un mot de plus. Jack – le singe – se remit alors à tourner sa manivelle et, sur les quais, Pintel et Ragetti recommencèrent à scier les barreaux de la grille.

3

La sortie de l'égout était enfin en vue. Élisabeth pressa le pas derrière Tai Huang. Mille fois, elle avait cru s'évanouir à cause de l'odeur insupportable des immondices charriées dans cette conduite, à l'intérieur de laquelle il avait fallu patauger sur une longueur de plus de trois cents mètres.

Après avoir vérifié que le passage était libre, Tai Huang leur fit signe de sortir. Ils se retrouvèrent dans une ruelle bordée de maisons à plusieurs étages aux toits retroussés, où l'on devinait des tavernes à beuverie et des fumeries d'opium : certainement pas un des quartiers les mieux famés de Singapour, si tant est qu'il en existait.

L'établissement de bains que Tai Huang leur désignait de l'autre côté de la ruelle ne déparait pas avec l'ensemble. Avec son porche d'entrée en tiges de bambou complètement fendues et ployées, supportant un toit dont la paille avait été arrachée par pans entiers par les intempéries, il semblait n'attendre que le passage des prochains visiteurs pour s'écrouler.

Mais il ne s'écroula pas et les trois visiteurs atteignirent la porte.

– Avez-vous des nouvelles de Will ? chuchota Élisabeth à Barbossa, pendant que Tai Huang tapotait contre la porte selon un code convenu.

– Ce morveux est plus que capable de prendre soin de lui-même ! répartit le capitaine avec un grognement. Mais vous-même, ajouta-t-il d'une voix sifflante, quand vous serez en présence de Sao Feng, je vous conseille de vous montrer un peu plus réservée et un peu plus prudente qu'à votre habitude !

Élisabeth le regarda avec de grands yeux innocents.

– Est-il si terrifiant ?

Barbossa lui renvoya un sourire sarcastique.

– Disons qu'il est un peu comme moi, avec mon naturel miséricordieux, si vous voyez ce que je veux dire, mais mon sens de la galanterie en moins !

Derrière la fente qui s'était ouverte dans la porte, Élisabeth et Barbossa devinèrent des yeux qui les scrutaient de haut en bas. Puis, la fente se referma et, après une suite interminable de cliquètements de serrures et de claquements de verrous, la porte s'entrebâilla. Ils étaient arrivés dans le repaire secret de Sao Feng...

Mais les nouveaux venus n'eurent plus tôt fait un pas dans le vestibule que Tai Huang leur barra le passage.

– Déposez vos armes, s'il vous plaît !

Sans protester, Élisabeth et Barbossa s'exécutèrent. Élisabeth remit au pirate chinois l'épée et le pistolet qu'elle portait à sa ceinture et Barbossa se débarrassa de la demi-douzaine d'armes qu'il transportait sur lui.

Élisabeth s'apprêtait à avancer, quand Tai Huang lui montra du doigt sa longue cape.

– Pensiez-vous vraiment que je ne la soupçonnerais pas de traîtrise parce qu'elle est une femme ? lança-t-il à Barbossa avec un sourire narquois.

– Je vois qu'on ne vous la fait plus ! répondit jovialement Barbossa.

Passant sous silence le fait que le Chinois ne s'adressait pas à elle directement, Élisabeth détacha sa cape et la lui tendit. Tai Huang en retira avec satisfaction deux couteaux cachés dans la doublure. Il commençait à être impressionné par cette jeune femme...

Barbossa et Élisabeth s'apprêtaient de nouveau à passer, quand Tai Huang arrêta encore Élisabeth. Il souriait en désignant sa veste et son pantalon.

– Enlevez, s'il vous plaît...

– Quoi ? protesta Élisabeth, outrée, en baissant des yeux incrédules sur son pantalon.

– Enlevez, répéta l'homme d'un ton sans appel.

Élisabeth avala sa salive. D'un coup d'œil impérieux, Barbossa lui fit signe de ne pas faire d'histoire. Elle ôta ses vêtements en tremblant de rage, avant de les tendre à Tai Huang qui en retira encore un couteau et un petit pistolet. À présent, Élisabeth se retrouvait en combinaison, essayant vainement de tirer sur le vêtement pour recouvrir un peu ses genoux. Pendant toute son enfance, son père lui avait inculqué le souci de décence et cette éducation l'avait marquée au plus profond d'elle-même.

Élisabeth fut un instant au bord des larmes, puis elle se reprit. Ce n'était pas une éducation aristocratique stupide qui allait lui faire perdre ses moyens. Après tout, Tai Huang avait raison et elle aurait fait la même chose à sa place. Se redressant fièrement sans plus chercher à cacher sa nudité, elle se mit en devoir de refaire tranquillement sa tresse en regardant le pirate avec un petit sourire.

Et ce fut lui qui baissa son regard...

– Allez ! grogna-t-il en leur faisant signe de le suivre.

À la suite de leur guide, Barbossa et Élisabeth s'enfoncèrent dans les profondeurs de la maison de bains. Ils gravirent un escalier délabré, puis suivirent un couloir à la peinture écaillée qui en croisait d'autres, de sorte qu'à un certain moment, ils se retrouvèrent séparés de leur guide par une espèce de colosse nu, vêtu d'une simple serviette de bain nouée autour des reins, qui les précédait à grands pas.

Élisabeth avait les yeux rivés sur l'énorme tatouage qu'il portait sur toute la moitié droite de son dos : un tatouage représentant un dragon. Ce tatouage était effrayant, et d'ailleurs c'était le but recherché, en plus de sa fonction de protection magique. Élisabeth avait déjà vu des marins portant une croix tatouée sur le dos, de manière à faire réfléchir à deux fois le contremaître chargé d'administrer le fouet aux punis... Ils empruntèrent un dernier couloir en plus mauvais état encore que les précédents et débouchèrent alors dans une espèce d'immense salle, dans laquelle régnait une chaleur étouffante et dont le plafond se perdait dans les brumes d'une atmosphère chargée de vapeur d'eau. Tai Huang se mit en retrait et attendit.

Tandis que Barbossa regardait dignement devant

lui presque sans ciller, Élisabeth se mit à fureter partout du regard à travers la pièce. La salle était voûtée, avec des murs de briques en haut desquels étaient percées d'étroites fenêtres – probablement par souci de protection –, renforcés par une charpente de piliers de bambou entrecroisés. Sur le vieux plancher à claire-voie étaient disposés des candélabres, qui diffusaient une lumière vacillante sur des énormes cuves, dans lesquelles des hommes se baignaient à trois ou quatre à la fois. Tout était sale et mal entretenu : les parois des cuves étaient couvertes d'algues gluantes, les grandes nattes de jonc posées devant étaient en lambeaux et les innombrables conduites de vapeur qui traversaient la pièce étaient complètement rouillées. Des hommes étaient en train d'aspirer à pleins poumons la vapeur qui sortait de ces orifices.

Tous les habitués de l'établissement de bains s'étaient tus à l'entrée des nouveaux arrivants. Certains se tenaient de dos et Élisabeth remarqua qu'ils étaient eux aussi marqués d'un tatouage en forme de dragon. C'était donc le signe de reconnaissance des pirates de Sao Feng, et il s'agissait peut-être aussi du symbole de l'art martial qu'ils pratiquaient et dont Élisabeth avait entendu parler sur le cargo : le kung-fu du dragon, connu pour sa science de la force explosive.

Élisabeth ne put s'empêcher de frissonner, malgré la chaleur. Elle ne savait se battre qu'avec une épée ou un pistolet...

Petit à petit, les hommes s'étaient remis à parler à voix basse, tout en se frictionnant le dos les uns les autres, ou en buvant du thé. Encore une fois,

Élisabeth dut faire un effort sur elle-même pour ne pas se sentir agressée par la présence de ces hommes quasiment nus...

Elle tourna la tête vers Barbossa, habillé de pied en cape – jusqu'à son tricorne à plume –, qui devait étouffer de chaleur. Après tout, se dit-elle, elle était aussi bien en combinaison. Mais comme elle suivait le regard du capitaine, elle constata avec surprise la présence de deux femmes dans l'établissement...

Élisabeth cligna des yeux. Il s'agissait de jeunes femmes, coiffées avec des chignons compliqués, retenus par des peignes, des épingles et de longues baguettes. Elles étaient ravissantes, surtout avec les vêtements très ajustés qu'elles portaient, et absolument identiques. Des jumelles, probablement.

D'un même mouvement, les jeunes Chinoises s'approchèrent d'une des cuves et c'est alors qu'un des baigneurs en sortit.

Au regard appuyé que lui lança Barbossa, Élisabeth comprit qu'il s'agissait de Sao Feng. Majestueusement, l'homme enjamba la cuve, tandis que les deux jeunes filles l'enveloppaient d'une grande serviette et lui tamponnaient la peau avec délicatesse. Ce qui frappait chez le chef des pirates chinois étaient ses yeux noirs comme des billes de plomb. Mais il ne regardait pas les nouveaux arrivants. Il ne regardait personne, tandis qu'il se laissait faire par ses deux soubrettes. Celles-ci commencèrent à l'habiller, pièce par pièce. Élisabeth préféra se concentrer sur son visage. Celui-ci était très intéressant, avec son crâne tondu qui contrastait avec sa petite barbichette courte surmontée de deux longues moustaches fines et pointues comme des pinceaux, qui lui descendaient de chaque côté du visage, jusqu'à trente centimètres au-dessous du menton. Élisabeth était tellement perdue dans son observation qu'elle constata soudain avec surprise que l'homme était à présent complètement habillé. Et quel habillement ! Le pirate portait une superposition de robes et de ceintures bordées de liserés d'or, surmontée d'un grand col épais, qui formait une sorte de cuirasse sur ses épaules.

L'opération d'habillage n'avait duré pas moins d'un quart d'heure et pendant tout ce temps, Sao Feng n'avait pas semblé s'apercevoir de la présence de ses visiteurs.

C'est alors que le capitaine Barbossa faillit se frapper le front avec la main. Par tous les diables, il avait oublié le code de politesse qui réglait le savoir-vivre asiatique : c'était lui le visiteur, il devait donc parler le premier !

– Capitaine Sao Feng, commença-t-il en s'inclinant avec déférence, merci de nous avoir accordé cette audience !

– Capitaine Barbossa, répondit aussitôt Sao Feng en lançant au capitaine un regard perçant, bienvenue à Singapour !

Le pirate se tourna alors vers un de ses hommes :

– De la vapeur ! commanda-t-il d'une voix tonitruante. Plus de vapeur !

À cet ordre, le garde frappa du poing deux fois contre le mur. À l'étage inférieur, les deux employés préposés à la chaufferie réagirent aussitôt. L'un augmenta le feu qui faisait bouillir l'eau dans la chaudière, tandis que l'autre actionnait le système de soufflets qui propulsait de la vapeur à l'étage au-dessus, à travers le plancher à claire-voie.

Quelques secondes après, la vapeur sortait à pleins tubes des conduits et Sao Feng approcha son visage de l'orifice du tuyau, tandis que ses deux assistantes lui massaient doucement la nuque.

– Dois-je comprendre que vous avez une requête à m'adresser ? lança-t-il.

– Une requête et une proposition, précisa Barbossa. J'ai une certaine affaire en cours et j'aurais besoin d'un navire et d'un équipage.

Repoussant ses deux masseuses, Sao Feng se retourna vers Barbossa en mimant la surprise :

– Et vous me jugez digne d'un tel honneur ? Un navire et un équipage... Il fit une pause, avant d'éclater d'un petit rire sec. Quelle étrange coïncidence ! s'exclama-t-il.

– Parce que vous avez justement un navire et un équipage dont vous ne savez que faire ? répliqua Élisabeth impulsivement.

– Non, répondit Sao Feng en se contentant de sourire plus largement.

Élisabeth intercepta le regard exaspéré que lui lançait Barbossa.

– C'est parce que ce matin, non loin d'ici, reprit Sao Feng en souriant toujours, un voleur s'est introduit dans le temple de mon vénéré oncle et a tenté de s'emparer de ces cartes...

Il cessa brusquement de sourire, tandis qu'il s'avançait vers un vieil homme revêtu d'une longue robe monacale, qui était assis dans un renfoncement du mur et serrait contre sa poitrine d'antiques cartes.

C'étaient des cartes comme il n'en existait sûrement nulle part ailleurs dans le monde. Elles ressemblaient aux mosaïques continuellement changeantes d'un kaléidoscope. Au milieu se trouvaient plusieurs cercles concentriques qui bougeaient sans cesse, et des inscriptions étaient inscrites sur les bords, composées de lettres qui s'assemblaient et se dissociaient continuellement pour former des indications sibyllines. Il n'était certainement pas donné à tout le monde de les comprendre...

Le pirate tendit la main pour les prendre à son oncle, mais le vieil homme s'accrochait à son bien. Après un regard impérieux de Sao Feng, il céda.

– La route vers le bout du monde ! lança le pirate en brandissant les cartes au nez de ses visiteurs dans un grand geste théâtral.

À ces mots, l'attitude confiante que Barbossa affichait depuis le début de l'entrevue s'altéra légèrement.

– Est-ce que ce ne serait pas stupéfiant si cette affaire dont vous me parlez – pour laquelle vous avez besoin d'un bateau et d'un équipage – vous emmenait précisément vers le bout du monde ? acheva Sao Feng.

– Ce serait stupéfiant, en effet, dit Barbossa, l'estomac complètement serré.

Se détournant de ses visiteurs, le capitaine chinois fit signe à deux de ses hommes qui se tenaient penchés au-dessus d'une cuve, un peu en retrait. L'un d'eux se redressa. Il tenait une chevelure entre les mains. C'était celle de William Turner, quasiment noyé, qui reprenait sa respiration bruyamment.

4

Les deux gardes plongèrent de nouveau la tête de Will dans l'eau. À cet instant, enfoncé dans sa cuve, Will regrettait amèrement de s'être fait prendre délibérément... Il avait les mains attachées de chaque côté d'un long bâton qu'on lui avait passé derrière le cou, de sorte qu'il ne pouvait pas bouger, tandis qu'il suffisait d'un simple mouvement du poignet à ses tortionnaires pour lui plonger la tête dans l'eau, avant de le redresser... pour recommencer : un petit jeu qui durait depuis plusieurs heures. Qui plus est, Will avait complètement échoué dans son véritable objectif...

Sao Feng marcha soudain vers le prisonnier et, avançant la main, il le redressa par les cheveux en exhibant sa tête hagarde à ses visiteurs.

– Voilà le voleur ! dit-il. Connaissez-vous cet homme ?

Élisabeth et Barbossa échangèrent un regard d'ignorance.

– Non, dit Élisabeth sans sourciller. Nous ne l'avons jamais vu.

Le capitaine Barbossa fulminait à l'intérieur de lui-même. Ils étaient bien rassemblés, ces deux-là ! Entre cette fille qui proférait des balourdises plus grosses qu'elle et son imbécile de fiancé qui avait réussi à se faire pincer en s'introduisant dans un temple défendu par des vieillards, il y avait de quoi se demander s'il n'aurait pas mieux fait de se débrouiller tout seul. Décidément, les amis de Jack Sparrow étaient aussi pitoyables que lui. Il fallait espérer que le reste de la bande serait un peu plus efficace. Du moins comportait-elle Pintel et Ragetti, qui lui étaient dévoués jusqu'à la mort...

– Jamais vu non plus, appuya-t-il en lançant un coup d'œil indifférent sur Will. Sao Feng sourit.

– Ah vraiment ? dit-il en tendant la main vers le rebord de la cuve, où il attrapa un poinçon à épissure, instrument pointu servant à lier les cordages, que ses hommes avaient trouvé dans les vêtements de leur prisonnier. Alors je pense que vous ne verrez pas d'inconvénient à ce que je fasse ceci...

Il brandit l'instrument en direction de Will, dont les gardes lui présentèrent la gorge en lui tirant la tête en arrière. Puis, levant le bras, il se prépara à le transpercer avec le poinçon.

Élisabeth se raidit. Malgré sa tenue légère, elle s'était soudainement mise à transpirer abondamment et son cœur cognait dans ses tempes. Quant à Barbossa, il affichait toujours une indifférence royale – ce qui n'était pas un exploit, car cette attitude était absolument sincère dans le cas précis.

Sao Feng lâcha la chevelure de Will, tandis qu'il se tournait vers Élisabeth. La réaction de la jeune femme ne lui avait pas échappé. Ses petits yeux noirs se rapprochèrent dangereusement.

– Vous venez dans ma ville, vous recherchez ma protection et mes largesses... Et comment me récompensez-vous ? éructa-t-il en crispant son poing sur le poinçon. En trahissant mon hospitalité !

Le pirate avait à présent totalement perdu son attitude affable. Sa voix vibrait de colère. Deux de ces misérables venaient lui demander son aide, tandis que le troisième le frappait dans le dos. Finalement, ces gaillards ne valaient pas mieux que les agents de la Compagnie des Indes ! C'était blanc bonnet et bonnet blanc... Mieux valait ne compter que sur soi-même !

La colère croissait sur le visage de Sao Feng à mesure du développement de ses pensées et Élisabeth avait de plus en plus de mal à maîtriser sa frayeur. Elle se sentait complètement démunie dans sa combinaison... Si Sao Feng et ses hommes décidaient de les tuer, il n'y aurait rien qu'ils pourraient faire pour se défendre.

« Comment Will avait-il pu se faire prendre ? » songea-t-elle brièvement.

– Sao Feng, reprit Barbossa d'une voix apaisante, je vous assure, je ne savais pas...

– ... qu'il se ferait prendre ! acheva sèchement Sao Feng en regardant fixement le capitaine.

Barbossa soutint son regard, puis il haussa les épaules. C'était inutile de continuer à mentir. Ils risquaient seulement d'aggraver la colère du Chinois.

Barbossa avait vu juste. Son aveu implicite calma Sao Feng. Posant le poinçon sur le rebord d'une cuve, il fit un signe en direction de Will pour demander à ses hommes de le sortir de sa cuve et de le détacher. Pendant que ceux-ci s'exécutaient sans ménager le prisonnier, il se retourna vers ses visiteurs.

– Vous avez donc l'intention d'entreprendre un voyage jusqu'au Bas-Fond de Davy Jones, commença-t-il d'un ton mielleux en retournant entre ses mains le poinçon. Et je ne peux m'empêcher de m'interroger : dans quel but ?

En guise de réponse, Barbossa fouilla dans sa poche et en sortit une pièce de Huit, qu'il lança à son interlocuteur. Celui-ci l'intercepta au vol d'une main. Il fit mine de l'examiner, comme s'il n'avait jamais vu une telle pièce de sa vie, alors que cette monnaie espagnole servait dans toutes les transactions commerciales maritimes dans le monde.

– Une pièce de Huit ! s'exclama-t-il. C'est donc bien vrai, fit-il en relevant la tête vers Barbossa.

Celui-ci opina gravement.

– Rien de plus vrai, dit-il. Le temps est arrivé. Nous devons réunir le Tribunal de la Confrérie !

Le ton vibrant de Barbossa n'échappa pas à Sao Feng. « Quel était donc le but poursuivi par le capitaine ? se demanda-t-il. Sûrement pas celui qu'il avouerait... » Pour se donner le temps de rassembler un peu les pièces du puzzle, le pirate frappa deux fois contre le mur avec son poing libre.

– Encore de la vapeur ! Plus de vapeur !

Mais en bas, il y avait un problème. Les deux préposés à la soufflerie n'étaient plus en mesure de répondre aux ordres de leur patron. Ils gisaient sur le sol, assommés et ficelés comme des saucissons. Marty était assis sur l'un d'eux, en train de parfaire un dernier nœud avec un soin tout professionnel.

En entendant les deux coups contre le mur, les hommes de Gibbs, qui avaient observé un certain temps les employés avant de les maîtriser, réagirent en un instant. Laissant son prisonnier, Marty se rua sur la chaudière en espérant qu'il en avait bien compris le fonctionnement. Gibbs roulait de gros yeux effarés, tandis que le temps s'écoulait, seconde après seconde. Il pouvait presque sentir la méfiance de Sao Feng croître à mesure, à l'étage du dessus. Mais un instant plus tard, le maître d'équipage de Jack Sparrow souriait de tous les muscles de son visage. Marty était un chef : la chaudière était repartie. Il fit alors signe à Ragetti pour qu'il se hausse jusqu'au plafond, pendant que les autres ouvraient les ballots de toile huilée contenant leurs armes et leurs munitions. Alors que le pirate commençait à placer sur les solives les explosifs que Pintel lui passait les unes après les autres, son attention fut attirée par un trou dans une planche. Il regarda au travers, puis y plaça son œil de bois en l'ajustant, comme s'il cherchait à obtenir un meilleur angle de vue. Mais en réalité ces simagrées n'étaient destinées qu'à attirer l'attention de son acolyte...

– É-li-sa-beth ! épela-t-il silencieusement.

Pintel prit la place de Ragetti pour regarder à son tour, avant de hausser les épaules, l'air de se demander ce qu'il pouvait bien y avoir d'intéressant au spectacle d'Élisabeth à moitié nue.

– Ça suffit ! gronda Gibbs entre ses dents. Au travail !

Sans se douter de ce qui se passait en ce moment

sous ses pieds, Sao Feng se pencha sur l'orifice du tuyau, d'où sortait un jet chaud qu'il se fit passer avec délice sur le visage, toujours secondé par ses deux petites Chinoises qui entreprenaient maintenant de lui masser le dos. Son esprit carburait autant que la chaufferie d'en bas. Il se disait qu'Élisabeth Swann était sans doute la petite amie du voleur de cartes. Et aussi que le vieux pirate à chapeau à plumes collaborait avec eux, mais que c'était un peu à son corps défendant. Et il en concluait surtout qu'il y avait un taux important de traîtrise dans l'air. Mais quelque chose le tarabustait. Élisabeth Swann avait réussi à se maîtriser, alors qu'il menaçait son fiancé et qu'elle n'aurait pas eu le temps d'intervenir s'il lui avait pris l'envie d'enfoncer le poinçon dans sa gorge... Sao Feng releva la tête.

– Le Tribunal ne s'est pas réuni depuis que je suis au monde, dit-il.

– C'est aussi mon cas, répondit Barbossa, considérablement soulagé par la tournure que prenait soudain la discussion.

– Et la dernière fois que cela s'est produit, continua Sao Feng en se mettant à palper un vieux nœud de corde effiloché qu'il portait en pendentif, mon père m'a raconté que cela s'était mal passé entre les Frères. Mal passé et mal fini...

Il attendit la réaction de Barbossa tout en continuant à manipuler entre ses doigts son nœud de capitaine, qu'il avait hérité de son père, qui lui-même l'avait hérité d'un aïeul et qu'il ne quittait jamais, même dans son bain.

– Mais la fois précédente, allégua Barbossa, il en

est sorti le Code, qui nous a bien servi ! Et ce fut aussi le tout premier Tribunal qui nous donna rien moins que la maîtrise des mers, ajouta le pirate d'une voix de plus en plus passionnée. Et maintenant, voilà que notre domination est menacée !

Barbossa roulait de grands yeux. Son indignation était sincère et, en fait, tous les pirates ici présents la partageaient. Mais personne dans la salle, excepté Barbossa et Sao Feng, ne savait de quelle manière exactement ce premier Tribunal s'était assuré la maîtrise des mers. Cela faisait si longtemps que les hommes – et plus particulièrement les pirates – dominaient la mer, qu'ils avaient oublié que ça n'avait pas toujours été le cas...

– La Compagnie des Indes, soupira Sao Feng en opinant du chef.

– Lord Cutler Beckett nous vérole l'existence ! appuya Barbossa.

Quelques instants de silence s'écoulèrent. Will et Élisabeth échangeaient discrètement des regards soulagés. Même si leurs relations n'étaient pas au beau fixe, la jeune fille avait cru mourir d'angoisse tout à l'heure, lorsqu'elle avait prétendu ne pas connaître le prisonnier. Élisabeth s'inquiétait un peu de sa propre fermeté. Jusqu'où était-elle capable d'aller ? Son sang-froid révélait peut-être un côté bien sombre de sa personne. Une dureté effrayante. Elle observa Will. Il n'était pas comme elle. Son visage n'était que tendresse...

– Nos têtes sont mises à prix, reprit Sao Feng, vous dites juste. Mais il semblerait que la seule façon qu'un pirate ait encore de sauver sa peau, continua-t-il en se retournant pour lancer à Will un regard appuyé... est de trahir ses frères !

Il revint à Barbossa :

– Les pirates sont soit capitaines, soit membres d'équipage... Et neuf capitaines qui se querellent sur la marche à suivre, cela en fait huit de trop. Pour résister à la Compagnie, à quoi peut servir le Tribunal de la Confrérie ? Que pouvons-nous faire ?

– Nous battre ! réagit immédiatement Élisabeth, sans même réaliser qu'elle parlait à voix haute.

Tous les regards convergèrent vers elle. À cet instant, Élisabeth avait oublié qu'elle était en tenue légère. L'attitude de ce Chinois l'indignait et c'était tout ce qui l'occupait.

– Vous êtes Sao Feng ! commença-t-elle d'un ton vibrant en avançant d'un pas vers lui. Vous avez la chance et l'honneur d'avoir reçu votre commandement pendant l'ère de la piraterie, où l'on ne mesure pas les vagues en pieds, mais en degrés de courage et d'intrépidité, et où ceux qui se montrent dignes de l'aventure deviennent des héros de légende !

Elle allait avancer encore d'un pas, quand un gigantesque garde tatoué d'un dragon lui mit la main sur l'épaule pour lui intimer l'ordre de modérer son ardeur. Élisabeth le repoussa d'un mouvement d'épaule et poursuivit :

– Consentiriez-vous à ce que cette ère de liberté s'achève, alors que vous êtes un des Frères du Tribunal ? interrogea-t-elle vertement.

Sao Feng était devenu pâle. Élisabeth enfonça le clou.

– Et vous restez là ! dit-elle avec une moue méprisante. Vos puissantes jonques encombrent le port, pourrissant à l'amarre, pendant que vous vous ratatinez dans l'eau de votre bain en vous faisant masser comme un nouveau-né !

Élisabeth resta un instant la bouche ouverte sur ses dernières paroles, avant de la refermer doucement. Puis, elle se mit à reculer, sans quitter du regard Sao Feng, qui ne semblait pas réagir. Un silence de plomb était tombé. Si Élisabeth avait tourné les yeux vers sa gauche, elle aurait rencontré les yeux translucides de rage de Barbossa. Le capitaine lui souhaitait intérieurement la malédiction la plus terrible qui soit, pire encore que celle qu'il avait endurée après avoir volé les pièces du trésor aztèque, et ceci jusqu'à la quarantième génération !

Soudain, Sao Feng se mit en mouvement. Il s'approcha lentement de la jeune femme, avant de se mettre à tourner autour d'elle en l'examinant, tel un requin qui observerait sa proie. C'est du moins l'impression que cela faisait à Élisabeth, en quoi elle se trompait complètement. En fait, le pirate était touché par son discours. Il avait tellement l'habitude de vivre dans la roublardise, que la franchise de cette jeune femme lui faisait du bien. De plus, il devait avouer qu'elle avait raison... Nombre de ses hommes avaient déjà été décapités et plusieurs jonques avaient été coulées par le *Hollandais Volant*, qui sévissait sur les sept mers avec une vélocité surnaturelle.

– Élisabeth Swann, dit-il enfin, il y a plus en vous que l'œil peut distinguer. Et pourtant, l'œil n'a pas à se plaindre...

Il lui sourit d'un air charmant et Élisabeth ne put s'empêcher de lui retourner son sourire.

Le pirate se tourna alors vers Barbossa :

– Mais je remarque quand même que vous n'avez pas répondu à ma question, fit-il avec une désinvolture affectée. Que cherchez-vous donc dans le Bas-Fond de Jones ?

Barbossa le regarda fixement, son esprit évaluant à toute vitesse ce qu'il devait dire ou ne pas dire.

Mais c'est alors que la voix de Will s'éleva.

– Jack Sparrow, dit-il en s'avançant vers Sao Feng. Nous cherchons Jack Sparrow !

Barbossa le foudroya du regard, mais il était trop tard. Sao Feng s'était pétrifié. Pour la seconde fois, un silence de mort s'abattit sur la pièce...

5

Puis, il y eut un pouffement de rire. Tous les regards se tournèrent alors vers l'une des masseuses de Sao Feng, qui regardait sa sœur, aussi hilare qu'elle.

Elle s'arrêta net quand Sao Feng posa sur elle un regard féroce. Mais dès que leur maître eut le dos tourné, les deux jumelles recommencèrent à rire sous cape. Le nom de Jack leur rappelait des moments délicieux quand, Sao Feng s'étant absenté, elles avaient dispensé leurs faveurs à cet irrésistible pirate au regard charbonneux, qui n'avait pas son pareil pour parler aux femmes et surtout pour les faire rire.

– Jack Sparrow est l'un des Frères, s'empressa de rappeler Will, tandis qu'Élisabeth fronçait les sourcils en regardant ces deux jeunes Chinoises qui avaient l'air de très bien connaître Jack.

– La seule raison qui pourrait me donner envie que Jack revienne du Royaume des morts, grinça Sao Feng, ce serait de l'y renvoyer moi-même !

Barbossa s'inclina en souriant finement :

– C'est bien pour cette raison que nous avions préféré ne pas mentionner son nom... ni vous demander directement ces cartes.

Sao Feng se répondit pas. Il venait de remarquer quelque chose de suspect. De très suspect, même : le tatouage de l'un de ses gardes était en train de s'écailler. Le pirate se raidit en comprenant tout à coup. Le tatouage partait à cause de la chaleur. Ce n'était pas un tatouage, mais un vulgaire croquis exécuté au pinceau. Il y avait un espion parmi eux ! Décidément, ce trio de malheur constituait la pire équipe de traîtres qu'il avait jamais connus....

Malgré cela, il poursuivit la conversation avec ses interlocuteurs, comme si de rien n'était.

– Vous reconnaissez donc que vous m'avez trompé, dit-il, tandis qu'il essayait de capter le regard de Tai Huang, qui était toujours de garde à la porte de la salle.

– Nous avons besoin de réunir le Tribunal pour défaire ce qui a été fait jadis, dit Barbossa, avec un geste d'apaisement. Pour que la maîtrise des mers échappe à la Compagnie. Pour que Calypso...

– Calypso ? répéta Sao Feng qui avait l'esprit ailleurs en constatant avec une inquiétude croissante que Tai Huang n'avait toujours pas remarqué son signal.

– Oui, appuya Barbossa, Calypso. Elle seule peut nous sauver. Nous nous serions passés avec joie de la présence de Jack Sparrow dans cette affaire. Malheureusement, il n'a pas transmis sa pièce de Huit à un successeur avant d'être emporté dans le Bas-Fond de Jones. Et c'est pour cette raison, et cette raison seule, que nous devons aller le chercher...

Sao Feng tressaillit. Tai Huang avait enfin capté son signal. À son tour, le lieutenant avertit du regard ses hommes, qui se passèrent le message de la même manière.

– À vos armes ! cria soudain Sao Feng.

À cet ordre, tous les gardes plongèrent avec un bel ensemble derrière les cuves pour en sortir les armes qui y étaient cachées. Quelques fractions de seconde plus tard, les trois visiteurs de Sao Feng se retrouvaient au centre d'un cercle de sabres étincelants, qui étaient pointés sur eux.

– Je vous assure que nos intentions sont strictement honorables ! protesta Barbossa en ouvrant les bras dans un geste d'innocence.

C'était peut-être vrai, sauf qu'à cet instant précis, le capitaine se retrouva avec une épée dans chaque main, tandis que deux autres armes supplémentaires apparaissaient à travers le plancher à claire-voie. Au-dessous, le reste de l'équipage avait compris que le moment était venu d'intervenir. Saisissant les deux sabres qui se présentaient à elle, Élisabeth en garda un, tandis qu'elle lançait l'autre à Will.

Les yeux de Sao Feng jetèrent des éclairs. La trahison atteignait des abysses incommensurables ! Il reprit le poinçon qu'il avait posé sur le rebord de la cuve et, comprimant toutes ses articulations comme des ressorts, il les relâcha soudain pour se projeter en un éclair sur le gaillard au faux tatouage, qu'il saisit en arrière par le cou, tout en lui pointant son poinçon sur la gorge.

– Jetez vos armes ou je tue votre petit camarade ! cria-t-il.

Barbossa fronça les sourcils. Il se tourna vers Will et Élisabeth qui regardaient également l'homme avec perplexité.

– Tuez-le, dit Barbossa. Il n'est pas avec nous.

– S'il n'est pas avec vous ni avec nous, fit Will en interpellant Sao Feng, avec qui est-il alors ?

La question trouva sa réponse à l'instant même dans l'énorme éclat de vitres brisée qui retentit au-dessus d'eux : les agents de la Compagnie des Indes étaient là.

Traversant les fenêtres, ils attrapèrent les montants de bambou qui allaient du plafond jusqu'au sol, pour se laisser glisser tout du long. Quelques secondes plus tard, l'ennemi avait investi les lieux.

Immédiatement, les pirates des deux bords firent alliance. Ils pouvaient se voler, se trahir, et même s'entre-tuer, mais quand il s'agissait de combattre la Compagnie des Indes, ils étaient tous d'accord, jusqu'au dernier. Ils se placèrent dos à dos, formant bloc pour repousser l'ennemi.

Les épées s'entrechoquaient mais, malgré les armes que leurs acolytes leur passaient à travers le plancher quand ils en avaient besoin, le camp des pirates perdait rapidement du terrain.

En bas, dans la chaufferie, Gibbs jaugea vite la situation. Le maître d'équipage de Jack, en tant que second, avait l'habitude de prendre des décisions, d'autant plus qu'avec Jack il fallait être très inventif pour comprendre et interpréter à temps les méandres de son raisonnement.

– À l'attaque ! dit-il.

À cet ordre, Pintel et Ragetti allumèrent les mèches des explosifs posés sur les solives. Quelques instants plus tard, une énorme explosion secouait l'édifice. Banco pour les pirates ! Non seulement les murs de l'établissement s'écroulaient par pans entiers, ouvrant une issue de secours aux visiteurs de Sao Feng, mais encore, le plancher de la salle des baignoires avait eu l'obligeance de s'effondrer en son milieu, de manière à former une rampe d'accès, de la chaufferie jusqu'à la salle des baignoires.

Les pirates ne se firent pas prier. Poussant des vivats, ils remontèrent cette voie royale et se jetèrent dans la bataille en tirant des coups de pistolets.

Maintenant, c'étaient les pirates qui avaient le dessus, et largement ! Hélas, leur avantage ne dura pas longtemps. Un peloton de la Compagnie des Indes en uniforme bleu déboula soudain sur le lieu de l'affrontement, profitant lui aussi de la nouvelle architecture de l'établissement, et particulièrement de ses ouvertures élargies. À leur tête se trouvait Mercer. L'inénarrable Mercer, le requin des Caraïbes, devenu à présent le squale des mers de Chine !

Une des deux petites Chinoises se tenait en retrait, quand elle vit arriver l'homme à l'œil fixe et au sourire mauvais. Elle ne fit ni une ni deux et se jeta sur lui avec son sabre.

Mercer, abattant alors le chien de son arme, tira à bout portant et étendit raide la jeune fille.

Quand il releva la tête, il se demanda s'il avait la berlue. Park, la jumelle de la jeune Chinoise qui avait péri, se dressait devant lui, décidée à venger sa sœur. Mercer sourit : la jeune femme ne portait aucune arme. Il leva son pistolet mais, avant qu'il ait pu bouger le petit doigt, Park avait ôté de son chignon une longue épingle d'acier et, se jetant sur l'assassin, elle la lui enfonça dans l'épaule.

Mercer poussa un cri de douleur, tandis que la jeune fille s'enfuyait à toutes jambes. Tous les pirates fuyaient aussi, à présent. L'ennemi était trop nombreux, sans compter que l'édifice menaçait de s'effondrer sur eux. Tandis que les murs continuaient de trembler et de tomber par morceaux, les pirates escaladèrent les décombres et s'échappèrent dans la rue, leurs assaillants sur les talons.

Dans les ruelles de Singapour, les quelques promeneurs attardés disparurent en un éclair. Les coups de feu claquaient et chacun savait que les agents de la Compagnie des Indes tiraient dans le tas sans faire de quartier.

De ruelle en ruelle, les combattants se retrouvèrent bientôt à proximité du port. La bataille se poursuivit alors sur les quais branlants, au-dessus de l'eau, sur les pontons de bois, derrière les cabanes de bambou. Toujours vêtue de sa petite combinaison bleue, Élisabeth, plus fine lame que jamais, tenait en respect tous ceux qui osaient s'approcher d'elle. « Où allaient-ils se replier ? » se demandait-elle avec angoisse. Les agents de la Compagnie les poussaient vers le port et au-delà il n'y avait que la mer. Or, ils n'avaient pas de bateau...

Elle lança un coup d'œil à Will, à Marty, à Cotton et à Barbossa, qui combattaient à côté d'elle, mais ils ne lui prêtèrent pas attention, tant ils peinaient à se défendre de leurs assaillants. Tous croisaient le fer en essayant de fuir toujours plus loin, en sautant par-dessus des barrières, en se suspendant à des cordes, mais on aurait dit que chaque recoin du port abritait un agent de la Compagnie. Ils avaient déployé les grands moyens...

Un peu plus loin, Pintel fuyait aussi avec Ragetti, quand il aperçut soudain une énorme pile de caisses qui s'apprêtait à tomber sur un pirate au dos gravé d'un tatouage en forme de dragon. Elle l'aurait écrasé, si Pintel n'avait pas poussé l'homme à temps. Celui-ci le remercia d'un sourire narquois, avant de s'élancer vers son sauveur pour le pourfendre.

– Mais tu es un pirate ! protesta Pintel.

Comment le pauvre Pintel aurait-il pu deviner que ce tatouage était faux ? L'espion lui brandit son couteau sous le nez. Pintel recula, se heurta à une rambarde et, perdant l'équilibre, tomba en arrière dans l'eau. Ce fut sans doute ce qui le sauva, car le sinistre personnage n'avait pas envie de se mouiller.

Alors que les pirates se ruaient à présent tous ensemble sur un peloton de soldats de la Compagnie, Tia Dalma apparut avec sa charrette qu'elle abandonna un peu plus loin en s'empressant de s'éloigner. Voyant ces forcenés se précipiter sur eux, les hommes se cachèrent derrière cette carriole qui avait la bonne idée de se trouver sur leur chemin. Quelques secondes plus tard, les canaris s'échappaient brusquement à travers les portes ouvertes de leurs cages. Les soldats comprirent – trop tard – qu'il y avait un problème : la charrette explosa dans une gerbe de flammes.

Pendant ce temps, Mercer, l'impitoyable assistant

de Beckett, essayait d'échapper à la sœur de la jeune Chinoise qu'il avait tuée. Dans le labyrinthe inextricable des quais de Singapour, elle était devenue comme une ombre... une ombre vengeresse. Mais, cette fois, l'homme pensait bien l'avoir semée. Se jetant à l'intérieur d'une cabane de bambou, il retira avec une petite grimace la première baguette d'acier que la jeune Chinoise lui avait enfoncée dans l'épaule, puis une seconde qu'elle avait réussi à lui planter dans l'autre épaule, et enfin une troisième dans la cuisse. Après avoir vérifié que cette teigne ne se trouvait plus en vue, l'agent de Beckett se redressait pour s'élancer de nouveau à la poursuite de ces maudits pirates, quand il aperçut soudain par une ouverture de la cabane Will Turner aux prises avec Sao Feng. Le capitaine tenait son couteau sous la gorge de son voleur de cartes. Le visage fendu d'un grand sourire mauvais, Mercer leva son pistolet.

– Singulière coïncidence, n'est-ce pas ? jeta rageusement Sao Feng à son adversaire. La Compagnie des Indes retrouve ma trace le jour même où vous arrivez à Singapour !

– Simple coïncidence, en vérité, répondit Will.

Et le jeune homme ne mentait pas. D'un mouvement du torse, il parvint à se dégager et pointa à son tour son propre couteau en direction de la gorge de Sao Feng. Celui-ci ne sembla pas s'en formaliser. Il laissait son adversaire prendre un peu l'avantage, histoire de s'amuser un peu, comme un chat avec sa souris...

Dans l'ombre, non loin d'eux, Mercer visa. D'une

pierre, il allait faire deux coups. C'est Lord Beckett qui serait content...

– Écoutez, avoua Will en relâchant le pirate, si je me suis fait prendre en volant vos cartes, c'est parce qu'il me fallait une occasion pour parler avec vous, seul à seul. N'importe quelle occasion, vous comprenez ?

– Vous l'avez, dit sèchement Sao Feng. J'écoute. Quelle sorte de filouterie me réservez-vous cette fois ?

– Je crois que vous aimeriez trouver un arrangement avec Beckett, avança Will. Qu'il cesse de vous pourchasser, vous et vos pirates. Pouvoir vous remettre à de la bonne et honnête piraterie : c'est votre plus cher désir...

Invisible dans sa cabane, Mercer abaissa légèrement son pistolet.

– Mais pour cela, continua Will, vous auriez besoin d'une monnaie d'échange. Cette monnaie d'échange, je peux vous aider à l'obtenir...

Sao Feng s'immobilisa. Tous les éléments de la situation se rassemblaient peu à peu dans son esprit. Et cela l'intéressait. Mais il y avait un « mais ».

– Vous avez déjà menti à Barbossa, fit-il observer. Et à Élisabeth Swann... Vous êtes prêt maintenant à mentir à Jack Sparrow. Pourquoi vous ferais-je confiance ?

Will regarda le pirate droit dans les yeux.

– Ils font obstacle à ce que je désire de plus cher, dit-il. Vous, vous pouvez m'aider à parvenir à mes fins.

Quelques instants passèrent.

– Si vous me trahissez, je vous ouvrirai la gorge, dit finalement Sao Feng.

– Nous sommes d'accord, acquiesça Will.

Chacun d'eux baissa son couteau. Sao Feng remit les cartes à Will, avant de faire un signe à Tai Huang qui, à la surprise de Mercer, sortit d'une cabane qui se trouvait juste derrière celle dans laquelle il s'était caché.

Une fois le capitaine parti, Will régla les derniers détails avec Tai Huang. Derrière eux, Mercer continuait à écouter de toutes ses oreilles. Il était vraiment aux premières loges ! Ces imbéciles parlaient sans se rendre compte qu'ils se trouvaient comme sur la scène d'un théâtre... dont il était le seul spectateur.

Puis, les autres acteurs de la pièce firent leur entrée : Élisabeth et Barbossa, suivis du reste de la troupe, y compris Tia Dalma.

Mercer sourit de plus belle : ils n'avaient pas l'air au courant de la suite de la pièce, à voir les yeux ronds qu'ils ouvrirent quand Will leur montra les cartes que Sao Feng lui avait données.

– Tu as les cartes ? dit Barbossa, ahuri.

– Et même mieux que ça, répondit triomphalement Will en désignant Tai Huang. Un bateau et un équipage.

– Où est Sao Feng ? demanda Élisabeth, un peu déconcertée par ce revirement brutal de situation.

– Il couvrira notre fuite, répondit Will. Puis, il nous retrouvera au Tribunal de la Confrérie.

– Par ici ! Faites vite ! lança Tai Huang en leur faisant signe de le suivre.

Les pirates acquiescèrent. Mais alors qu'ils filaient le long des quais derrière Tai Huang, une explosion se produisit. Jack – le singe – avait allumé une fusée, qui était tombée pile dans l'appentis à feux d'artifice. La cabane explosa, mettant le feu aux pontons et, bientôt, les quais étaient dévorés par les flammes. Mercer disparut dans l'ombre...

6

Moins d'une demi-heure plus tard, le *Hai Peng* appareillait. Fort bizarrement, équipage et passagers avaient eu tout loisir de s'installer dans la vieille jonque que Sao Feng mettait à leur disposition, sans être inquiétés le moins du monde. La Compagnie des Indes semblait avoir abandonné pour l'instant la poursuite, ce qui étonnait un peu les coéquipiers. Ils ignoraient tous trois qu'avec les informations que Mercer avait interceptées pour le compte de Beckett, ils avaient intérêt à les laisser filer, histoire qu'ils les mènent à ce mystérieux Tribunal...

De sorte qu'ils attribuèrent au gigantesque incendie qui ravageait maintenant le port de Singapour et qui gagnait rapidement la ville, la raison de la facilité de leur départ. Élisabeth constatait avec une certaine tristesse que le malheur des uns faisait le bonheur des autres.

Habillée avec ce qu'elle avait trouvé à bord – une tenue de matelot chinois –, la jeune femme se tenait au bastingage aux côtés de ses compagnons, qui regardaient avec soulagement s'éloigner cette ville où ils avaient bien failli laisser leur peau. Ce qui ne voulait pas dire que le reste était gagné. En fait, le plus dur était encore à faire.

Mais Élisabeth décida de laisser tomber ses inquiétudes. Il fallait faire un pas après l'autre, si l'on ne voulait pas céder à la panique. Déjà, quand elle songeait à l'immense voyage qui les attendait maintenant, jusqu'aux confins du monde, dans des régions où jamais aucun navire ne s'était encore aventuré et à bord de cette jonque qui semblait en effet, comme elle l'avait dit à Sao Feng, pourrir depuis un certain temps à son ancrage, un certain courage, voire une certaine inconscience était nécessaire. Quant à ses interrogations au sujet du revirement brutal de Sao Feng, il fallait sans doute en conclure que le capitaine de Singapour avait fini par réaliser la gravité de la menace que la Compagnie des Indes représentait pour tous les pirates.

À côté d'Élisabeth, Will contemplait sans mot dire les lumières de l'incendie de Singapour, tandis que la jonque s'éloignait sur l'eau noire parsemée d'ordures. Un peu plus loin, Barbossa était tout aussi silencieux. Mais si le premier était tracassé par un certain sentiment de culpabilité, notamment par rapport à Élisabeth, le second ruminait des soupçons.

Le seul qui n'était pas tout à fait décidé à cacher ses sentiments était Gibbs. C'était bien la première fois, depuis qu'il s'était fait pirate, qu'il allait voguer sous un autre commandement que celui de Jack. Et le pire était que le véritable capitaine de ce bateau n'était pas Tai Huang, mais Barbossa, puisque lui seul connaissait le chemin qui menait jusqu'au bout du monde.

Barbossa, l'ennemi entre tous, celui qui s'était mutiné contre Jack pour lui voler son bateau...

– Quelle vieille carcasse ! cracha le maître d'équipage en se tournant vers Marty pour solliciter son approbation.

– Ne vous y fiez pas, maître Gibbs, intervint Barbossa en se retournant brusquement vers lui, cette jonque nous portera jusqu'au bout du monde ! Mais peut-être auriez-vous préféré rester à terre ? ajouta-t-il après un silence.

Haussant les épaules, Gibbs se détourna.

– Et vous-même, Mr Turner, reprit le capitaine en s'adressant à Will, vous avez bien failli rester là, dans votre cuve, à faire trempette ! Vous n'étiez pas censé vous faire pincer...

– Ça s'est terminé exactement comme je le désirais, répliqua Will sèchement, qui mit fin à la discussion en quittant le pont.

Élisabeth regarda partir son fiancé, songeuse. Elle aperçut alors Tia Dalma qui arrivait derrière elle. Élisabeth lui sourit. Elle aimait bien Tia Dalma et ce n'était pas seulement parce que c'était grâce à elle qu'ils allaient – peut-être – récupérer Jack. Élisabeth sentait en elle une force indomptable, une liberté et une joie de vivre qui s'alliaient comme magiquement aux cris des oiseaux de mer qui les accompagnaient depuis leur départ.

– Sao Feng n'a plus aucun endroit où se cacher, fit-elle observer en esquissant un geste de la main vers la côte. J'espère qu'il va s'en sortir. S'il y parvient, croyez-vous qu'il honorera l'appel du Tribunal ?

Tia Dalma resta silencieuse quelques instants. Brusquement grave, elle contemplait l'horizon de l'océan, comme si elle voyait au-delà des mers et des terres.

– Personne ne peut le dire, répondit-elle enfin. Il y a sur les mers une chose que même les pirates les plus impitoyables et les plus sanguinaires apprennent à redouter...

Élisabeth hocha la tête doucement. Tia Dalma voulait sans doute parler du *Hollandais Volant*. Elle aussi pouvait le voir dans l'horizon de ses pensées. Le fantomatique navire de Davy Jones était resté gravé à jamais dans sa mémoire, comme son capitaine et son terrible équipage. Elle revoyait l'immense navire – deux fois plus grand que n'importe quel bâtiment existant au monde – surgir de la mer, là où quelques instants auparavant, il n'y avait encore que l'immense étendue déserte et clapotante. Tel un monstrueux mammifère marin, le *Hollandais* crevait la surface de l'eau à côté du malheureux bateau qui allait être sa proie. Et tandis qu'il apparaissait dans sa terrible majesté de bois et de corail, l'eau retombait en ruisselant de sa coque, de ses ponts, de ses voiles... et de ses hommes d'équipage. À force de séjourner sous la mer, leurs organismes s'étaient adaptés. Ils pouvaient respirer sous l'eau et à l'air. Cependant, tels des rochers que la mer recouvre à chaque marée, leur peau s'était incrustée peu à peu de coquillages, jusqu'à les rendre méconnaissables, et la mutation allait pour certains jusqu'à leur faire pousser des pattes d'araignée de mer en plus de leurs jambes ou de leurs bras, ou de grosses pinces en guise de mains, ou encore des arêtes de poisson venimeuses qui hérissaient leurs corps, tels des oursins, ou des antennes épineuses de chaque côté de leurs narines, à la manière des langoustes. D'autres portaient des algues en guise de vêtements, des rostres de poisson-scie comme armes, un coquillage en matière de crâne... En réalité, c'était une armée de morts vivants, la plus impitoyable qui soit. Avec, à leur tête, un capitaine au visage tentaculaire et à la peau épaisse et visqueuse comme celle d'un serpent de mer, qui n'avait plus d'humain que ses petits yeux bleus et vifs. Mais en fait, c'était une erreur de dire qu'ils étaient des morts vivants : car ils mourraient, au bout de cent ans. C'était le contrat qu'ils avaient passé avec Davy Jones pour échapper à la mort immédiate à laquelle il les destinait, après avoir coulé leur bateau : cent ans au service du *Hollandais Volant* ! Mais il s'en fallait de beaucoup qu'aucun de ces hommes atteigne ses cent ans en gardant son âme intacte...

Un interminable voyage commença. C'était une route qui conduisait vers les plus hautes latitudes sud, au-delà du cercle polaire antarctique que le navigateur Francis Drake avait franchi le premier, un siècle auparavant.

Heureusement, malgré son apparence défraîchie, le *Hai Peng* était un bon bâtiment. En fait, constatait Gibbs avec étonnement, il y avait nombre d'agencements sur cette jonque qui auraient mérité d'être copiés sur leurs navires. Ses immenses voiles grises et rectangulaires qui glissaient au-dessus de l'eau comme les ailes d'un papillon de nuit étaient certes rapiécées, mais grâce à leur lattage de bois, le navire pouvait quand même continuer à avancer si des parties étaient déchirées. De plus, comme elles n'étaient pas mises perpendiculairement, mais parallèlement à l'axe du bateau, elles pouvaient pivoter d'un côté et de l'autre et continuer à prendre le vent, même lorsque le bâtiment virait de bord.

De sorte qu'ils descendirent beaucoup plus rapidement que prévu l'océan Indien. Tai Huang avait montré à Gibbs deux éléments qu'il considérait comme fondamentaux sur un bateau, le premier étant un œil peint sur la coque, qui permettait à la jonque de voir les récifs et de les éviter, le second une girouette à la surface réfléchissante, que le capitaine chinois jugeait indispensable pour faire fuir les mauvais esprits effrayés par leur propre reflet, en particulier ceux des défunts ayant péri en mer, dont la spécialité était de venir tourmenter les marins.

Hochant la tête, Gibbs accepta la leçon en se disant que tout était bon à prendre dans un voyage qui les conduisait sur les rives du Royaume de la mort...

Après avoir laissé à l'est l'Indonésie et l'Australie, et à l'ouest l'Afrique, le *Hai Peng* franchit le 45e parallèle. La jonque passa devant une île, puis une autre, puis une autre encore. Puis, il n'y eut plus aucune île. Ils avaient atteint le 60e parallèle et la température était devenue glaciale. L'équipage grelottait dans ses vêtements faits pour des latitudes tropicales, à l'exception de Tia Dalma, vêtue comme dans son bayou d'une robe lui découvrant les épaules et qui semblait avoir aussi chaud que là-bas.

Puis, le jour devint presque permanent et, soudain, Ragetti perçut un bruit d'éraflure le long de la coque du bateau. Les deux compères se penchèrent pour regarder. Un énorme bloc de glace flottait dans l'eau...

Bientôt, ils naviguaient au milieu des icebergs, sous l'éclat bleuté des glaciers. Le paysage était grandiose. Si ce n'était pas le bout du monde, ça y ressemblait. Avec ses grandes ailes de papillon, le *Hai Peng* passa sous des arches sculptées dans la glace par la mer, le vent et la fonte des glaces de l'été austral. Des blocs de glace se détachaient des icebergs avec fracas, puis dérivaient autour du bateau. Entre les mains habiles de son capitaine, le *Hai Peng* trouvait son chemin dans les détroits et les chenaux nouvellement formés, contournant les sculptures éphémères de glace sans cesse en transformation. C'était un décor digne du commencement du monde... ou de sa fin. Les pirates des Caraïbes étaient totalement désorientés. La pureté de l'air troublait leur perception des distances, quand le ciel, la glace et la mer venaient se confondre...

Au 70e parallèle, la neige commença à tomber. Will était en train d'attacher un cordage en contemplant le paysage coloré d'un camaïeu de mauves et de bleus, quand il s'en aperçut. Il leva les yeux. Quand il les rabaissa, il vit Pintel et Ragetti qui claquaient des dents comme des possédés. À côté d'eux, le singe de Barbossa grelottait aussi.

– On ne nous avait pas parlé du froid ! grommela Pintel.

– Je suis sûr que notre souffrance est méritée, répondit Ragetti.

Pintel soupira, fatigué. L'autre allait sans doute encore lui parler de la Bible !

– Pourquoi cette femme sorcière n'a-t-elle pas fait revenir Jack comme elle l'a fait pour Barbossa ? maugréa-t-il.

Il sursauta. Tia Dalma venait d'apparaître derrière lui.

– Parce que Barbossa n'était que mort, dit-elle. Jack Sparrow a été emmené corps et âme, en un lieu non pas de mort, mais de châtiment. Voilà ce qui vous attend dans le Bas-Fond de Jones. Le pire sort qu'un être puisse subir pour l'éternité, Jack l'a attiré sur lui !

Sur ces mots, Tia Dalma s'éloigna.

– Je savais bien qu'il y avait une bonne raison ! triompha Ragetti.

Secouant la neige qui s'accumulait sur ses cheveux, Will gagna le gaillard d'arrière pour rejoindre Tai Huang qui se trouvait au gouvernail, secondé par Gibbs. Sur la grande table à côté de la roue étaient posées les cartes de Sao Feng. Will s'approcha et, comme il touchait la première d'entre elles, les cercles se mirent à bouger et à tourner et les lettres des inscriptions à se séparer pour s'assembler dans un autre ordre. Au centre de la carte se trouvait le dessin d'un bateau qui tournait sur son axe en montrant alternativement sa voilure et sa quille.

– Rien n'est fixe sur cette carte ! s'irrita Will. Elle est loin d'avoir la précision d'une carte normale !

– Non, mais elle conduit à plus d'endroits, lui fit remarquer Tai Huang.

Celui-ci laissa la barre à Barbossa, qui s'était approché. Fronçant les sourcils, Will lut une sorte de poème qui venait d'apparaître sur le parchemin :

– *Par-dessus la vague, puis par-dessous, puis par-dessus à nouveau... Le lever de soleil se couche, le rayon vert jaillit.*

Il soupira.

– Avez-vous une idée de ce que ça signifie, Barbossa ? Est-ce que ça a un rapport avec notre voyage ?

Négligeant de répondre à Will, le capitaine se tourna vers Gibbs.

– N'avez-vous jamais vu ce rayon vert, maître Gibbs ?

– Je pense que j'en ai eu mon compte, grogna le maître d'équipage. Ça se produit assez rarement, à la dernière lueur du couchant, dit-il en se tournant vers Will. Vous voyez une lumière verte jaillir du ciel. Certains mourront sans l'avoir jamais vue. D'autres prétendent l'avoir vue. D'autres encore...

– Ça arrive quand une âme revient du pays des morts ! intervint Pintel.

Gibbs le regarda, songeur.

– Vous ne comprenez donc pas ? dit Ragetti en les rejoignant. C'est une de-vi-nette. C'est rigolo, les devinettes : *Par-dessus la vague, puis par-dessous, puis par-dessus à nouveau...* !

– Les devinettes, c'est pas drôle du tout, protesta vigoureusement Pintel. Ça se passe toujours comme ça : il y a un pauvre type qui se retrouve mort, mais juste avant il se rend compte que, non, il n'aurait pas dû écouter les sirènes du péché, il n'aurait pas dû chiper le magot ! Mais voilà que c'est trop tard et il meurt dans des souffrances horribles et souvent extrêmement bizarres. Et dans ce cas précis, c'est toi et moi, les pauvres types !

Quand Pintel arriva au bout de sa tirade incohérente, qu'il avait prononcée d'une voix de plus en plus sonore, tous ceux qui étaient présents sur le pont le regardaient, l'estomac un peu noué.

Will se tourna vers Barbossa d'un air accusateur. Pintel ne disait pas cela par hasard. Lui et son inséparable acolyte avaient toujours eu beaucoup d'intuition. Mourir d'une horrible manière ne faisait pas du tout partie de son plan !

En voyant l'expression du visage de Will, Barbossa se mit à rire :

– Ne vous inquiétez pas, Mr Turner, dit-il avec une jovialité moqueuse. Nous trouverons le passage ! Nous n'avons même pas besoin de ces cartes pour le moment. L'endroit où nous allons viendra à nous. Mais, vous savez, le problème n'est pas d'arriver au pays des morts. Il est surtout d'en revenir...

7

Loin de là, très loin, à des centaines de kilomètres au nord vers le Nouveau Monde, le gouverneur Swann pensait avec désespoir à sa fille. Il se tenait assis devant une petite table de travail, dans un coin de la cabine de Lord Cutler Beckett, à bord de l'*Intrépide*, penché sur une pile de documents qu'il devait signer. Mais les coups de canon qui tonnaient à ses oreilles depuis plus d'un quart d'heure lui faisaient trop trembler les mains pour qu'il puisse tenir sa plume. Le *Hollandais Volant*, cet effroyable instrument de mort qui les accompagnait tout au long de leur croisière d'extermination des pirates, s'en donnait à cœur joie...

Réajustant machinalement la lourde perruque qu'il portait sur le crâne, le gouverneur regarda fixement le document qu'il n'avait pas encore signé, sur lequel figurait le nom d'un homme qui, par sa faute, allait être conduit incessamment à la potence. Ce n'était qu'un nom, mais le gouverneur imaginait un visage, une vie... Il avait vu, un jour, le nom de sa fille sur un tel document...

Le gouverneur releva brusquement la tête en jetant un coup d'œil hostile sur Beckett et Mercer qui discutaient autour de l'immense bureau d'acajou du directeur de la Compagnie. Élisabeth... Sa petite Élisabeth... Il ne l'avait pas revue depuis des mois : depuis le jour où elle s'était enfuie de la calèche qu'il conduisait vers le port de Port Royal pour la renvoyer en sécurité en Angleterre.

Depuis, le gouverneur avait eu une fois des nouvelles de sa fille par Mercer, qui affirmait l'avoir vue à Tortuga, ce repaire de pirates. Puis, plus rien... Et maintenant, le gouverneur était devenu l'otage du directeur de la Compagnie des Indes. Dans l'espoir que celui-ci retrouverait Élisabeth, il se pliait à toutes ses volontés. Car il était toujours gouverneur et Beckett avait besoin de sa signature pour les exécutions de pirates et pour les « réquisitions » de bateaux, un euphémisme qui désignait en réalité le fait de faire main basse sur des navires marchands d'autres nationalités, grâce à l'aide du *Hollandais Volant*. La Compagnie des Indes augmentait ainsi son armada de la manière la plus impitoyable et la plus lâche qui soit. Ce qui n'empêchait pas Lord Cutler Beckett de dormir sur ses deux oreilles : il servait la Couronne royale, n'est-ce pas ? Que visaient ses efforts, sinon ouvrir les routes maritimes au commerce britannique et à la puissance de son pays ?

Le regard du gouverneur Swann glissa vers l'immense planisphère qui couvrait un mur entier de la cabine. C'était la copie conforme de celui que Beckett avait dans son bureau, à Port Royal. Voir les zones blanches dans le monde disparaître à mesure de l'avancée de la civilisation mercantile, était un des grands plaisirs du directeur de la Compagnie. De même que déplacer les petits bateaux magnétiques posés sur les mers et les océans de cette carte, dont les couleurs représentaient la puissance de toutes les flottes du monde. Beckett possédait aussi, bien entendu, un modèle réduit de ses deux bateaux préférés : l'*Intrépide*, sur lequel il voguait, fierté de la Marine Royale anglaise, avec son orgueilleuse proue ornée d'armes à motifs de lions et de lys d'or, et le *Hollandais Volant*, terreur des océans, sur lequel il avait le contrôle le plus absolu depuis qu'il possédait, bien à l'abri dans le coffret posé présentement sur son bureau, le cœur toujours battant de son capitaine, Davy Jones...

Quant au *Black Pearl*, Beckett l'avait retiré non sans satisfaction de la carte. Le *Black Pearl* n'était plus. Il gisait maintenant on ne sait où, emporté par le calmar géant de Davy Jones. Grâce à l'espion qui s'était glissé sur ses ordres dans l'établissement de bains de Sao Feng, Beckett savait que les amis de Jack Sparrow étaient désormais en route pour essayer de le tirer de là, lui et son navire, mais il savait aussi maintenant que leur objectif était de réunir les neuf Frères du Tribunal. Or, cette réunion l'intéressait au plus haut point...

Le directeur prit sur son bureau la pièce de Huit qui était posée à côté du coffret dont des battements sourds émanaient avec régularité. Il la fit tourner sur elle-même, avant de la plaquer sur la table. Pourquoi les pirates avaient-ils besoin de pièces de Huit ? se demanda-t-il en scrutant le chiffre Huit et les deux barres entrelacées qui y étaient gravées. Ce n'étaient que des pièces de monnaie, et de valeur relative, de surcroît. Il ne fallait pas moins de trois pièces de huit pour une guinée et douze pour un louis d'or...

– Il y en a neuf, dites-vous ? fit-il en levant la tête vers Mercer.

– Notre nouvel ami à Singapour a été très précis, Monsieur. Neuf pièces de Huit.

– Je me demande quel sens a tout cela...

– Cela a-t-il une importance ? demanda Mercer en haussant les épaules. Rien ne peut résister à notre armada. Aussi longtemps qu'elle est accompagnée par le *Hollandais*, ajouta-t-il après un instant en tapotant le coffret du bout des doigts.

Beckett se pencha pour écouter les battements du cœur de Jones. Son regard s'attardait sur les motifs de tentacules entrecroisés, qui étaient sculptés en relief sur le coffret. Il étudia la serrure. Étrange serrure en forme de cœur. Le cœur de Davy Jones, sans doute... Ou bien un symbole d'amour ? Le sourire de Beckett s'élargit. Qui pourrait aimer Jones, ce monstre ?

Il releva la tête, s'arrachant à sa contemplation.

– Si cela a de l'importance ? reprit-il. Peut-être. Mais nous ne pouvons pas répondre à la question. Notre ami a-t-il mentionné le lieu où ce fameux Tribunal de la Confrérie doit se tenir ?

– Il est resté coi sur le sujet, monsieur.

– C'est bien qu'il sait le prix que cette information représente. À ce propos, continua le directeur en baissant la voix, il vaut mieux garder tout cela pour nous. Et on ne sait toujours pas ce qu'est devenue Élisabeth Swann, on est bien d'accord ? ajouta-t-il en faisant un signe de menton en direction du gouverneur.

Les deux hommes se redressèrent. La porte de la cabine venait de s'ouvrir, laissant le passage à James Norrington.

– Vous m'avez fait appeler, Lord Beckett ?

– Oui, amiral.

James Norrington s'inclina. Dans son nouvel uniforme de couleur bleu roi, garni de manchettes et de galons dorés et assorti à un tricorne épinglé de cocardes et autres insignes de décoration, il avait belle allure. La vie était enfin redevenue normale, depuis qu'il avait retrouvé sa place dans la Marine Royale anglaise, après avoir récupéré le cœur de Jones et l'avoir rapporté à Lord Beckett. Et quelle place ! À présent, il était amiral. Les mois passés en disgrâce après qu'il avait laissé fuir Jack Sparrow dans un accès de générosité pitoyable, lui semblaient un pur cauchemar. La vie de renégat et de proscrit n'était pas faite pour lui. Il était né pour l'ordre, le commandement, la rigueur militaire et l'honneur... Et s'il lui arrivait parfois de songer à Élisabeth avec un pincement au cœur, il chassait bien vite cette pensée. Leurs destins ne pouvaient se rencontrer, c'était comme ça.

– Oui, poursuivit Beckett en adressant à l'amiral un sourire aimable. J'ai là quelque chose qui convient mieux à votre nouvelle situation.

Il désignait de l'index un long étui en bois, que Norrington reconnut immédiatement. Le cœur battant, l'amiral s'approcha. Il ouvrit la boîte et son épée d'apparat resplendit. L'amiral lutta contre l'émotion en contemplant le magnifique objet en or et en acier feuilleté, qui lui avait été offert lors de sa nomination au grade de commodore. Il se souvenait que c'était

Will Turner qui l'avait forgée : l'homme qui lui avait pris sa fiancée...

– Les Frères savent que leur existence est menacée, annonça Beckett avec satisfaction. Ils n'ont plus qu'à choisir le lieu de leur défaite ! Je compte sur vous pour continuer à développer notre armada pour le combat final. L'heure de vérité approche...

Norrington approuva d'un signe de tête. Débarrasser la mer des pirates avait toujours été son plus cher désir, on pourrait même dire son obsession. Mais par un enchaînement de pensées inconscientes, son regard se porta sur le gouverneur, assis devant sa table à l'autre bout de la cabine. James Norrington aimait bien Watherby Swann. Le vieil homme lui faisait de la peine. Il savait qu'il se consumait d'inquiétude pour sa fille. Il savait en particulier que le gouverneur mourait de peur à chacune des attaques du *Hollandais*, tant il redoutait qu'Élisabeth soit à bord d'un de ces vaisseaux pirates.

La porte s'ouvrit. Mais ce n'était pas encore le lieutenant Groves. C'était un aide de camp qui s'approcha du gouverneur pour lui remettre une nouvelle liasse de documents à signer.

– Pas encore des ordres de réquisition, j'espère ! soupira Swann.

– Non, monsieur, des ordres d'exécution.

Swann fit une grimace de souffrance. Il chercha le regard de Norrington et les yeux des deux hommes se croisèrent. Puis, tous deux se détournèrent et, ravalant sa peine, le gouverneur reprit sa terrible tâche. Les coups de canon avaient cessé.

Quelques instants après, Groves entrait.

– L'attaque est terminée, messieurs, annonça-t-il en saluant.

Repoussant sa chaise, le gouverneur se dressa sur ses jambes et, sortant précipitamment de la pièce, il monta sur le pont.

Beckett et Norrington le rejoignirent aussitôt. Debout au bastingage, le gouverneur Swann regardait fixement la scène. Des dizaines de cadavres flottaient sur l'eau au milieu de débris de coque et de tonneaux enflammés qui achevaient de se consumer. À quelques encablures de là, les gueules des canons du *Hollandais Volant* fumaient encore, tandis que le navire pirate était en train de disparaître dans les flammes. Armés de longues-vues, Beckett et Norrington considéraient avec un peu de surprise le carnage. Il semblait que Davy Jones faisait du zèle.

– Par l'enfer ! s'exclama le directeur de la Compagnie des Indes. Il ne reste plus rien ! Pourquoi détruire les bateaux ? Et certains de ces hommes peuvent servir ! Faites descendre la chaloupe, ordonna-t-il à Norrington. On va aller saluer ce bon vieux Davy Jones. Et, j'y pense, prenez donc le coffre !

Swann se détournait du bastingage pour partir, quand il s'obligea à regarder de nouveau. Il y avait encore des corps qui approchaient, charriés par les vagues depuis le vaisseau martyre. Mais Norrington lui mit la main sur le bras d'un geste apaisant.

– Elle n'est pas là, dit-il. Allez, venez avec nous !

Peu après, une chaloupe remplie d'une poignée

d'hommes d'équipage quittait l'*Intrépide*, en compagnie de Beckett, de Mercer, de Norrington et de Swann.

Sur le *Hollandais*, dans son immense cabine qui ressemblait à une église avec son orgue monumental, le capitaine se reposait après la bataille. Ce n'était pas qu'il était fatigué, d'ailleurs. Il n'avait même pas eu besoin de se soucier de rassembler les survivants, puisqu'il avait décidé qu'il n'y aurait pas de survivants. Pourquoi survivre, après tout ? Pourquoi vivre, d'ailleurs ? D'autant plus que si survivants il y avait, c'était maintenant Beckett qui se les appropriait.

Le dos un peu courbé, le capitaine se tenait assis devant son orgue. Au lieu de jouer, il regardait fixement un petit médaillon posé dans le creux d'une conque, devant le clavier. Sur ce médaillon en forme de cœur était gravé un visage, qui ressemblait à celui, beau et noble, de quelque divinité marine féminine. Tendant la main, le capitaine du *Hollandais* le souleva doucement et l'ouvrit. Alors qu'il contemplait le portrait de femme qui y était enfermé, une larme se forma soudain au coin de son œil. Jones la toucha du doigt, stupéfait. Une larme ! Lui qui ne pleurait plus, depuis qu'il s'était arraché le cœur et l'avait enterré loin, bien loin, afin de ne jamais plus ressentir aucune émotion ! Certes, son cœur était maintenant entre les mains du directeur de la Compagnie des Indes, qui le gardait sur son bateau, à l'écart du *Hollandais*, loin de lui. Cette larme ne pouvait donc signifier qu'une chose...

Jones se retourna. Par la porte de sa cabine, comme il s'y attendait, il aperçut des hommes qui arrivaient sur le pont en portant le coffret maudit...

C'était la première fois que les hommes d'équipage de l'*Intrépide* montaient à bord du *Hollandais Volant*. L'expérience était également nouvelle pour Swann et pour Norrington. Voir surgir de l'eau ce bateau venu de l'enfer, avec sa coque sculptée de visages humains qui semblaient encore vivants et son équipage de monstres marins, c'était déjà une expérience effarante, mais monter à bord du navire constituait une étape supplémentaire – et insoutenable – dans l'horreur.

En arrivant sur le pont de l'incroyable bâtiment, l'amiral Norrington encouragea ses hommes du regard. Il comprenait leur terreur, parce que lui-même l'éprouvait. Les hommes de Jones s'étaient également reculés à distance prudente. Ils frémissaient de dégoût devant ces hommes en pleine santé, campés dans leurs uniformes resplendissants.

– Du calme, matelots ! intima Norrington à ses hommes. Nous nous trouvons à bord d'un navire de haute mer, ni plus ni moins. Comportez-vous en honnêtes marins !

Les deux hommes qui portaient le coffre acquiescèrent avec un sourire crispé. L'un d'eux retira sa main du bastingage avec une grimace horrifiée. Elle était complètement visqueuse. Tout le bateau était gluant et envahi par les algues et les coquillages...

– Oh, ce n'est pas si terrible ! essaya de plaisanter le soldat pour se rassurer. Ce navire n'a besoin que d'un peu d'huile de coude...

– Et après, on met le feu à l'huile ? proposa son collègue.

– Et on met les voiles vite fait ! répondit l'autre.

– C'est un plan en deux parties.

– C'est à ça qu'on voit qu'il est bon !

Cette petite conversation fut interrompue par l'arrivée de Davy Jones, qui se matérialisa soudain sur le pont, comme par magie. Mais le capitaine s'immobilisa à bonne distance, les yeux rivés sur le coffre contenant son cœur.

– Au diable, tous ! vociféra-t-il, tandis que ses tentacules se tordaient de colère en devenant violacés. Déguerpissez et emportez ça ! Je ne veux pas de cette chose infernale à mon bord !

Beckett s'avança, toujours aussi imperturbable. Avec Mercer, il était le seul sur le *Hollandais Volant* à se sentir parfaitement à l'aise. Il adorait ce navire, en réalité. Comment ne pas adorer ce qui vous donne le moyen d'être le maître des mers ? Et Davy Jones, malgré son immortalité, n'était qu'un sinistre clown, qu'il avait à sa botte. Quant à ses hommes d'équipage, ils ne lui inspiraient ni horreur ni pitié : ils le servaient, c'est tout.

– Oh oh, dit-il au capitaine d'une voix moqueuse, je suis désolé d'entendre ça... Parce qu'il en sera quand même ainsi ! Il semble bien que cela soit la seule façon de faire pour que ce navire obéisse strictement aux ordres de la Compagnie.

– Le *Hollandais* obéit à son capitaine ! aboya Jones.

– Et le capitaine fait ce qu'on lui dit, répliqua Beckett en faisant signe à Norrington d'emporter le coffre dans la cabine du capitaine. Le monde ne vous appartient plus, Jones. Je pensais que vous l'aviez compris, quand je vous ai donné l'ordre de tuer votre bestiole.

Les tentacules de Jones se figèrent un instant. Le capitaine repensait au Kraken, ce monstre à son image...

Surmontant sa peur et son dégoût, le gouverneur s'avança vers le capitaine du *Hollandais Volant*.

– Avez-vous donné à ces bateaux la possibilité de se rendre ? lança-t-il d'une voix rauque.

– Nous les avons laissés nous voir arriver, répartit Jones d'un air indifférent. Il me semble que c'était une chance suffisante.

– Ma fille aurait pu être à bord de l'un d'eux ! glapit le gouverneur. C'était une raison suffisante pour vous modérer !

– Et il nous faut des prisonniers pour les interroger, intervint Beckett en appuyant les propos du gouverneur. Ce qui est plus commode quand ils sont vivants...

– J'extermine les pirates, comme la Compagnie me l'ordonne, cracha Jones. De toute façon, ajouta-t-il en se tournant vers le gouverneur, votre fille est morte ! Elle a été entraînée sous la mer avec le *Black Pearl* par ma bestiole. Beckett ne vous l'a-t-il pas dit ?

Sous le choc de la nouvelle, le gouverneur se raccrocha au bastingage. Puis, faisant volte-face, il partit à pas précipités.

À cet instant précis, dans la cabine du capitaine, l'amiral Norrington était en train d'ouvrir le coffret contenant le cœur de Davy Jones. Prenant la clef à deux branches – celle-là même que Jack Sparrow avait cherchée si longtemps et dont Will Turner s'était finalement emparée en montant à bord du *Hollandais*

Volant –, il considéra un instant la serrure, qui était en forme de cœur entourée de deux pinces de crabe, et y introduisit la clef. Dès qu'il l'eut tournée, un mécanisme se déclencha et les pinces s'écartèrent de la serrure, tandis que des barres de fer coulissaient pour libérer l'ouverture.

Norrington souleva le couvercle et c'est au moment où ses yeux se posaient sur l'énorme cœur sanglant qui palpitait au fond du coffret, que le gouverneur se rua sur lui. Arrachant sa baïonnette à l'un des soldats posté près de l'amiral, il leva la main pour transpercer le cœur mais, d'un geste vif, Norrington lui saisit le poignet et l'obligea à reculer en lâchant prise.

– Gouverneur ! Mais pour l'amour de Dieu, que se passe-t-il ?

– Le saviez-vous ? Le saviez-vous ? haleta Swann en attrapant l'amiral par sa veste et en le secouant comme un prunier.

Norrington regardait le père d'Élisabeth en cherchant à comprendre.

– Elle est morte ! hurla le gouverneur. Ma fille est morte !

Norrington agrandit les yeux, comme foudroyé. Élisabeth, morte ! Non, ce n'était pas possible !

– Cette abomination va mourir aussi ! glapit le gouverneur en brandissant de nouveau sa baïonnette.

Avec fermeté, Norrington le maîtrisa à nouveau, tout en faisant signe du regard aux soldats de sortir. Il voulut conduire le père d'Élisabeth vers un fauteuil, mais le vieil homme résistait de toutes ses forces pour revenir vers le coffre.

– Lâchez-moi ! cria-t-il. Je sais ce que j'ai à faire !

– Lâchez-le ! appuya une voix derrière eux.

Les deux hommes levèrent les yeux. Davy Jones entrait dans la cabine à grands pas, ses petits yeux bleus plus que jamais empreints d'une cruauté vengeresse.

– Êtes-vous prêt pour ce qui suivra, une fois que vous m'aurez tué ? jeta-t-il au gouverneur en venant presque coller son répugnant visage au sien. Quand j'ai sculpté ce vaisseau – ce perfide vaisseau – de la substance de mon propre corps, j'y ai fixé un sort effroyable. Celui qui percera mon cœur y abandonnera le sien !

Swann et Norrington se regardèrent, n'osant comprendre. Celui qui tuerait Jones deviendrait comme lui ?

– L'équipage n'est pas lié qu'à moi, il est lié au *Hollandais* et le *Hollandais* doit toujours avoir un capitaine ! précisa le capitaine avec hargne. Alors, êtes-vous toujours décidé, gouverneur ?

Mais ce dernier fut dispensé de prendre une décision, car Beckett et Mercer arrivèrent à ce moment précis dans la cabine.

– Gouverneur ! annonça-t-il d'une voix forte. Cessez de vous lamenter ! Je vous garantis que votre fille est toujours en vie.

– Je l'ai vue de mes yeux à Singapour, confirma Mercer.

Jones tressaillit de surprise. Il pensait que toute la clique avait disparu en même temps que Jack.

– Vous êtes tous des menteurs ! hurla le gouverneur, furieux.

– Non, Jones est seulement cruel, répondit

Beckett. Mais j'ai peut-être péché par omission, dit-il. Veuillez m'en excuser.

– Gouverneur, fit Norrington en lui touchant le bras dans un geste consolateur. Il y a toujours de l'espoir. Vous retrouverez Élisabeth.

Swann scruta le visage de l'ancien fiancé de sa fille. Lui au moins était sincère. Il lui rendit la baïonnette puis, se tournant vers Beckett :

– Notre collaboration est terminée, dit-il. Je ne me ferai plus complice de ce carnage et de ces exécutions. Le pire pirate a plus d'honneur que vous. Même Jack Sparrow ! Vous n'êtes qu'un meurtrier sanguinaire.

Norrington l'escorta vers la sortie, en passant devant Beckett, à qui il lança un regard aigu. Le directeur de la Compagnie savait qu'Élisabeth était en vie et il avait omis de rassurer le gouverneur...

– Vous pouvez disposer ! dit Beckett à Jones d'un ton glacial.

Après avoir lancé à Beckett le même regard aigu, le capitaine sortit.

Le directeur et son assistant se retrouvèrent seuls dans la cabine de Jones. Beckett observait le silence. Il réfléchissait à la marche à suivre, tandis qu'il refermait doucement le coffret.

– Ce sacré Jones est un rusé, commença Mercer. Qui le tuerait en sachant qu'il devra le remplacer ?

Beckett ruminait la chose. Il est sûr que cela n'arrangeait pas leurs affaires.

– Je peux ordonner à l'amiral Norrington de se taire, dit-il. Et il obéira. Il est comme ça.

– Et le gouverneur ? insista Mercer.

Beckett réfléchit. Puis il prit sa décision, un peu à

regret, car sans la signature de Swann, les choses seraient plus compliquées.

– C'est ainsi, dit-il. Tout homme emporte son secret dans sa tombe...

8

Glaciers et icebergs avaient disparu ; à présent, le *Hai Peng* était au-delà des régions arctiques.

Seule, accoudée au bastingage, Élisabeth contemplait le miroir de l'eau, où les étoiles se reflétaient plus brillamment encore qu'à l'accoutumée. Le navire glissait silencieusement sous le ciel et elle commençait à imaginer que l'océan pouvait se laisser tomber au loin dans le néant.

Tandis qu'elle regardait la mer et les étoiles, les questions se bousculaient dans sa tête. Allaient-ils vraiment atteindre le bout du monde ? Trouveraient-ils le passage qui les mènerait au Bas-Fond de Jones ? Y trouveraient-ils Jack ? Ça, c'étaient les questions essentielles, mais d'autres en découlaient. La principale étant : est-ce que le capitaine du *Black Pearl* lui aurait pardonné ? Quand Élisabeth l'avait enchaîné au mât, Jack l'avait traitée de « pirate », avec une intonation admirative. Mais le capitaine ne savait pas encore ce qui l'attendait dans le Bas-Fond. Peut-être que ce séjour l'aurait changé... Pour avoir connu les geôles de Port Royal, Élisabeth savait à quel point l'expérience était traumatisante. Et le Bas-Fond de Jones était sûrement bien pire, au-delà de ce qu'Élisabeth se sentait capable d'imaginer.

La jeune fille entendit le plancher du pont craquer derrière elle. Elle se retourna. Will était là. Sans dire un mot, il vint s'accouder au bastingage à côté d'elle et resta là, à faire semblant de contempler la mer. Peut-être attendait-il qu'elle parle, mais elle n'en avait pas envie. Tout avait tellement changé entre eux... Elle l'aimait encore, mais quelque chose la séparait de lui. Elle ne pouvait plus s'abandonner comme avant, lui dire ce qu'elle ressentait. Ils étaient en quelque sorte devenus des étrangers l'un pour l'autre.

– Pendant combien de temps encore allons-nous nous éviter ? lâcha brusquement Will en se tournant vers sa fiancée.

Élisabeth se passa la main dans les cheveux. Elle ne savait pas quoi lui répondre.

– Quand nous aurons trouvé Jack, dit-elle enfin dans un cri du cœur, tout ira bien.

Will se répéta en lui-même ce qu'il venait d'entendre. Ces paroles pouvaient s'interpréter de bien des façons. Élisabeth ignorait qu'il l'avait vue embrasser Jack et il ne lui avait volontairement rien dit. Il attendait que ce soit elle qui en parle. Mais elle n'en faisait rien et son silence tourmentait Will à n'en plus finir.

– Alors, nous sauverons Jack ! finit-il par conclure avec résignation.

Élisabeth acquiesça d'un mouvement d'épaules, puis elle tourna les talons et alla s'installer un peu plus loin contre le bastingage.

C'est alors que Tia Dalma apparut sur le pont, les bras chargés d'un plateau contenant des tasses remplies de rhum chaud. Petit à petit, les membres d'équipage se rassemblèrent autour d'elle et Élisabeth revint vers le groupe.

Barbossa avala le contenu de sa tasse d'un trait, tandis qu'Élisabeth la gardait dans ses mains pour se réchauffer.

Tia Dalma souriait en les regardant un à un.

– Vous survivrez si vous savez vraiment pourquoi vous êtes là, dit-elle.

Il y eut un silence. Elle se tourna vers Will :

– Quelle est ta motivation, Will Turner ? Qu'attends-tu de ce voyage ?

– Jack est mort en me sauvant la vie. Je ne peux pas l'abandonner.

Élisabeth resta muette, bien qu'elle savait que Will mentait. Et elle savait aussi que Tia Dalma le savait. Rien n'échappait à la sagacité de la magicienne.

– Et toi, Barbossa ? interrogea Tia Dalma.

– C'est parce que vous m'avez demandé de venir ! répondit le capitaine d'un air amusé. Après m'avoir rendu le grand service de me rendre à la vie, c'était le moins que je pouvais faire...

– Comment s'y est-elle pris exactement ? ne put s'empêcher d'interroger Gibbs.

Barbossa sourit, mais ne répondit pas. Il sortit une pomme et un couteau de sa poche et coupa le fruit qu'il se mit à manger avec délectation. Au cours de son long passé, le capitaine avait été victime d'une malédiction : la faculté d'apprécier la saveur des mets lui avait été retirée, comme celle de la compagnie des femmes. Il avait alors tellement désiré sentir le goût sur ses papilles d'une simple pomme, ne serait-ce qu'une fois...

– Et vous, Élisabeth ? Quel cœur mettez-vous à ce voyage ? continua Tia Dalma en se tournant vers Élisabeth.

– Jack Sparrow n'a pas mérité son destin, répondit Élisabeth. Mais vous-même, Tia Dalma, reprit-elle au bout de quelques instants, pourquoi vous risquez-vous dans un voyage aussi périlleux ?

– Le monde est un endroit vide sans Jack Sparrow ! répondit la sorcière de son sourire charmant. Et puis, ajouta-t-elle en devenant grave comme si elle décidait soudain de dire la vérité, beaucoup de gens ont des dettes envers moi. Jack n'est pas le moindre de mes débiteurs...

Ces paroles tombèrent dans un silence qui se prolongea. Les tasses de rhum étaient vides.

Soudain, Will poussa un cri. Très loin, au fond de la nuit, il lui semblait apercevoir une bande d'écume étincelante qui barrait l'horizon.

– Barbossa ! Regardez ! Droit devant !

Le capitaine hocha la tête.

– On s'approche, confirma-t-il. Je reconnais ces eaux...

Sans pouvoir réprimer un frisson, le capitaine se remémora sa mort : cet instant glacial, stupéfiant, puis cette sorte de descente en soi-même, une descente qui semblait sans fin, puis enfin la longue dérive dans un océan entre deux mondes, où Tia Dalma était venue le rechercher.

– Maintenant, nous ne pouvons plus reculer, dit-il. Nous sommes bel et bien perdus.

– Perdus ? répéta Élisabeth, en ouvrant de grands yeux.

Le capitaine lui adressa un sourire amusé :

– Mais oui, il faut bien être perdu pour trouver un endroit qu'on ne peut trouver ! Sans cela, n'importe qui saurait où le trouver...

– J'entends un drôle de bruit ! s'exclama Gibbs, inquiet.

– On dirait un rugissement, répondit Élisabeth en se penchant au-dessus de l'eau.

Will se pencha à son tour. L'eau lisse de la mer s'était animée d'un courant qui en faisait clapoter la surface et les entraînait vers l'ouest. Ce courant devenait de plus en plus puissant, d'instant en instant.

– On est attiré par le courant ! cria Will. Nous prenons de la vitesse... Regardez, le bateau commence à tourner !

En moins d'une minute, la mer fut agitée de tels remous, qu'on aurait dit que Poséidon en personne la fouettait.

– Tout le monde à son poste ! hurla Will. Il faut faire demi-tour. Gouvernail à fond ! Bâbord toutes et mettez la voilure !

Mais la voix tonitruante de Barbossa couvrit presque le rugissement de l'eau.

– N'en faites rien ! Laissez ce rafiot courir !

Grimpant quatre à quatre dans le gréement, Will regarda au loin. Il encaissa le choc. Un mur d'écume surmontée d'un brouillard d'une blancheur étincelante se dressait à quelques encablures du navire sur toute la longueur de l'horizon. Cela ressemblait aux abords d'une énorme chute d'eau !

Il renouvela son ordre de tous ses poumons.

– Bâbord toutes !

La jonque commença à virer contre le courant. Mais pas suffisamment. Elle s'approchait inexorablement de la ceinture d'écume, comme happée par une irrésistible succion.

Haussant les épaules, Barbossa renonça à intervenir. De toute façon, cela ne changerait rien. Le grand vaisseau était arrivé à un point de non-retour. Il ne pouvait pas plus résister à l'attraction du maelström qu'une plume à un coup de vent.

Soudain, prise définitivement au piège, la jonque commença à décrire des cercles. À présent, l'atmosphère était tellement chargée d'embruns et de vapeurs qu'on ne distinguait plus qu'à peine les silhouettes de l'équipage.

Essuyant son visage du revers de la main, le maître d'équipage aperçut avec stupeur Tia Dalma, qui jetait le plus tranquillement du monde ses pinces de crabes sur le plat d'un tonneau. Toute cette agitation n'avait pas l'air de l'émouvoir du tout. Elle semblait aussi à l'aise dans cette tempête qu'un poisson dans l'eau.

– *Malfaiteur en tombeau, Crochir l'esplanade dans l'fond d'l'eau !* commença-t-elle à psalmodier.

Elle répéta l'incantation plus vite, puis plus lentement. Puis, elle déplaça ses pinces en formant des figures complexes qui se répétaient. Gibbs l'avait déjà vue faire, quand la sorcière leur avait révélé l'emplacement du *Hollandais Volant*, mais cette fois, elle prononçait également une formule magique. Seigneur

Jésus ! Il fallait espérer que ce soit une formule de protection !

Laissant Tia Dalma à ses pinces, le maître d'équipage alla rejoindre Will qui luttait à la barre, en pure perte. Dès l'instant où le courant les avait pris, Gibbs avait compris qu'ils ne résisteraient pas à l'attraction du phénomène et que toute lutte était vaine. Qu'y avait-il au-delà de cette ceinture d'écume, dont ils se rapprochaient inexorablement ? se demanda-t-il dans un vertige. Le puits sans fond d'un maelström ? Allaient-ils vraiment traverser le globe et tomber dans un autre monde, comme le racontent les vieilles légendes ?

– Vous nous avez tous condamnés ! hurla Élisabeth à Barbossa, qui était en train de se redresser sur ses jambes, après une glissade.

– Ne soyez pas ingrate ! répondit le capitaine. Il se peut que vous n'ayez plus jamais l'occasion de passer par ici. Et n'oubliez pas que si vous mourez, ces mots seront les dernières paroles d'amitié que vous entendrez de votre vie ! ajouta-t-il avant d'éclater d'un rire dément.

C'est alors que la jonque fut happée par un courant circulaire encore plus violent. Soulevé comme un jouet dans la main d'un enfant, le *Hai Peng* fut projeté d'un seul coup sur la crête du gouffre et les marins virent alors dans quoi ils allaient plonger : un abîme bouillonnant, écumant, d'un noir d'encre, dont montait un mugissement formidable. La coque de la jonque se dressa à moitié au-dessus de la mer et le navire resta un instant suspendu, la poupe au-dessus du vide et la proue encore sur l'immense océan qu'ils quittaient, tandis que tous les membres d'équipage fermaient les yeux et hurlaient, excepté Élisabeth qui voulait mourir les yeux ouverts, excepté Will qui regardait Élisabeth avec désespoir, excepté Barbossa qui riait à gorge déployée, et excepté Ragetti qui était en train d'arracher une planche à la table du gouvernail en faisant signe à Pintel de venir avec lui. Ce serait une sacrée glissade, calculait le pirate, mais avec un bon angle, ils arriveraient peut-être sains et saufs au fond...

Puis, la jonque bascula, projetant tous ses occupants dans le vide.

C'était comme tomber du haut d'une immense montagne liquide...

D'un seul coup, ce fut l'obscurité totale.

Puis, il y eut des bruits de chants et de rires. Cela ressemblait à des voix de pirates, lointaines et fantomatiques...

Yo ho, et une vie de pirate pour moi !

Et aussi vite qu'elles étaient venues, ces voix s'évanouirent.

9

Le sable du purgatoire... Il s'étendait dans toutes les directions, sans fin, au-delà d'une mer sans poissons, sans algues, sans vagues, sans rochers, sans vie.

En haut, dans le ciel bleu sans nuage, brûlait un soleil blanc sans rayons, d'une dureté implacable. Pas de vent, aucun souffle d'air. Les voiles du *Black Pearl*, échoué sur le vaste désert, pendaient, complètement flasques.

Mais, soudain, l'une d'elles se tendit. Puis, elle se relâcha. Fronçant les sourcils d'un air outré, Jack Sparrrow la retendit fermement de la main. Levant les yeux, il fit signe à son maître d'équipage, perché dans le gréement.

– Maître d'équipage, tirez-moi sur cette drisse ! Relevez-moi les voiles !

Le maître d'équipage acquiesça. L'homme à qui s'adressait Jack portait un bandana rouge comme le sien, orné d'une agrafe semblable à la sienne, où était enfilée une série de perles, terminées par une petite pièce de monnaie. Il avait la même chevelure noire que le capitaine du *Black Pearl*, tressée elle aussi en dreadlocks et, de même, il portait une chemise blanche par-dessus une longue veste sans manches, entourée de multiples ceinturons dans lesquels étaient passées des armes identiques. Ce maître d'équipage avait aussi de grandes bottes à revers, qui étaient les copies conformes de celles de Jack, ainsi qu'un tricorne en cuir buriné d'un modèle unique, usé de la même façon. Même moustache, même barbichette tressée de perles, mêmes yeux noirs charbonneux... mais pas du tout la même expression. Le maître d'équipage de Jack était un homme qui avait l'habitude d'obéir, contrairement à Jack.

Perché dans le gréement, il agita la main :

– Bien compris, mon capitaine ! Relevez les voiles, moussaillons ! ordonna-t-il en mettant ses mains en porte-voix. Et mettez-y du cœur... Comment se place le navire ?

Sur le pont, un marin se retourna. Lui aussi ressemblait à Jack à s'y méprendre : habillé de la même façon, les mêmes yeux... mais pas le même regard non plus. L'homme avait encore plus l'habitude d'obéir que le maître d'équipage. Son expression était humble et respectueuse.

– Le vent est bon ! dit-il. Et la mer à l'avenant !

Le capitaine approuva. De fort belle humeur, il se mit à arpenter le pont. Mais, soudain, il s'arrêta en roulant des yeux. Non, tout n'allait pas bien du tout ! Il y avait même un gros problème... Faisant de grands gestes, il interpella de nouveau son maître d'équipage :

– Maître Sparrow, venez ici, je vous prie !

Le maître d'équipage se laissa descendre du gréement. Arrivé sur le pont, il se liquéfia. Son capitaine le regardait d'un air qui aurait pu faire frémir de terreur le plus endurci des pirates.

– Qu'avez-vous à dire sur l'état de ce nœud sur la corde de proue ? interrogea sèchement le capitaine.

En face de lui, tel un frère jumeau qui aurait grandi dans l'ombre de la personnalité écrasante de son double, le maître d'équipage avala sa salive, avant de répondre :

– Il me semble correct, monsieur.

Tandis que l'autre parlait, Jack tira un petit coup sur le nœud, qui se défit.

– Correct, dites-vous ? gargouilla le capitaine. Il n'est ni correct ni convenable, maître Jack ! Il n'est ni acceptable ni adéquat. Il est, en vérité, abominable...

Le second baissa la tête. Ses yeux noirs et charbonneux avaient pris une expression de chien battu. Malgré son fier tricorne, il avait l'air du plus lamentable des pirates. C'est alors qu'un autre marin s'avança. Il était tout aussi semblable à Jack, bien que complètement différent. C'était entre tous celui qui ressemblait le moins à Jack, malgré son visage, son corps et son habillement strictement identiques. On aurait dit la carcasse de Jack, mais sans son âme. Pour tout dire, cet avatar de Jack avait l'air d'un brave garçon...

– S'il vous plaît, monsieur, plaida-t-il, peut-être accepteriez-vous de lui donner une deuxième chance ?

Le capitaine se campa, la main sur la hanche, en toisant l'importun :

– C'est avec ce genre de bêtise qu'on s'est mis dans ce pétrin ! dit-il d'un ton sans appel et, tirant un pistolet, il tira sur le brave Jack, qui recula en titubant, avant de passer par-dessus le bastingage.

Sans même lui accorder un coup d'œil, le capitaine se retourna, cherchant son second :

– Tu nous as fait perdre de la vitesse et par conséquent du temps ! vociféra-t-il en postillonnant. Ce temps précieux, qu'on ne peut retrouver une fois qu'on l'a perdu... Comprends-tu ?

– Oui, mon capitaine, s'empressa d'acquiescer maître Jack.

– Et maintenant ? reprit le capitaine. Il va falloir tout refaire ! Tout refaire ! Et que cela vous serve de leçon, bande d'incapables !

– C'est la zone des calmes équatoriaux, monsieur, lui fit observer son maître d'équipage avec un sourire malheureux. Tout l'équipage a les nerfs en pelote, ne soyez pas trop sévère...

– C'est ce que nous allons voir ! répondit Jack vertement. Arrimez une corde au navire ! Je n'ai aucune sympathie pour aucun d'entre vous, espèces de vers de pourriture de sacs de farine avariée ! On va le tirer de là nous-mêmes...

Mais après avoir dit cela, Jack resta immobile, les yeux fixes. Puis, ses épaules s'affaissèrent. Soudain, il se sentait fatigué, très fatigué. Il se secoua comme pour dire à tous les personnages qu'il jouait en même temps d'aller se faire voir ailleurs et c'est exactement ce qu'ils firent.

Descendant de son bateau en se laissant glisser le long d'une corde, le capitaine sauta sur le sable.

Il ne savait plus où il en était. Ni où il était, d'ailleurs. Et pas davantage qui il était. Était-il là, ailleurs, partout ou nulle part ? Impossible à dire. Il ne savait même pas si c'était lui qui jouait différents rôles ou s'il avait des hallucinations. Car il y avait parfois des minuscules avatars du capitaine du *Black Pearl* qui lui bondissaient sur l'épaule pour lui parler à l'oreille droite et à l'oreille gauche, l'un lui prodiguant certains conseils, et l'autre soutenant exactement le contraire. Tout se passait comme si certaines des pensées de Jack sortaient de son corps pour devenir un autre lui-même en train de penser. Ces avatars de Jack Sparrow lui laissaient peu de répit, tant il est difficile d'arrêter ses pensées, surtout pour quelqu'un comme le capitaine du *Black Pearl*, dans la tête duquel il y a toujours une idée pour pousser l'autre.

Se baissant vers le sable, Jack attrapa le bout de la corde de l'amarre et, s'arc-boutant, il commença à tirer. La mer n'était pas loin, il allait y arriver. Les bottes du capitaine s'enfoncèrent dans le sable, tandis qu'il tirait de toutes ses forces. Mais il n'arriva qu'à piétiner sur place.

– Pas de vent ! soupira Jack en se laissant tomber sur le sable.

Soudain, il aperçut à quelque distance de lui des pierres lisses et arrondies qu'il n'avait pas encore remarquées. Ce n'était pas faute d'avoir exploré les lieux, pourtant. Jack était allé aussi loin qu'il avait pu en espérant rencontrer du monde, une taverne, quelque chose pour se rincer le gosier, de la joyeuse compagnie, mais il n'avait rien trouvé, si ce n'est des espèces d'ombres qui mangeaient le sable du désert et buvaient l'eau de la mer en devenant de plus en plus immatérielles. Jack s'était bien gardé de les imiter.

S'empressant de s'éloigner au plus vite de ces âmes bannies et maintenant damnées, il avait compris confusément que cette mer-là était celle de l'oubli et que boire de son eau le conduirait à s'oublier soi-même. Or, Jack Sparrow s'aimait trop pour avoir envie de s'oublier...

Tendant la main, il attrapa une pierre et, se penchant en arrière, il la lança à plat. Le capitaine sourit d'un air triomphant. Il n'avait pas perdu la main ! Trois ricochets ! C'était pas mal, pour un début. Alors que Jack allait prendre une autre pierre pour essayer d'améliorer son record, il s'aperçut avec stupeur que la pierre revenait vers lui en roulant...

Le capitaine la regarda de côté avec méfiance. La pierre s'arrêta et c'est alors qu'elle commença à se fendiller. Ce n'était pas une pierre, mais un œuf ! Une fois cassé, sous les yeux médusés de Jack, un petit crabe en sortit. Il se tourna alors vers Jack en produisant des petits bruits, comme s'il riait.

– Génial ! s'exclama Jack. Il aurait manqué quelque chose à mon tourment si ces crabes n'étaient pas là pour se moquer de moi !

Rageusement, le capitaine ramassa une poignée de sable et la lança sur le crabe, qui recula en caquetant.

De plus en plus fatigué, Jack se laissa tomber en arrière sur le sable et s'allongea. Il ferma les yeux et resta là, rôtissant sous le soleil impitoyable du purgatoire... Le temps passa, passa...

Mais soudain, Jack cligna des yeux. Il avait senti une ombre recouvrir son visage. Levant un sourcil, il se redressa. Puis, il se frotta les yeux en se demandant s'il rêvait. Ou plutôt, s'il se réveillait. La proue du *Black Pearl* venait d'apparaître au-dessus de lui !

En un instant, Jack fut sur ses jambes. Il écarquilla les yeux. La quille noire du *Black Pearl* creusait un sillon dans le sable, tandis que le navire glissait sur la surface du désert comme sur un océan, transporté par des milliers de petits crabes.

– Intéressant ! commenta le capitaine en ajustant son tricorne.

10

Non loin de là, derrière les dunes où Jack s'était redressé sans l'attitude martiale du capitaine saluant son navire, les passagers du *Hai Peng* étaient arrivés à destination. Les passagers, mais pas le navire... Gibbs, qui sortait de l'eau complètement étourdi après cette incroyable glissade, s'arrêta en voyant ce qui restait de la jonque chinoise. Tout était là, à première vue, de la coque aux mâts en passant par les ailes de papillon de nuit, mais en morceaux : mille morceaux qu'on ne pourrait jamais recoller.

– Je déteste les bateaux, dit Ragetti en arrivant derrière lui avec Pintel.

Tous deux se tenaient encore à la planche à laquelle ils s'étaient accrochés tout du long de leur plongeon. Comme coup d'essai, ce n'était pas un coup de maître : en fait de prendre la vague, c'était la vague qui les avait pris, en leur faisant boire la tasse pendant presque toute la durée de leur glissade.

– Vraiment ? répondit Pintel. Alors s'il en est ainsi, tu m'épargneras dorénavant tes grands effets lyriques quand tu racontes comment tu t'es embarqué en mer et comme quoi tu n'es vraiment heureux qu'en mer !

– J'aime toujours la mer, objecta Ragetti. Ce sont les bateaux, en qui on ne peut pas avoir confiance.

Gibbs tourna la tête vers les deux compères. Ragetti avait raison : cette jonque n'avait pas résisté, malgré son œil et sa girouette. Il est vrai que l'œil était fait pour voir les récifs, pas les maelströms.

Le maître d'équipage considéra les lieux : derrière eux, la mer – si on pouvait appeler cette étendue d'eau morte une mer –, de l'autre le désert à perte de vue.

– C'est vraiment un trou perdu, dit-il en soupirant.

Élisabeth, Will, Marty, Cotton et Barbossa arrivaient à leur tour sur la plage. Le premier réflexe de Barbossa en sortant du grand plongeon avait été de vérifier que les cartes de Sao Feng étaient toujours dans sa poche et que son singe était toujours vivant. C'était bien le cas. Jack – le singe – était perché sur l'épaule du capitaine, comme s'il y était vissé, de même que le perroquet de Cotton sur celle de son maître. Les marins chinois et Tai Huang étaient encore en train de contempler les dégâts en se lamentant.

Écartant ses cheveux mouillés de son visage, Élisabeth fit quelques pas sur la plage, avant de mettre sa main en visière :

– Je ne vois pas Jack ! bredouilla-t-elle.

L'inquiétude perçait déjà dans sa voix. Elle avait beau se raisonner, son cœur battait très fort à l'idée de ne pas revoir Jack... ou de le revoir, d'ailleurs.

– Pas une âme, ajouta Marty en regardant le désert.

Comme les autres, il ne s'attendait pas à ce que le Bas-Fond de Jones ressemble à une plage. Certes, on sentait que quelque chose n'était pas pareil ici. Tout semblait immobile et figé sous ce soleil de plomb.

– Pas de vent, dit Gibbs, d'un air désapprobateur.

– Les âmes, elles ont toutes dû griller, fit Pintel en répondant à l'observation de Marty.

– Je savais qu'en enfer il faisait chaud, dit Ragetti d'un air pénétré.

Barbossa s'interposa :

– Jack Sparrow est forcément là. Davy Jones n'a jamais rendu ce qu'il avait pris.

Will sentit l'irritation monter en lui. Ce qui était clair surtout, c'est que le *Black Pearl* n'était pas là !

– Nous sommes piégés ici, maintenant, vociféra-t-il. Comme Jack. Sans bateau !

Ils tournèrent la tête en voyant Tia Dalma qui s'avançait vers eux en s'étirant. Elle avait l'air de quelqu'un qui s'apprête à passer une bonne journée au bord de la plage. Soudain, elle s'accroupit comme si elle apercevait quelque chose dans le sable et tendit le bras. Surgis d'on ne sait où, des petits crabes arrivèrent en crapahutant vers elle. Une file de petits crabes, qui se mirent à grimper le long de son bras. Ils le remontèrent vers son épaule avant de le redescendre, puis remontèrent encore et redescendirent plusieurs fois. Cette danse semblait ravir Tia Dalma...

– Mes petits mignons, susurra-t-elle, vous avez été bien sages... Vous avez fait comme je vous ai demandé...

Comme elle relevait les yeux, la sorcière des bayous

éclata de rire en voyant les mines ahuries de ses compagnons.

– Jack le rusé est plus proche que vous ne le croyez, dit-elle, les yeux brillants.

Elle se redressa en leur faisant face et se mit à fixer quelque chose qui semblait être intéressant au plus haut point. Tout le monde se retourna. D'abord, ils ne prêtèrent attention qu'aux pirates chinois, qui sortaient enfin de l'eau. Puis, en regardant vers le désert, ils clignèrent des yeux, bouche bée : Jack Sparrow surgissait des dunes, à la proue du *Black Pearl* voguant sur le sable, porté sur les dos de dix mille petits crabes qui progressaient à toute vitesse en direction de l'eau, impatients de piquer une tête...

– Jack ! hurla Gibbs, tandis que son cœur se soulevait de bonheur. Pincez-moi si je rêve ! C'est Jack ? C'est bien Jack ?

À peine eut-il prononcé ces mots, qu'on entendit un petit cri de douleur. C'était Ragetti qui venait de pincer Pintel, après s'être pincé lui-même. Il trouvait que Gibbs avait raison. Il fallait vérifier. Eux-mêmes s'étaient fait pincer un certain nombre de fois en arrivant à Tortuga. C'était une coutume en vogue que de pincer les marins, dont la vie était tellement aléatoire que même ceux qui revenaient au port étaient soupçonnés de ne plus faire partie du monde des vivants.

Les deux amis se regardèrent, rassurés. Ils avaient beau être dans le Bas-Fond de Jones, ils étaient bien réels. Quant à Jack... Les deux compères se regardèrent. Ni l'un ni l'autre n'oserait jamais le pincer.

Sur la plage, les autres pirates ne doutaient pas un seul instant que c'était Jack et non un fantôme qui venait d'apparaître et ils souriaient tous jusqu'aux oreilles. Voir apparaître le capitaine du *Black Pearl* à la proue de son bateau, alors qu'il était censé être mort, était un spectacle auquel personne ne pouvait rester insensible, même ceux qui détestaient Jack, comme Barbossa.

Le navire entra dans l'eau en soulevant des gerbes d'éclaboussures. Gibbs courait après en faisant de grands gestes pour attirer l'attention de Jack, suivi de tous les pirates, hormis Élisabeth que l'émotion paralysait.

Jack aperçut enfin ces silhouettes qui gesticulaient. Il répondit à leurs signes et, saisissant une corde, s'élança du bateau. Quelques instants plus tard, le capitaine arrivait sur la plage, en chair et en os apparemment…

Le visage rayonnant de joie, Gibbs courut à sa rencontre, les bras grands ouverts. Mais en le voyant arriver, le sourire de Jack s'effaça.

– Maître Gibbs ! lui dit-il d'un ton sec.

Gibbs se mit au garde-à-vous.

– Oui, mon capitaine !

– Bien. Je suppose que vous pouvez rendre compte de tous vos actes ?

Un certain désarroi se lut dans le regard du maître d'équipage.

– Monsieur ? dit-il d'un air interrogateur.

Jack releva le menton avec hauteur.

– Nous avons remarqué un manque de discipline chronique sur notre bâtiment qui nous irrite profondément ! dit-il d'un ton sec. Qu'avez-vous à dire à ce sujet ?

Gibbs observa son capitaine et comprit. Jack n'était pas lui-même. Son regard était complètement halluciné. Il n'était pas saoul, non... S'il avait été saoul, Jack aurait été lui-même. Là, c'était la folie de la mort qui flottait dans ses yeux.

– Monsieur, rappela-t-il doucement, vous êtes dans le Bas-Fond de Jones...

– Je sais cela ! Je sais où je me trouve et ne t'imagine pas le contraire !

– Jack Sparrow !

À cette voix, le capitaine se figea. Il reconnaissait le timbre toujours un peu suffisant du capitaine Barbossa.

– Ah, Hector ! dit Jack avec un enthousiasme inattendu en se retournant vers son vieil ennemi. Cela faisait si longtemps !

– Oui, approuva Barbossa, dont les yeux devinrent deux fentes translucides. Très longtemps. Mais je n'ai pas oublié ! L'île de la Muerta... Ça te dit quelque chose ?

– Non..., répondit Jack en ouvrant de grands yeux.

– C'est là que tu m'as tué, appuya Barbossa, qui sentit la haine le submerger plus sûrement que la cataracte où ils avaient plongé.

Jack considéra son interlocuteur en se grattant le menton.

– Je n'ai rien fait de tel, dit-il, après réflexion.

Excédé, Barbossa bondit et, le saisissant par le col, lui mit son couteau sous la gorge.

– J'ai bien envie de m'en servir ! cracha-t-il. En tout cas, il n'est pas lointain, le jour où je m'en servirai !

Il lâcha Jack qui remit ses vêtements en place en époussetant son col. Soudain, le visage du capitaine s'éclaira en apercevant Tia Dalma.

– Tia Dalma ! s'exclama-t-il. Toujours aussi belle ! Tu es vraiment le piment macabre indispensable à tout délire…

Will examinait le capitaine avec perplexité.

– Est-ce qu'il pense que nous sommes une hallucination ? glissa-t-il à Tia Dalma en s'approchant d'elle.

– Ah Will ! s'écria Jack. Es-tu venu parce que tu as besoin de mon aide pour sauver une certaine demoiselle ?

– Non, répondit Will. Je ne suis pas là pour ça.

Ces paroles semblèrent plonger Jack dans un abîme de réflexion.

– Si ce que tu me dis est vrai, tu ne serais pas là. Donc, tu ne peux pas être là. Donc, tu n'es pas là, conclut-il en regardant Will comme s'il était transparent.

– Jack, intervint Élisabeth en s'approchant du capitaine. Tout cela est bien réel. Nous sommes vraiment là.

Jack s'immobilisa. Il se tourna vers Élisabeth en la regardant fixement. La jeune femme ne lui semblait pas transparente, loin de là. Dans l'esprit encore embrouillé de Jack, une foule de souvenirs l'assaillait brusquement. Élisabeth en train de l'enchaîner au mât… Si belle qu'il avait presque aimé être pieds et poings liés, à sa merci. Puis, le monstre qui apparaissait et dans sa gueule béante, entre ses crocs, son cher tricorne, qu'il avait cru perdu pour toujours. Puis, l'odeur fétide de l'haleine du monstre qui ouvrait sa gueule sur lui. Jack se souvenait avoir brandi son épée de sa main libre dans un dernier acte de panache. Il aimait tellement les aventures qu'il était presque curieux de cette grande et ultime aventure qu'était la mort. Puis... plus rien. Et Jack avait sombré dans l'inconscience, tandis que le monstre l'emportait sous la mer, lui et son bateau, avant de nager avec sa proie jusqu'aux confins du monde, au bord du gouffre où il l'avait craché comme une vulgaire sardine.

Et il s'était réveillé ici, sous ce soleil cuisant. Un endroit où il n'y avait rien à faire. Rien, rien, rien. La mort était très décevante...

Jack cligna des yeux. Décevante, comme cette femme. C'est à cause d'elle qu'il avait atterri ici.

Jack se tourna vers son maître d'équipage.

– Tu as bien dit le Bas-Fond de Davy Jones ?

– Oui.

Jack opina. Cette fois, il avait compris. Il se détourna d'Élisabeth. Mais celle-ci l'attrapa par la manche.

– Jack, nous sommes venus vous secourir !

Le capitaine regarda la jeune femme avec un sourire narquois.

– Me secourir ? Voilà qui est inhabituellement généreux de votre part !

– En remerciement de votre action héroïque, précisa-t-elle. Pour nous avoir sauvés du Kraken.

– Quelle charmante attention ! minauda Jack. Mais quoi qu'il en soit, ajouta-t-il d'un ton moqueur, qu'est-ce qui vous fait imaginer que je désire être secouru ?

Ayant dit ces mots, il s'éloigna. Chacun le regardait, stupéfait.

– Pas d'histoires, tu viens avec nous ! grogna Will d'un ton sans appel en lui courant après. Nous avons eu trop de mal à arriver jusqu'à toi !

Jack lui fit un petit signe de la main, avant de reprendre tranquillement son chemin.

– Jack !

Le capitaine se retourna encore. Mais cette fois, il arborait un sourire diabolique et Gibbs sut que Jack, le vrai Jack, *son* Jack était de retour. Le capitaine se campa devant le groupe en jouant gracieusement de sa main baguée.

– Il me semble que dans la mesure où je possède un navire tandis que le vôtre est perdu corps et bien, commença-t-il en faisant des circonvolutions avec ses mains, c'est plutôt vous qui avez besoin d'être secourus. Or, je ne suis pas sûr d'en avoir très envie.

À ces mots, Barbossa désigna la mer.

– Tiens, je vois mon navire, dit-il en montrant le *Black Pearl*, il est juste là !

Jack mit sa main en visière, scrutant l'espace. Il se dressa alors sur ses orteils, puis se pencha d'un côté, puis de l'autre en louchant, comme s'il ne réussissait absolument pas à voir le navire qui se trouvait en face de lui.

Il se retourna vers Barbossa d'un air interrogatif :

– Je ne le vois pas, dit-il. Ce doit être une petite chose minuscule, qui se cache quelque part derrière le *Pearl*.

Raidi par la rage, Barbossa fit un pas vers Jack en

sortant son couteau. Jack Sparrow ne détenait pas le monopole de l'amour pour le *Black Pearl* !

– Je serai le capitaine sur le voyage du retour ! aboya-t-il d'un ton menaçant.

Will s'interposa entre les deux hommes :

– Je suis heureux d'appeler Jack « capitaine », dit-il... ainsi que Barbossa. Écoute, Jack, dit-il d'un ton pressant, on doit tous allier nos forces. Lord Cutler Beckett, tu te souviens ? Il détient le cœur de Davy Jones. Il a le contrôle du *Hollandais Volant*...

– Il est en train de conquérir les mers et l'océan, renchérit Élisabeth en rejoignant Will.

– Le chant a été chanté, intervint Tia Dalma d'un ton pénétrant. Le Tribunal de la Confrérie a été convoqué.

Jack regarda la sorcière d'un air accablé.

– Dès que je vous laisse une minute, voyez donc le résultat !

– Tu as raison, Jack, dit Gibbs d'un ton vibrant en s'avançant vers son capitaine. Le monde a cruellement besoin de toi !

– Et tu as besoin d'un équipage, remarqua Will en souriant.

– Un équipage ? répéta Jack, tandis que les autres s'empressaient de se mettre en file, à l'exception de Barbossa.

Il recula d'un pas, avant de remonter la file en les passant en revue, l'un après l'autre.

– Pourquoi diable devrais-je m'embarquer avec quiconque ? demanda-t-il. Il y en a déjà quatre parmi vous qui ont essayé de me tuer. Et une qui a réussi, ajouta-t-il d'un ton sec en s'arrêtant devant Élisabeth.

La jeune femme se mordit les lèvres.

– Quoi ? s'écria Will.

Son regard allait d'Élisabeth à Jack. Le capitaine souriait d'un air finaud, tandis qu'Élisabeth regardait droit devant elle sans dire un mot. Les autres étaient aussi stupéfaits que Will. Que voulait dire Jack ? Que c'était à cause d'Élisabeth qu'il s'était retrouvé ici ? Chacun se remémorait les derniers instants, avant leur fuite à bord de la chaloupe. Élisabeth et Jack s'étaient attardés sur le pont... et Élisabeth était revenue seule en annonçant que Jack avait décidé de se sacrifier.

– Ah, elle ne te l'avait pas dit ? lança Jack d'une voix mielleuse. Alors, vous allez avoir beaucoup de choses à vous raconter ! conclut-il en reprenant son inspection.

Il était arrivé devant Tia Dalma.

– Quant à toi...

– Oh, l'interrompit la sorcière avec une œillade appuyée, ne me dis pas que tu n'as pas aimé ça, à l'époque...

Jack se gratta la barbe. Il est vrai qu'avec Tia Dalma, l'amour et la mort allaient toujours de pair. Ça donnait un certain piquant à la chose...

– Je l'admets, dit-il. C'est bon, tu es engagée.

Puis, il examina Pintel et Ragetti. Les deux pirates avaient pris le parti de Barbossa quand ce rossard s'était mutiné contre lui et il ne le leur pardonnerait jamais.

– Pintel et Ragetti, je n'ai pas besoin de vous. Gibbs, je te donne une deuxième chance... Marty, Cotton, c'est d'accord. Le perroquet de Cotton, c'est un peu limite, mais ça ira. Je ne suis pas convaincu à cent pour cent, mais bon, on dira que vous formez un équipage.

Jack aperçut alors une troupe de marins inconnus, aux yeux bridés et vêtus à la manière de Singapour, qui était en train de rejoindre le groupe. L'un d'eux se détacha pour venir vers Jack.

– Et vous êtes ? demanda Jack.

– Tai Huang.

Il esquissa un geste derrière lui.

– Et voici mes hommes.

– Et qui est votre maître ? demanda Jack.

– Celui qui mise le plus, répondit Tai Huang.

– J'ai un navire, fit Jack.

– C'est donc vous mon maître, répondit Tai Huang.

Satisfait, Jack leur fit finalement signe à tous de monter à bord.

Personne ne se fit prier. Malgré le soleil et la plage, le Bas-Fond de Jones n'était pas un endroit où ils avaient envie de passer des vacances. Les pirates entrèrent dans l'eau avec force éclaboussures, avant de grimper à l'aide des cordes jusqu'au pont du navire. Bientôt, le *Black Pearl* semblait de nouveau enfin habité. Jack rayonnait.

– Levez l'ancre ! commanda-t-il à pleins poumons. Tous à vos postes ! Pousse-toi de là, ajouta-t-il à l'intention de Barbossa, qui le rejoignait sur le gaillard d'avant.

Jack considéra l'horizon. Comment s'appelait cette mer ? se demanda-t-il. La mer de l'oubli ? La mer de l'ennui ? La mer des crabes-gentils ? La mer d'où-l'on-ne-revient-jamais ? Si justement, on allait en revenir !

D'un air décidé, Jack prit son compas dans sa poche, ce fameux compas qui indiquait ce que vous désiriez le plus au monde. Ce n'était pas compliqué : ce qu'il désirait le plus était de mettre les voiles d'ici au plus vite !

Ouvrant le boîtier, le capitaine considéra le cadran. C'était parfait, l'aiguille indiquait déjà une direction. Mais, saisi d'un doute, Jack se tourna sur lui-même pour vérifier que l'aiguille allait bouger, elle aussi. Mais elle resta fixe, bloquée.

Jack crut qu'il devenait fou. Ce compas ne marchait toujours pas. Il marchait avec tout le monde, mais pas avec lui ! Le capitaine hocha la tête, abattu, en coulant un regard de côté à Élisabeth. Il comprenait, hélas, ce que cela signifiait : plusieurs désirs s'affrontaient en lui. Il ne savait donc toujours pas quel était son plus cher désir au monde...

– Ja-aaack ! appela Barbossa.

Le capitaine se redressa. Ce scélérat le toisait de toute sa superbe, son affreux macaque sur l'épaule et son stupide chapeau à plume enfoncé sur le crâne. Il lui tendait des cartes, qu'il venait de sortir de la poche de sa redingote. C'étaient des cartes telles que Jack n'en avait encore jamais vues.

– Tu vas par où, toi ? lui demanda l'autre avec un sourire moqueur.

11

Et le *Black Pearl* mit les voiles dans la direction indiquée par Barbossa. Ravalant sa rancœur, Jack décida qu'il était quand même le capitaine. Il se mit à courir derrière Barbossa en l'imitant comme son ombre et en répétant ses ordres comme un perroquet. De son côté, Barbossa serrait les poings, mais il avait décidé de faire comme si Jack n'existait pas.

– Bordez-moi cette voile ! cria-t-il, alors que le navire peinait à avancer sur la mer d'huile. Choquez cette écoute ! Relâchez au vent !

Une demi-seconde après, la voix de Jack retentit :

– Bordez-moi cette voile ! Choquez cette écoute ! Relâchez au vent !

Barbossa se retourna vers lui.

– Tu fais quoi exactement ? aboya-t-il.

– Le capitaine doit donner des ordres sur son navire ! se récria Jack avec innocence.

– Le capitaine donne des ordres ! riposta rageusement Barbossa.

– C'est mon navire ! rétorqua Jack en commençant à perdre son sang-froid. C'est donc moi le capitaine.

– Ce sont mes cartes ! hurla à pleins poumons Barbossa.

Les deux hommes se firent face, aussi rouges de colère l'un que l'autre.

– La ferme, vous deux, c'est un ordre ! Compris ?

Les deux protagonistes se retournèrent, médusés, en découvrant le visage de Pintel qui se tenait devant eux, les poings sur les hanches, l'air très mécontent.

Réalisant soudain ce qu'il était en train de faire, Pintel leva les mains en l'air en reculant lentement :

– Désolé, pardon ! C'est juste qu'avec ces histoires de commandement, je me suis dit que je pourrais peut-être me proposer... Pardon ! Pardon ! C'était une idée stupide, je ne le ferai plus...

Puis, il fit volte-face et se dépêcha de partir en souhaitant disparaître dans un trou de souris.

– J'aurais voté pour toi ! lui chuchota Ragetti en le rejoignant.

Mais cette intervention inopinée avait calmé les deux protagonistes. S'approchant du bastingage, Jack tira cérémonieusement sa longue-vue, tel un vrai capitaine au long cours. Barbossa apparut quelques instants après à côté de lui et, souriant avec fatuité, il sortit de la poche de sa redingote une longue-vue qui était deux fois plus longue que celle de Jack.

Pourtant, avoir deux capitaines à bord n'était pas superflu. La navigation sur la mer des crabes-gentils ou la mer d'où-l'on-ne-revient-jamais ressemblait un peu à tourner en rond dans un bassin. Et il aurait fallu souffler sur les voiles, comme aurait pu le faire un enfant jouant avec son bateau, pour le faire avancer un peu plus vite. Toujours aucun vent... Penché au-dessus du bastingage, l'équipage examinait ces eaux vides, aussi vides que le ciel bleu sans nuage, où même le soleil blanc semblait factice. Aucun des instruments de navigation ne marchait. Le navire avançait tant bien que mal, mais on ne savait vers quelle destination. Ils ne rencontraient pas une seule île et aucune créature marine ne se montrait. Pas de dauphins, pas de tortues de mer. Et pas d'oiseaux non plus dans le ciel. C'était sans doute à cela que ressemblait l'éternité : l'éternel présent, où rien ne bouge, où rien ne se passe.

Mais il se passait quand même quelque chose, heureusement : le soleil était en train de descendre sur l'horizon. Ce fut un réel soulagement quand les marins s'en aperçurent.

Après avoir contemplé un moment sa course descendante, Élisabeth rejoignit le pont inférieur pour aller se reposer dans le dortoir. Elle s'allongea sur une couchette, les yeux ouverts et brusquement, ses larmes se mirent à couler. Bien qu'elle s'en défende, la jeune femme souffrait d'un terrible sentiment de solitude. Tous les membres d'équipage l'évitaient, comme si elle était une pestiférée, Jack le premier. Quant à Will, il se contentait de la regarder fixement, quand il la croisait sur le pont. Élisabeth essuya ses yeux et chercha un mouchoir dans sa poche. En fait, son père lui manquait affreusement. Elle n'avait pas eu de ses nouvelles depuis qu'elle s'était enfuie de la calèche, alors qu'il voulait la renvoyer en Angleterre.

« Pauvre Papa », se dit Élisabeth, la gorge serrée. Il n'avait pas eu de chance avec elle. Il la promettait à un bel avenir comme épouse du commodore James

Norrington, et elle avait préféré Will, un simple forgeron. Le gouverneur Swann appartenait à la plus haute société, et Élisabeth s'était lancée dans la vie d'aventurière... de pirate. Ses larmes coulèrent de plus belle, tandis qu'elle pensait à son vieux père, qui l'aimait tant, malgré tous ses écarts de conduite. Où était-il, en ce moment ? Allait-elle le revoir bientôt ? Allait-elle même le revoir un jour... ? Élisabeth se redressa sur la couchette, à moitié étouffée par ses larmes. Elle s'obligea à respirer calmement. Allons, tout allait bien finir. Ne réussissaient-ils pas ce qu'ils avaient entrepris, étape après étape ?

Elle tourna la tête en entendant quelqu'un entrer dans le dortoir. C'était Will, comme elle s'y attendait un peu. Elle se passa rapidement les mains sur le visage pour ne pas qu'il voie qu'elle avait pleuré. Elle sentait qu'elle allait avoir droit à un interrogatoire en règle...

– Tu as abandonné Jack au Kraken, n'est-ce pas ? dit Will en s'immobilisant devant la couchette où elle était assise.

– Il est sauvé maintenant, murmura Élisabeth. C'est le passé.

Will ne répondit pas. Il n'était pas d'accord. Ce n'était pas le passé. Si cela avait été le cas, ils n'en seraient pas là, tous les deux, à se regarder en chiens de faïence. Élisabeth savait très bien ce que Will se disait et elle en souffrait autant que lui. Elle repoussa ses cheveux en arrière.

– Will, dit-elle d'un ton conciliant, je n'avais pas le choix.

– Tu as fait le choix de ne rien me dire ! réagit-il

violemment en s'avançant vers sa fiancée et en l'attrapant par le bras pour l'obliger à se lever. C'est ça que je te reproche. Pas ce que tu as fait...

Élisabeth regarda Will dans les yeux.

– L'aurais-tu fait, toi ?

Will haussa les épaules.

– Ce n'est pas le problème, dit-il.

Élisabeth se mordit les lèvres. C'était pourtant justement ça, le problème. Will n'aurait jamais fait ce qu'elle avait fait à Jack.

– Ce n'était pas à toi d'assumer cela...

Will lui serra le bras, lui arrachant un petit cri de douleur.

– Ce que j'ai assumé était encore plus lourd ! s'emporta-t-il. Je ne comprenais pas. J'ai pensé...

– Que j'étais amoureuse de lui ?

Ces mots étaient sortis tout seuls de la bouche d'Élisabeth, mais ils étaient trop lourds d'implication pour qu'elle puisse continuer la conversation. Se dégageant de l'emprise de Will, elle voulut forcer le passage, mais son fiancé la ramena vers lui.

– Si tu fais tes choix toute seule, grinça-t-il, comment puis-je avoir confiance en toi ?

Élisabeth soutint son regard. Elle secoua la tête.

– C'est vrai, tu ne peux pas avoir confiance en moi, dit-elle et, plongeant sous son bras, elle s'échappa.

À présent, la nuit était tombée sur le *Black Pearl*, une nuit sans étoile... Le capitaine Barbossa essayait toujours de tenir la dragée haute à Jack, mais en réalité il n'en menait pas large. Il ne comprenait strictement rien aux cartes de Sao Feng. Et Tia Dalma n'avait pas l'air non plus de savoir comment sortir de ce marasme. Il ne fallait pourtant pas s'affoler. Ils finiraient bien par sortir de là un jour. Le problème était le ravitaillement. Les réserves du *Black Pearl* étaient quasiment épuisées et il n'y avait pas le moindre poisson dans cette mare aux canards, sans canard. Le plus grave était le manque d'eau. Ils pouvaient tenir encore deux jours, tout au plus, en se rationnant...

Après avoir rassuré les marins qui ne parurent pas croire un mot de ce qu'il leur racontait, le capitaine rejoignit sa cabine à grands pas. Sa mauvaise humeur s'accentua en découvrant qu'elle était occupée par Jack Sparrow. Se plantant au milieu de la cabine, les bras croisés, il parcourut d'un regard lourd de reproche les murs démolis, les fenêtres brisées, la porte défoncée, les meubles renversés... En fait, la cabine du capitaine n'avait pas été réparée depuis la confrontation du *Black Pearl* avec le *Hollandais Volant* et le Kraken. Les boulets avaient fait exploser les hautes fenêtres à petits carreaux qui n'étaient plus que des ouvertures béantes aux bords déchiquetés, tandis que les tentacules du Kraken avaient donné un coup de balai général.

– Je vois que tu n'as pas très bien pris soin de mon bateau, lança-t-il rageusement en faisant volte-face vers Jack.

Jack haussa les sourcils :

– De quoi parles-tu ? C'est juste pour aérer. Enlever l'odeur du propriétaire précédent, tu comprends ? Je me demandais si je n'allais pas faire installer des portes battantes, comme dans les saloons... Tu sens cette petite brise agréable qui nous rafraîchit ?

Barbossa allait se jeter sur Jack, quand Gibbs passa la tête à la porte – disons plutôt ce qui restait de la porte – de la cabine.

– Quel cap, mon capitaine ? demanda-t-il en entrant sur la pointe des pieds.

Au mot « capitaine », les deux hommes se retournèrent en même temps.

– Deux degrés à tribord ! improvisa Jack.

– Je suis le capitaine du côté tribord, rugit Barbossa. Deux degrés à tribord, j'ai dit. Le capitaine va maintenant prendre la barre !

Après avoir salué deux fois – d'abord Jack, ensuite Barbossa –, le maître d'équipage sortit.

Jack et Barbossa lui emboîtèrent le pas. Les deux capitaines se séparèrent au bas de l'escalier à double rampe qui menait au gaillard d'arrière : Jack monta côté bâbord, Barbossa côté tribord. Ils se retrouvèrent à la barre, séparés par un Cotton qui se sentit brusquement un peu à l'étroit.

Se penchant sur sa gauche en passant le bras devant le timonier, Jack manœuvra la roue jusqu'à faire prendre au bateau la direction qu'il désirait. S'emparant alors de la roue à son tour, Barbossa imprima à la barre le mouvement inverse. Ce petit jeu continua, sans qu'aucun des deux capitaines ne semble s'en lasser. Ce qui ne fut pas le cas de Cotton qui s'éclipsa, laissant les deux hommes se disputer sans lui.

Pendant ce temps-là, sur le pont arrière, Ragetti avait conclu un plan. Ce plan était de pêcher un poisson, car ils mouraient de faim, lui et Pintel. Bien sûr, on n'en avait encore pas vu un seul, mais on était peut-être dans une mer où les poissons sortaient la nuit. Ça ne coûtait rien de vérifier... Ce serait Pintel qui serait content de le voir revenir avec une belle dorade !

Après avoir préparé soigneusement sa canne à pêche, le pirate gagna le bastingage en catimini. Regardant l'eau, il essaya de scruter – en vain – les profondeurs puis, haussant les épaules, il lança sa ligne.

Mais c'est alors qu'il aperçut un bien drôle de poisson... Il n'avait pas de jolies écailles argentées, mais le visage blême, les yeux fermés et les mains jointes sur la poitrine, exactement comme s'il était sur son lit de mort. Oui, pas de doute, c'était un mort... Il passa rapidement, face vers le ciel, comme s'il était pressé.

Ragetti poussa un cri en se reculant de trois mètres. Puis, s'armant de tout son courage, il se rapprocha à nouveau prudemment du bastingage. Le pirate agrandit les yeux : c'était un vrai défilé. Des noyés par dizaines glissaient sous la surface de l'eau, à des profondeurs différentes et à des vitesses variables. Il y en avait des vieux, des jeunes, des hommes et des femmes, et même quelques enfants. Ils passaient le long de la coque du bateau, tous allongés sur le dos et raides, les yeux fermés et les mains jointes, comme s'ils rejoignaient quelque assemblée macabre, ou qu'ils changeaient de cimetière.

Ragetti jeta un coup d'œil derrière son épaule en sentant la présence de Pintel. Le pirate écarquillait les yeux à son tour.

– Funèbre ! s'exclama-t-il. Carrément macabre !

C'est alors que Ragetti remarqua un boulet de canon par terre sur le pont et que son expression changea. C'était un des boulets qui restaient de la canonnade que le *Black Pearl* avait essuyé de la part du *Hollandais Volant*.

– Je me demande ce qui se passerait si tu laissais tomber ce boulet sur un de ces corps, commença-t-il, les yeux brillants.

Les deux pirates échangèrent un regard.

– Tu crois que l'un d'eux ouvrirait les yeux ? interrogea Pintel à voix basse.

– Ou qu'il coulerait comme une pierre ? suggéra Ragetti à son tour.

Vérifiant que personne n'était en vue, Pintel se baissa et ramassa le boulet quand, soudain, alors qu'il se redressait, il se retrouva nez à nez avec Tia Dalma... La jeune femme les regardait tous deux sévèrement. D'effroi, Pintel fit retomber le boulet qui faillit lui tomber sur le pied.

– Vous avez raison, dit le pirate en se ressaisissant, ce ne serait pas respectueux... Vraiment pas.

Mais le regard de Tia Dalma se perdait maintenant dans l'horizon sans fond. Les deux pirates se turent, comprenant qu'elle allait parler.

– Jones devait s'occuper d'eux, commença la sorcière, au bout de quelques instants. C'est le devoir que lui a confié la déesse Calypso : conduire ceux qui sont morts en mer jusqu'à l'autre rive. Et tous les dix ans, Jones pouvait mettre pied à terre pour rejoindre celle qui l'aimait d'un amour pur et sincère... Mais il est devenu un monstre !

– Il n'a pas toujours été cette face de poulpe ? interrogea Pintel, surpris.

– Non, répondit Tia Dalma en secouant la tête. Il était un homme autrefois. Pauvres et malheureuses âmes ! Elles doivent trouver leur chemin seules désormais...

Pintel et Ragetti hochaient tristement la tête, partageant la peine de Tia Dalma. Mais comme il relevait les yeux, Ragetti remarqua soudain quelque chose qui venait au devant d'eux. C'était une petite chaloupe, faiblement éclairée par une lanterne.

– Et voilà maintenant qu'ils arrivent en bateau ! murmura le pirate, médusé. C'est peut-être les morts importants...

Tous trois jetèrent un coup d'œil derrière leur épaule. Will, Élisabeth et Barbossa venaient de les rejoindre au bastingage. Derrière la chaloupe en venaient d'autres, toutes éclairées sinistrement d'une lanterne. Gibbs arriva à son tour, armé d'une carabine. Il la leva pour viser, quand Will abaissa fermement le canon de l'arme.

– Ils ne nous menacent pas ! objecta-t-il. Est-ce que je me trompe ? demanda-t-il en interrogeant Tia Dalma.

Celle-ci hocha la tête.

– Pour eux, nous ne sommes que des fantômes, dit-elle. Nous n'existons pas vraiment.

– C'est mieux comme ça, grogna Barbossa.

Gibbs préféra quand même garder son arme prête. C'était un spectacle à vous donner froid dans le dos. Les embarcations glissaient et dépassaient silencieusement la coque du navire. On apercevait des silhouettes à leur bord, aux visages inexpressifs, au teint blafard et aux yeux fermés. Ragetti se signa. Si ce que Tia Dalma avait dit était vrai, ces âmes erreraient longtemps, avant de trouver le passage sur l'autre rive.

Eux, ils n'allaient pas dans la même direction, mais ils allaient peut-être errer aussi longtemps...

Mais soudain, Élisabeth qui scrutait l'embarcation la plus proche, poussa un cri. Elle en avait reconnu le passager.

– Mon père ! C'est mon père ! Nous sommes revenus au Royaume des vivants ! Père, ici, regardez !

Mais c'est alors que Jack, qui les avait rejoints depuis quelques minutes et se tenait silencieux devant ce spectacle qui le remuait jusqu'au fond de l'âme, posa une main réconfortante sur l'épaule d'Élisabeth.

– Non, dit-il doucement, nous ne sommes pas encore revenus...

Élisabeth regarda fixement le capitaine et elle commença à comprendre.

– Père ! cria-t-elle d'une voix étranglée en faisant volte-face vers le bastingage.

Dans sa barque, Watherby Swann ouvrit les yeux. La lanterne lui éclairait sinistrement le visage par en dessous.

– Élisabeth ! cria le gouverneur.

Quelques instants passèrent.

– Es-tu morte ? demanda-t-il d'une voix angoissée.

– Non, dit Élisabeth.

Il hocha la tête. Sa barque s'éloignait déjà le long de la coque du navire sans ralentir sa progression silencieuse ni changer de direction. Élisabeth se déplaça vivement le long du bastingage pour le suivre.

– Moi, je crois bien que je suis mort, fit l'ancien gouverneur d'une voix traînante.

– Non ! se récria Élisabeth. Ce n'est pas possible !

La jeune femme luttait contre le vertige. Dire qu'il

n'y a pas un quart d'heure, elle songeait à son père en se demandant si elle allait le revoir bientôt et voilà qu'il était là, mais séparé d'elle par une barrière infranchissable...

Dans sa barque qui s'éloignait, le gouverneur Swann rassemblait difficilement ses pensées. Il avait même du mal à se rappeler comment il avait quitté la vie. Une douleur fulgurante dans la poitrine, puis plus rien.

– Il y avait un coffre, vois-tu..., commença-t-il. Comme c'est étrange. Cela me semblait si important...

– Montez à bord, père ! appela Élisabeth d'un ton pressant. Lancez-lui une amarre, fit-elle en se tournant vers les autres. Revenez vers nous, père ! Ne partez pas !

Des hommes d'équipage de Tai Huang s'activèrent, mais ils allaient trop lentement au goût d'Élisabeth. Elle leur prit des mains l'amarre qu'ils étaient en train de préparer et la lança elle-même. Celle-ci tomba juste dans la barque de son père. Mais le vieux gouverneur ne fit pas un geste pour s'en saisir. Il continuait à essayer de rassembler à grand-peine ses pensées. Ce monde d'intrigues, de souffrances, de trahison, lui semblait déjà loin. C'est au repos qu'il aspirait maintenant, près de sa chère femme...

– Et puis il y avait aussi un cœur, je crois, reprit-il, alors que lui revenaient sporadiquement les derniers épisodes de sa vie. Et que si on transperçait ce cœur, on devrait naviguer pour l'éternité. Telle est la règle. Transperce son cœur et prends sa place ! Le *Hollandais* doit avoir un capitaine ! Quelle sottise de mourir pour si peu, ajouta-t-il d'un air presque étonné.

Puis, il se tut. Tout le monde à bord méditait ce qu'il venait d'entendre. Celui qui tuerait Jones deviendrait donc le capitaine du *Hollandais Volant*... Jack jeta un coup d'œil à Tia Dalma, mais celle-ci avait les yeux rivés sur Will.

– Le sceau du destin, chuchota-t-elle, juste assez fort pour que lui seul entende.

Avec consternation, Élisabeth constata que l'amarre qu'elle avait lancée à son père allait bientôt tomber dans l'eau.

– Père ! Saisissez-la ! supplia la jeune fille.

Son père ne répondit pas, mais soudain, son embarcation cessa d'avancer.

– Élisabeth ! commença-t-il, et il avait une voix si grave et si solennelle que sa fille comprit avec désespoir qu'il allait lui faire ses adieux.

Éperdue, elle se pencha vers lui, la main tendue.

– Élisabeth, reprit Swann. Quand je te réprimandais pour que tu obéisses aux règles et aux usages, c'est parce que je voulais que tu ne sois jamais malheureuse dans la vie. Mais dans ton entêtement, j'aurais dû reconnaître ton courage. Je suis fier de toi, ma fille !

– Père, attrapez l'amarre ! cria encore Élisabeth en sanglotant.

Mais celle-ci disparut dans l'eau noire.

– Père !

La frêle embarcation se fondait presque maintenant dans l'obscurité qui entourait le *Black Pearl*.

– Revenez vers nous, père ! S'il vous plaît. Je ne vous laisserai pas partir... Je vous en prie !

À ces mots, Tia Dalma pointa son doigt vers la jeune femme.

– Attention ! Il ne faut pas qu'elle quitte le navire !

Élisabeth avait déjà enjambé le bastingage, mais Will arriva juste à temps pour la ramener sur le pont.

– Je transmettrai ton amour à ta mère, fit encore le vieux gouverneur, tandis que la barque repartait. Le puis-je ?

Élisabeth le contempla, impuissante.

– Oui, dit-elle d'une voix brisée.

Et la lanterne de son père fut avalée par la nuit. Se retournant vers Will, elle plongea dans ses bras. Son fiancé la serra contre lui, tandis que ses yeux se tournaient vers Tia Dalma.

– Y a-t-il un moyen ? demanda-t-il doucement.

La sorcière secoua la tête.

– Il est en paix maintenant, dit-elle.

12

Une journée s'écoula. De nouveau, le soleil s'inclinait sur l'horizon et tous à bord avaient l'impression que cela faisait des siècles que le *Black Pearl* voguait sur une mer vide et sans issue. Toujours pas de vent... À présent, il n'y avait plus une goutte d'eau sur le navire et pas la moindre île en vue où espérer remplir les tonneaux. Jack avait déconseillé formellement de boire de l'eau de cette mer, même si elle n'était pas salée, et tout le monde avait jugé plus prudent de l'écouter, même s'il n'avait pas fourni d'explication.

Barbossa avait étudié les cartes toute la journée, en vain. L'énigmatique poème qui était apparu avant leur descente dans le Bas-Fond de Jones, était toujours là, comme s'il attendait d'être déchiffré. Chacun était monté tour à tour sur le pont du gouvernail en se faisant fort de le comprendre, ou pour faire bouger les cercles concentriques en espérant faire surgir un nouveau signe, ou en étudiant le dessin du bateau au centre de la carte qui tournait sans cesse sur lui-même en apparaissant et en disparaissant, mais personne ne semblait plus inspiré que son voisin.

Et maintenant, ils avaient trop faim et trop soif pour avoir la force de réfléchir. Les hommes d'équipage étaient tous affalés sur le pont ou recroquevillés sur eux-mêmes dans les couchettes, occupés à lutter contre les crampes d'estomac.

Pintel échangea un regard lugubre avec Ragetti, avant de prendre un tonnelet pour vérifier une nouvelle fois qu'il était vraiment vide. Il le souleva au-dessus de sa tête et l'approcha de ses lèvres craquelées, attendant le miracle... Il soupira, avant de le laisser retomber.

– Il n'y a plus d'eau, dit-il. Mais comment se fait-il qu'il n'y ait plus rien, à part du rhum ? bougonna-t-il.

À côté de lui, Gibbs but ce qui restait au fond de sa gourde : une dernière goutte.

– Il n'y a plus de rhum non plus, indiqua-t-il.

Le silence tomba. À côté d'eux, accoudés au bastingage, Will et Tia Dalma regardaient le disque du soleil sombrer derrière l'horizon.

– Si nous ne trouvons pas le moyen de sortir avant la nuit, fit observer Tia Dalma, je crains bien que notre sort soit de naviguer éternellement sur ces mers sans direction, sous ces cieux sans étoiles, condamnés à errer sans fin entre les deux mondes...

– Sans eau, il semble que l'éternité soit pour bientôt, fit observer Gibbs d'une voix sombre.

Quittant le bastingage, Will rejoignit Jack, qui était encore le seul à essayer de lever le mystère du poème. Au moment où il arrivait, l'œil de bois de Ragetti tomba sur la carte. Jack – le singe – venait de le chiper au pirate, alors que celui-ci l'avait enlevé pour l'humecter un peu. C'était une habitude chez ce macaque de lui voler son œil. Une obsession, même. Il le rapportait à son maître, qui lui intimait l'ordre de le redonner à son propriétaire, mais le singe recommençait toujours.

Debout sur le gaillard, à côté du gouvernail, Jack aperçut l'œil de bois qui roulait sur la carte.

– Pourquoi ne fait-il rien ? demanda Will en désignant du menton Barbossa. C'est lui qui était censé nous amener dans ces eaux-là et nous en montrer la sortie !

Jack haussa les épaules, l'air de dire qu'il ne fallait pas s'attendre à autre chose de la part de Barbossa.

Se penchant sur la carte, Will lut de nouveau le poème énigmatique :

– *Par-dessus la vague, puis par-dessous, puis par-dessus à nouveau... Le lever de soleil se couche, le rayon vert jaillit.*

Il se retourna. Gibbs les rejoignait. Dans un sursaut de courage, tout le monde se rassemblait de nouveau autour des cartes. C'était peut-être leur dernière chance pour ne pas mourir.

– Ça n'a pas de sens, soupira le maître d'équipage. Les levers de soleil ne se couchent pas...

– Et le rayon vert se produit au coucher du soleil, renchérit Will. Pas à son lever...

Le jeune homme lut de nouveau :

– *Par-dessus la vague, puis par-dessous, puis par-dessus...*

– Cette histoire me fait prendre la tasse ! maugréa-t-il.

À côté d'eux, Jack ne disait rien. Il regardait les anneaux de la carte, tout en continuant d'observer l'œil de bois de Ragetti, qui allait et venait à la surface. C'est alors qu'il remarqua quelque chose. L'œil faisait bouger les anneaux et quand ceux-ci étaient disposés d'une certaine façon, les caractères de l'énigme s'assemblaient autrement. Et soudain, sous les yeux écarquillés de Jack, une nouvelle phrase apparut : *Le haut se trouve en bas.*

Le capitaine soupira profondément. Cette phrase ne voulait rien dire.

– *Le haut se trouve en bas* ! dit-il. Encore une énigme inutile. Ça ne nous avance pas... Pourquoi les énigmes ne sont-elles jamais claires ?

Le capitaine vacilla sur ses jambes. Avec la faim et la soif qui le taraudaient, il se sentait pris de vertige. Des mouches volantes dansaient devant ses yeux et ses oreilles commençaient à bourdonner. Seigneur Jésus ! Pourvu qu'il ne retombe pas dans le même état que dans le Bas-Fond. L'angoisse de Jack s'intensifia. Est-ce que cela voulait dire qu'il était de nouveau en train de mourir ?

Alors que le capitaine regardait devant lui avec des yeux hallucinés, il entendit soudain une voix lui parler à l'oreille gauche.

Le capitaine soupira. Voilà qu'il était revenu ! Et son copain sans doute aussi : ces deux avatars minuscules de lui-même, qui lui parlaient chacun dans une oreille.

– Transperce-lui le cœur ! lui dit son Jack Sparrow de gauche en sautant sur son épaule.

– Comment ? s'écria le capitaine, abasourdi. Qu'est-ce que tu dis ?

À côté du capitaine, Will et Gibbs se mirent à regarder celui-ci avec des yeux ronds. Apparemment, Jack ne s'adressait pas à eux. Il parlait tout seul. Le capitaine semblait de nouveau la proie de ses hallucinations...

– Ne lui transperce pas le cœur ! contra le deuxième avatar de Jack, sur son épaule droite.

– Vous êtes revenus ? fit Jack. Suis-je mort ?

– Le *Hollandais* doit avoir un capitaine ! reprit le Jack de droite en omettant de répondre à la question.

– Encore une phrase inutile, grogna le capitaine.

– Sillonne les mers pour l'éternité, conseilla alors le Jack de gauche.

– J'aime la mer ! acquiesça Jack d'un air si passionné que Will et Gibbs échangèrent un regard de plus en plus inquiet.

– Et les tortues ? interrogea le Jack de droite. Aimes-tu les tortues ?

– Je préfère Tortuga, assura le capitaine.

– On peut s'y procurer du rhum ! approuva le Jack de droite. Et de belles filles. Une fois tous les dix ans...

– Tous les dix ans ? répéta le capitaine, pensif.

– Ça fait long, remarqua le Jack de gauche.

– Vraiment long, surtout quand on n'a pas de rhum ! renchérit le capitaine.

– Ni de belles filles, ajouta le Jack de droite.

– Mais l'éternité, c'est encore plus long, fit observer le Jack de gauche.

– Et tu en feras quoi de l'éternité, Jack ? demanda au capitaine son avatar de droite.

– L'immortel commandant Jack Sparrow ! s'écria le Jack de gauche d'un ton emphatique.

– Oooh ! Ça me plaît bien ! s'écria le capitaine, un

sourire jusqu'aux oreilles, tandis que Will et Gibbs se demandaient ce qui pouvait plaire autant à Jack Sparrow dans cette histoire.

– Quand le soleil se couchera, plus rien n'aura d'importance, conclut le Jack de droite, et il disparut, de même que son frère ennemi.

Il se passa quelques instants et, lentement, le capitaine revint sur terre, tout au moins sur le pont du bateau. Will et Gibbs le regardaient d'un air ahuri, mais ni l'un ni l'autre n'osait faire le moindre commentaire. Apparemment, Jack ne semblait pas avoir conscience d'avoir eu un moment d'absence. À présent, il semblait de nouveau lui-même, et même plutôt ragaillardi.

Alors que son attention revenait à la carte qu'il se mit à étudier en se penchant dans tous les sens pour varier les angles d'observation, le capitaine remarqua soudain qu'au moment où le dessin du bateau se retournait, il en sortait des rayons de soleil couchant. Jack eut une inspiration :

– Le soleil ne se couche pas ! Il descend, puis il remonte !

Gibbs et Will le regardèrent sans comprendre un traître mot de ce qu'il voulait dire. Soudain, Jack se dressa sur ses jambes.

– Regardez ! C'est bizarre, vous ne trouvez pas ? dit-il en fixant un point droit devant lui. Qu'est-ce que vous en dites ?

– Où ça ? demanda Gibbs en plissant les yeux.

Il n'y avait rien à l'horizon, même pas les embarcations des morts en train de passer, comme la veille au soir. Mais Jack ne regardait pas l'horizon. Il surveillait le mouvement du bateau sous ses pieds.

Sans répondre, il gagna le bastingage à bâbord. Le bateau gîtait légèrement de ce côté. Sur le pont, tout le monde avait senti qu'il se passait quelque chose. Ils rejoignirent Jack à bâbord. Avec le poids de tous les hommes réunis, le bateau se mit à gîter un peu plus de ce côté.

Mais Jack fit volte-face et traversa alors le pont en courant de l'autre côté.

– Regardez, il se penche ! continua-t-il, de plus en plus excité. Encore plus !

Tout le monde arriva aussitôt derrière Jack, hors d'haleine et les yeux pleins d'espoir. Qu'avait donc compris le capitaine ? À présent, le navire gîtait à tribord, du côté où l'équipage au complet se tenait. Même les hommes de Tai Huang, et Tai Huang lui-même, s'étaient mis de la partie. Seul Barbossa ne daignait pas se mêler à cette agitation.

Mais Jack désignait déjà le côté bâbord en pointant sa main vers l'horizon.

– Là-bas ! cria-t-il.

Et chacun le suivit : exactement ce que Jack voulait. Le mouvement de roulis se renforçait à chaque nouvelle traversée des hommes d'un côté à l'autre du bateau.

– Qu'est-ce qui se passe exactement ? lança Élisabeth.

– Ce n'est plus ici, répondit Jack avec un petit sourire malin. Il faut aller voir de l'autre côté...

Et il traversa de nouveau en courant, tout l'équipage sur ses talons. Le navire s'inclina à tribord, un peu plus encore que la fois précédente. C'était comme si une main invisible poussait le bateau comme une balançoire, de sorte qu'à chaque poussée le mouvement prenait de l'ampleur, à tel point que l'on pouvait craindre – ou espérer – que le bateau allait chavirer.

Considérant toujours cette agitation avec le plus grand mépris, Barbossa était en train de gravir avec difficulté les marches du gaillard d'arrière en luttant pour garder son équilibre dans le roulis, Ragetti collé à ses basques.

Il s'approcha des cartes et aperçut alors la nouvelle énigme : *Le haut se trouve en bas.* Levant la tête, il considéra l'inclinaison du navire, derrière lequel on apercevait le soleil couchant. Tandis qu'un raisonnement commençait à se mettre en mouvement dans sa tête, le capitaine ramassa l'œil de bois de Ragetti qui se trouvait toujours sur la carte et le tendit au pirate en le foudroyant du regard. Il lui avait pourtant demandé de veiller sur cet œil comme sur la prunelle de ses yeux !

– Il fait chavirer le bateau, remarqua Ragetti.

– Nous faisons chavirer le bateau ! leur répondit Gibbs, qui traversait le pont en courant.

Et Barbossa comprit enfin.

– Oui, dit-il d'un ton stupéfait, il a trouvé le moyen ! Allez, commanda le capitaine d'une voix tonitruante en s'empressant de mettre les cartes dans sa poche, tous ensemble ! Faites bouger le bateau avec la houle pour renforcer le mouvement !

Personne ne lui prêta la moindre attention, car c'était exactement ce qu'ils étaient en train de faire.

Traversé alors d'une idée soudaine, le capitaine fit signe à Pintel, Ragetti et quelques marins de Tai Huang de le suivre. Ils gagnèrent la cale à toute vitesse derrière lui.

– Détachez les canons ! ordonna Barbossa. Désamarrez tout le chargement !

Les pirates s'exécutèrent et, peu après, tout se mit à rouler librement dans la cale : canons, caisses, bouteilles et tonneaux, qui passaient alternativement d'un côté à l'autre et renforçaient encore l'amplitude du roulis.

Le bateau penchait de plus en plus...

C'est alors que Pintel comprit à son tour :

– Il veut faire chavirer le navire !

Revenu sur le pont avec les autres, Ragetti avisa une corde qu'il montra à son comparse d'un petit air malin :

– Attachons-nous au mât, dit-il. Mais tête en bas... Comme ça, quand le navire se retournera, on sera dans le bon sens !

Pintel le regarda en fermant à demi un œil, l'air méfiant. Des équations compliquées apparaissaient dans son esprit. Mais tout s'embrouillait un peu et le pirate hésitait... À présent, le navire se couchait presque à l'horizontale. Les membres d'équipage s'agrippaient au bastingage en regardant l'eau qu'ils touchaient quasiment de la tête. Levant les yeux, Will aperçut le soleil plonger dans la mer en ne laissant qu'un fin disque orangé sur l'eau. Puis, dans un mouvement vertigineux qui souleva le cœur de tous les hommes, le *Black Pearl* se redressa d'un coup pour basculer de nouveau de l'autre côté. Les voiles touchèrent l'eau, s'y enfoncèrent, s'y enfoncèrent... et le navire se retourna !

– Le haut se trouve en bas ! clama Jack d'un air triomphal.

Ce fut de nouveau le grand plongeon. Tous les marins se retrouvèrent sous l'eau, la tête en bas, retenant leur respiration. Une myriade d'objets tombait du navire dans les profondeurs. Chacun s'agrippait comme il pouvait, là où il pouvait, mais soudain Gibbs lâcha sa prise et fut emporté par le remous. Marty le rattrapa juste à temps. Puis, ce furent les cartes qui tombèrent de la poche de Barbossa. Tendant la main, Will les rattrapa. Quant à Pintel et Ragetti, attachés à leur mât à l'envers, ils étaient les seuls à ne pas avoir la tête en bas et les pieds en l'air. Le visage tourné vers celui de son ami, Ragetti lui souriait d'un air faussement modeste...

Soudain, à l'horizon, le rayon vert jaillit, reliant les deux faces du monde. Et le grand retournement se produisit. Le bas devint le haut et le haut le bas...

Alors, sous les yeux médusés des hommes d'équipage, toute l'eau qui les entourait s'écroula sur eux et le *Black Pearl* creva la surface de la mer : d'une autre mer sur laquelle se levait un nouveau soleil. Gibbs, qui retenait toujours sa respiration et était devenu aussi rouge qu'une écrevisse, finit par expirer, avant de reprendre une grande respiration. Mouillant son doigt, il le leva au vent.

– Seigneur Dieu soit loué ! s'écria le maître d'équipage d'un ton vibrant, nous sommes de retour !

13

Le vent, le bon vent du large ! Tous les marins à bord du *Black Pearl* le respiraient à pleins poumons. Ils étaient toujours sur la mer, comme si rien n'avait changé, à part que TOUT avait changé. Ce n'était plus la mer vide du monde entre les deux mondes. C'était la jolie mer clapotante avec ses poissons argentés et ses îles, dont la première se dessinait déjà à l'horizon, dans la lumière du matin...

La première à s'en apercevoir fut Élisabeth, qui tendit le bras vers l'horizon en poussant un cri de joie. Tous les marins s'immobilisèrent, l'eau dégoulinant encore de leurs vêtements et de leurs cheveux, mais le visage empreint d'une expression béate. Comme si toute animosité était oubliée, ils se sourirent les uns aux autres : Barbossa à Will, Will à Jack, Jack à Élisabeth... Mais aussi Barbossa à Jack ! Et Will à Élisabeth ! Et Gibbs à Barbossa ! Tia Dalma, quant à elle, souriait à tout le monde. Les choses avançaient comme elle le voulait.

Il fallut quelques instants à Jack Sparrow pour réaliser que s'il était vivant dans le monde des vivants, c'est qu'il était, somme toute... vivant. Bien vivant ! Ce fut la première découverte ahurissante qu'il fit. Immédiatement après, Jack se soucia de son deuxième grand souci. Fermant les yeux, il ouvrit lentement son poing gauche puis, après avoir compté jusqu'à trois, il se força à regarder. L'expression du visage du capitaine devint extatique : sa tache noire avait disparu ! S'il n'avait plus sa tache, c'est que le Kraken ne le poursuivait plus. Et si le Kraken ne le poursuivait plus, ça ne pouvait signifier qu'une chose : Jones avait effacé la dette. Car, une fois lancé, le Kraken ne laissait jamais une proie filer, jamais...

Cette tache, Jack l'avait dans le creux de la paume depuis le jour où Bill Turner, le père de Will, enchaîné au *Hollandais Volant*, était venu sur son navire lui annoncer qu'il allait devoir payer sa dette à Davy Jones. Jack s'attendait bien à ce que le capitaine du *Hollandais* lui réclame un jour où l'autre son dû, puisqu'il avait remonté le *Black Pearl* des abysses, après qu'un certain Lord Cutler Beckett, au temps où il transportait des marchandises pour lui, l'avait coulé par mesure de représailles, avant de graver au fer rouge sur son bras le « P » du mot pirate. Mais comme Jones savait que Jack préférerait se tuer plutôt que se retrouver simple matelot – et a fortiori sous ses ordres – il avait décidé de le punir encore plus horriblement, en envoyant sa monstrueuse bête, le Kraken, ce calmar géant capable d'engloutir un navire, l'expédier dans son terrible Bas-Fond jusqu'à la fin de l'éternité.

Jack releva la tête et rencontra le regard d'Élisabeth, à qui il sourit pour la première fois. Il remarqua que sur le pont, tout le monde avait l'air content. Il n'avait pas la naïveté de penser que c'était pour lui, mais ça faisait quand même plaisir à voir. Les seuls qui ne riaient pas étaient Pintel et Ragetti, qui étaient toujours attachés au mât, la tête en bas. Ragetti avait oublié dans ses calculs qu'après son demi-tour le navire se retrouverait à la surface du monde des vivants, c'est-à-dire à l'envers du Bas-Fond de Jones...

– C'était ton idée, grommela Pintel. Et ce n'est pas parce que j'ai été d'accord avec toi que c'en est moins stupide.

– D'accord, mais ça ne te rend pas plus malin pour autant, rétorqua Ragetti.

– Si, quand même ! Le fait que je n'ai pas d'idée idiote me rend plus malin par défaut.

Mais l'euphorie qui s'était emparée des membres d'équipage fut de courte durée. D'un seul coup, avec le même ensemble, ils tirèrent tous leurs pistolets et se les braquèrent les uns sur les autres : Will sur Barbossa, Barbossa sur Jack, Gibbs sur Barbossa et Élisabeth sur Jack, qui dégaina un deuxième pistolet, qu'il braqua sur Will, puis sur Barbossa, lequel tira aussi un deuxième pistolet, avec lequel il visa Gibbs, tandis qu'Élisabeth tirait également un deuxième pistolet, qu'elle pointa sur Barbossa.

Il y eut un instant où tous se regardèrent, conscients du ridicule de la situation. Des sourires s'esquissèrent, tandis qu'ils abaissaient leurs pistolets, puis ces sourires s'effacèrent aussi soudainement qu'ils étaient venus et les armes se relevèrent à nouveau avec un bel ensemble. Toujours attachés à leur mât, Pintel et Ragetti étaient dans l'incapacité de se joindre à la bataille générale qui s'annonçait.

– Dépêche-toi de te détacher ! glapit Pintel. Il nous faut nos pistolets. Vite !

– Mais pour menacer qui ? objecta Ragetti en roulant son œil de bois.

Malgré les quatre pistolets qui étaient pointés dans sa direction, le capitaine Barbossa ne semblait pas troublé le moins du monde, même si c'était probablement une contenance qu'il se donnait. Il devait être prudent, car Jack n'avait sûrement pas renoncé à se venger de lui depuis la mutinerie.

Le capitaine prit une profonde inspiration. Il savait depuis le début que sortir Jack du Bas-Fond serait la partie la plus facile de son plan. Maintenant, il allait falloir convaincre l'exaspérant capitaine de participer au Tribunal...

– Bien, commença-t-il. Le Tribunal de la Confrérie va se réunir à l'île des Naufragés, dit-il. Jack, toi et moi on y va et ça ne sert à rien de discuter !

Jack haussa les sourcils en maintenant son pistolet pointé sur la poitrine de Barbossa.

– Permettez, mais moi discuter ! dit-il. Si Tribunal de la Confrérie dans cette direction, moi aller dans l'autre sens...

Élisabeth secoua la tête d'un air navré. Elle ne comprenait plus Jack.

– Les Frères se rassemblent pour combattre la Compagnie des Indes et vous êtes un Frère ! allégua-t-elle en braquant fermement son deuxième pistolet sur Jack, tandis que celui-ci détournait une des armes de Will vers sa fiancée.

Mais voyant cela, Will braqua une arme sur Jack, tout en dirigeant son second pistolet vers Barbossa.

– Qu'on s'entre-tue tous ou pas, tu restes et tu viens avec nous, Jack ! gronda-t-il.

Le jeune homme était aussi exaspéré que Barbossa. Il n'avait pas fait tous ces efforts pour que Jack prenne la poudre d'escampette avec son navire. Il voulait Jack et il voulait le *Black Pearl*. C'était à ces deux seules conditions qu'il pourrait sauver son père, enfermé à bord du *Hollandais Volant*. Will lui en avait fait la promesse solennelle et il tenait ses promesses, lui. Jusqu'au bout. Quoi qu'il lui en coûte, se dit-il, avec un pincement au cœur...

– Si on ne se tient pas les coudes, ils nous traqueront un à un, jusqu'à ce que tu te retrouves seul, argumenta Barbossa.

– Alors je serai le dernier pirate, répondit Jack majestueusement. J'aime entendre ça : Jack Sparrow, le dernier pirate !

– Tu l'as dit, railla Barbossa. Et tu devras donc te battre tout seul contre Jones. Au fait, ajouta-t-il, qu'est-ce que tu prévois au sujet de Jones ?

– J'y réfléchis, répondit brièvement Jack, en omettant de révéler qu'il ne le craignait plus. En tout cas, je ne retournerai jamais dans son Bas-Fond ni dans aucun endroit de cette sorte. Ne compte pas là-dessus, Barbossa, tu serais cruellement déçu !

Jack fixait des yeux son ennemi, son pistolet pointé sur lui, prêt à appuyer sur la détente. Il était prêt à tuer tout le monde, d'ailleurs, pour ne pas mourir à nouveau. Au Tribunal de la Confrérie, la plupart des Frères avait des raisons valables de vouloir sa peau. Voilà pourquoi, tout simplement, Jack ne voulait pas y aller. La mort, il en avait eu sa dose. C'était désormais hors de question... Plus jamais. Se décidant brusquement, il tira.

Au même moment, tous les autres appuyèrent sur la gâchette de leurs armes. Mais seule une série de petits cliquètements se produisit. Pas de feu, pas d'odeur de poudre, pas de blessé ni de mort : aucun coup n'était parti...

Il y eut un long silence. Tout le monde se regardait, les visages tendus à l'extrême.

– La poudre est mouillée ! annonça Gibbs, après avoir vidé le canon de son pistolet.

Will hocha la tête. On aurait dit que le destin avait décidé pour eux...

– Écoutez, reprit-il, on se tirera dessus plus tard. Pour le moment, il y a plus urgent. Il faut qu'on trouve à se ravitailler en eau. Que dit la carte ? fit-il en se dirigeant vers le gaillard d'arrière.

Jack et Barbossa le suivirent. Will mit de côté l'énigmatique carte pour en prendre une autre, représentant la région dans laquelle ils avaient émergé. Les trois hommes se penchèrent au-dessus et, après quelques instants, Will trouva l'endroit où ils se trouvaient. Parmi la myriade d'îles indiquées sur la carte, il en repéra une presque immédiatement, où était dessiné le minuscule symbole d'une source. L'île en question ne se trouvait qu'à quelques encablures...

– Nous allons pouvoir nous réapprovisionner, annonça Will avec un large sourire.

Les regards de Jack et de Barbossa se croisèrent, aussi soupçonneux l'un que l'autre.

– Tu conduis ceux qui vont à terre, décréta Jack. Moi, je reste à bord.

– Il n'est pas question que j'abandonne *mon* navire à *ton* commandement ! aboya Barbossa.

Will s'interposa entre les deux hommes :

– Et lui ne quittera pas davantage que vous son navire, fit-il remarquer.

Il regarda successivement Jack et Barbossa.

– Voilà ce que je vous propose, reprit-il : vous partez tous les deux et vous me confiez le navire... Temporairement, bien sûr, ajouta-t-il, un peu plus bas, comme s'il se parlait à lui-même.

Les deux capitaines soupirèrent. Apparemment, il n'y avait pas d'autre solution. Gagnant tous deux le bastingage, ils examinèrent l'île qui apparaissait au loin.

– La nécessité donne parfois d'étranges compagnons de lit, déclara Barbossa en déployant sa longue-vue.

– À vous faire faire des cauchemars, renchérit Jack en tirant à son tour la sienne.

Il avait retrouvé sur le *Black Pearl* une longue-vue beaucoup plus longue encore que la sienne. Jack tira son instrument et le déploya, jusqu'à ce qu'il atteigne la longueur de celui de Barbossa, puis il continua à tirer, jusqu'à ce qu'il en fasse presque le double ! Jack pouvait sentir le capitaine verdir de rage. Mais, soudain, à la grande horreur du capitaine, sa longue-vue commença à mollir et son extrémité ploya lamentablement. Barbossa regarda Jack en lui adressant un sourire de pitié et il replia son propre instrument, avant de s'éloigner d'un pas nonchalant.

L'île où le navire allait remplir ses soutes d'eau fraîche était entourée de nombreux récifs. De sorte que le *Black Pearl* jeta l'ancre à distance et une chaloupe fut mise à l'eau. Les membres d'équipage emportaient des bouteilles et des flacons, en plus des tonneaux. Quant à Pintel et Ragetti, quand ils eurent enfin réussi à se détacher, la chaloupe était déjà partie, de sorte que, après s'être attachés deux tonnelets sur le dos, les deux pirates plongèrent : coup double, puisque grâce aux tonneaux, ils flottaient.

Finalement, les deux acolytes furent les premiers à atteindre les récifs de la plage. Histoire d'avoir une vue d'ensemble, ils grimpèrent sur un rocher. C'était une plage de sable noir, d'origine volcanique, telle qu'ils n'en avaient encore jamais vue. Mais cela ne fut pas ce qui retint leur attention... Ce qu'ils aperçurent les figea de stupeur. Une énorme masse violacée aux multiples bourrelets sinueux s'élevait sur le sable noir : c'était le corps d'une créature titanesque, étalée sur une immense longueur de la plage. Immense comme son corps, sa tête, ses yeux, son bec et surtout ses tentacules : c'était le Kraken, qui gisait, mort.

Sautant de leur rocher, les deux pirates rejoignirent la plage au plus vite. Ils avaient oublié leur soif.

– Espèce de criminel ! cria Pintel en dépassant Jack et Barbossa qui venaient de débarquer et s'avançaient eux aussi sur la plage, les yeux vrillés sur le cadavre.

Se débarrassant de son tonneau, Pintel ramassa un bout de bois mort sur le sable et, faisant un pas en avant, il piqua un peu les ventouses du Kraken, avant de faire un bond en arrière.

– Fais attention ! cria Ragetti.

– Ah ah, tu ne fais plus le fortiche maintenant !

ricana Pintel en se remettant à asticoter le cadavre. Pas vrai, face de poulpe ? Bien fait pour toi !

Ignorant les deux acolytes, Jack s'approchait de l'immense cadavre avec un respect presque religieux. Cette bête qui gisait là comme un poisson crevé avait été un phénomène des océans, se jouant des pires tempêtes, des pires déchaînements des eaux. Il était plus puissant que la mer et les navires les mieux armés.

– C'était une créature magnifique, murmura-t-il avec une authentique tristesse dans la voix.

– Comment pouvez-vous dire cela ? couina Pintel. Elle a essayé de vous tuer !

Mais, en guise de réponse, Jack enleva son chapeau.

– Un mythe de moins dans le monde, dit-il, son tricorne à la main.

Regardant Jack de biais, les deux pirates contournèrent le corps.

– Tiens, viens te mettre à côté de moi, dit Ragetti.

Il mit un pied sur un des tentacules en faisant signe à Pintel de l'imiter.

– Pintel et Ragetti, tueurs de Kraken ! proclama Ragetti fièrement. Tiens, je pense à quelque chose. Je suis sûr que les gens seraient prêts à payer un shilling pour voir ça. Et un deuxième pour qu'on les croque, assis dessus.

– On pourrait sculpter des petits Krakens dans des noix de coco et les vendre ! enchaîna Pintel, tout excité. Avec une petite tranche en souvenir.

– Ou frits, suggéra Ragetti. Pour le petit déjeuner.

– Je me demande quelles parties sont comestibles, réfléchit Pintel en étudiant le cadavre.

– On deviendrait riches ! ajouta Ragetti. On n'aurait plus besoin de pirater !

– Et je pourrais t'acheter un vrai œil de verre, comme j'en ai toujours rêvé, conclut Pintel, presque ému.

Tandis que les deux pirates s'éloignaient pour rejoindre les autres qui observaient la scène à distance respectable, Jack s'approcha de la tête du monstre. L'œil immense refléta la silhouette du capitaine, tel un miroir inerte. Jack se pinça les lèvres. Le Kraken ne voyait plus rien. La mort, c'était vraiment affreux.

Jetant un coup d'œil par-dessus son épaule, il aperçut Barbossa qui le rejoignait.

– Toujours dans tes chimères, Jack ? Tu t'imagines peut-être que tu peux toujours courir plus vite que tout le monde ? Tu crois que tu peux rattraper le temps ?

– Parfois les choses reviennent, camarade ! objecta Jack. On en est la preuve vivante.

– Peut-être, mais c'est un pari risqué, pas vrai ? On est pas sûrs de revenir, alors que partir... c'est mortellement sûr. La mort nous prendra un jour, que tu le veuilles ou non.

Jack considéra songeusement la question, pendant que Barbossa contemplait le monstre. Le capitaine savait à présent que si sa tache avait disparu, c'est parce que le Kraken était mort. Ce qui ne voulait pas dire qu'il n'avait pas réglé sa dette, après tout. Il suffisait que Jones ne soit pas au courant... La mer est vaste ! Ce serait vraiment un manque de chance de tomber nez à nez avec le *Hollandais Volant*...

– Le monde était plus vaste, jadis, reprit Barbossa, comme s'il avait lu dans les pensées de Jack.

– Il est toujours de la même taille, répondit Jack. C'est juste qu'il contient moins de choses. Le Tribunal a été convoqué, n'est-ce pas ? ajouta-t-il après un instant d'hésitation.

– C'est notre seul espoir, fit observer Barbossa.

– Triste conclusion...

Les deux hommes rejoignirent les autres entre les palmiers, où se trouvait la source d'eau souterraine. Ils adressèrent un petit signe à Ragetti qui, saisi d'une sourde intuition, avait décidé de monter la garde devant l'entrée de la source en scrutant la plage, où le *Black Pearl* était mouillé derrière les récifs.

Dans la grotte, Marty fut le premier à atteindre le bassin d'eau claire entourée de rochers et de sable noir, où se déversait la source. Alors qu'il allait boire, il remarqua soudain une forme qui flottait dans l'eau. Il sauta en arrière en poussant un cri. C'était un cadavre.

– Oh, comme c'est fâcheux ! s'écria Jack d'un air contrarié.

– Pour lui ? demanda Pintel, qui commençait à saisir la nouvelle psychologie du capitaine.

– Non, pour nous ! répondit le capitaine. L'eau est sûrement empoisonnée.

Se penchant vers le bassin, Barbossa prit une gorgée, qu'il recracha.

– Elle l'est, confirma-t-il. Carrément putride.

Tous les pirates contemplaient le corps sans bouger, jusqu'à ce que deux d'entre eux aient le courage d'entrer dans l'eau pour le retourner. Barbossa et Jack eurent un haut-le-corps en découvrant son visage.

– Mais je le connais ! s'exclama Pintel.

Ce visage était celui de l'espion qui s'était introduit dans l'établissement de bains de Sao Feng. D'ailleurs, l'outil pointu avec lequel le capitaine chinois avait menacé Will était enfoncé dans son orbite droit.

Jack et Barbossa se regardèrent. Que faisait ce cadavre là, à des milliers de lieux de Singapour ? Il ne pouvait y avoir qu'une explication : Sao Feng était venu dans cette île et, à voir la fraîcheur du cadavre, il n'y avait sûrement pas longtemps.

Soudain, un cri retentit.

– C'est Ragetti ! cria Pintel.

Ils sortirent tous de la source en courant. Ragetti leur montrait frénétiquement la mer de son bras tendu.

Jack et Barbossa se raidirent. Le *Black Pearl* n'était plus seul au mouillage. À côté du navire aux voiles noires et déchiquetées, se trouvait un immense bâtiment aux voiles lattées : une jonque. Une jonque de guerre, plus exactement : l'*Impératrice,* avec son pavillon arborant l'emblème d'un dragon à quatre griffes...

14

– Les mains en l'air !

Jack et Barbossa se retournèrent, tandis que retentit le bruit sec d'un énorme pistolet que l'on armait. Devant eux se tenait Tai Huang. Le traître était accompagné de plusieurs de ses hommes, qui braquaient leurs armes sur l'équipage du *Black Pearl.* Jack montra du doigt Barbossa :

– C'est lui le capitaine, souligna-t-il.

Que le capitaine soit Jack ou Barbossa, ils n'eurent pas un sort différent. Sous la menace des armes, tout l'équipage fut reconduit sur le *Black Pearl,* sur le flanc duquel était venue se placer l'*Impératrice*, un bâtiment de six mâts équipés d'immenses voiles lattées d'un orange flamboyant. Gibbs aperçut la girouette de la jonque : elle était en forme d'épée...

Le navire de Jack était entièrement sous le contrôle des hommes de Sao Feng, qui grouillaient sur le pont. Tous les membres d'équipage restés loyaux à Jack et à Barbossa avaient été dépouillés de leurs armes et enchaînés. Couverte de fers, Élisabeth était maintenue par deux gardes, dont l'un se frottait son œil qui avait enflé, tandis que l'autre se léchait sa lèvre fendue. Tranquille dans son coin, Tia Dalma, enchaînée comme les autres, portait un sourire détaché sur ce nouveau revirement de situation.

Jack cherchait Will des yeux, mais c'est Sao Feng qu'il aperçut. Une expression suffisante sur les lèvres, le capitaine de Singapour venait de quitter l'*Impératrice* et traversait le pont pour se porter à la rencontre de ses prisonniers. Cela faisait un bon bout de temps que Jack n'avait pas vu le pirate, mais il le reconnut tout de suite et, pris de panique, tenta de se cacher derrière Barbossa.

– Sao Feng ! lança celui-ci en l'apercevant. Vous ici, quelle remarquable coïncidence ! dit-il avec toute l'ironie dont il était capable.

– La fortune sourit à ceux qui sont capables de soutenir son éclat, répondit Sao Feng sur le même ton.

Avançant d'un pas, le Chinois prit Jack au collet et, sans prévenir, il lui asséna un grand coup au menton du revers de la main, en envoyant voler son chapeau au loin. Jack tituba mais, rétablissant son équilibre, il fit signe à Sao Feng d'attendre un instant pour récupérer son chapeau qu'il se replaça sur la tête en l'ajustant coquettement.

– Maintenant, nous sommes quittes ! dit-il en se forçant à sourire.

Sao Feng le regarda durement :

– Pas vraiment, répondit-il.

Les protagonistes tournèrent la tête vers Will qui arrivait à grands pas. Sans prêter attention aux deux capitaines qui le foudroyaient du regard, Will s'immobilisa devant Sao Feng :

– Elle ne fait pas partie de la transaction ! dit-il d'un ton sec en désignant Élisabeth. Libérez-la !

– De quelle transaction parlez-vous donc, cher ami ? lui demanda Barbossa en lui servant son sourire le plus éblouissant.

Mais Will ne daigna même pas lui répondre. Il évitait d'ailleurs de regarder dans la direction de Jack et de Barbossa.

Sao Feng adressa un signe à ses hommes :

– Vous avez entendu le capitaine Turner ? fit-il. Libérez-la.

Au mot « capitaine », Jack ouvrit des yeux comme des soucoupes.

– *Capitaine* Turner ? *Capitaine* du *Black Pearl* ?

– Cette pourriture nous a trahis, éructa Gibbs. C'est une mutinerie !

Le maître d'équipage avait raison. C'était plus qu'une trahison, en effet, car ce que voulait Will, c'était s'approprier le *Black Pearl*, donc en être le capitaine : une opération prévue de longue date.

– Méfiez-vous des petits pères tranquilles ! jeta Jack avec mépris.

– Pourquoi ne m'as-tu rien dit ? accusa Élisabeth, à qui on venait d'enlever ses fers.

Will la regarda dans les yeux.

– Ce n'était pas à toi d'assumer cela, répondit-il en reprenant mot pour mot ce que sa fiancée lui avait dit lors de leur dernière conversation.

– La seule façon pour un pirate de sauver sa peau de nos jours, c'est de trahir ses frères ! lança Barbossa en reprenant à son tour les paroles que Sao Feng avait prononcées dans l'établissement de bains.

– Je peux m'en accommoder, tant que ce n'est pas moi le frère ! railla Sao Feng.

– Tu n'as rien contre les mutins ? interrogea Jack, méprisant. Et le Code ?

– Il ne s'est pas mutiné contre moi ! ironisa le pirate chinois.

Élisabeth regardait Will avec une infinie tristesse. Elle n'arrivait pas à y croire. Will, un traître...

– Il me faut le *Pearl*, dit Will d'un air d'excuse en soutenant le regard d'Élisabeth. Pour sauver mon père. C'est pour cette raison que j'ai été du voyage et pour rien d'autre...

À ces mots, Jack hocha la tête longuement. Le capitaine se sentait blessé dans ses valeurs et sa sensibilité. Il passa en revue ses compagnons de voyage :

– Celui-là a besoin du *Pearl*, dit-il en désignant Will du menton. C'est pour ça qu'il est venu me chercher dans le Bas-Fond de Jones. Vous, Élisabeth, continua-t-il en s'adressant à la jeune femme, votre motivation est la culpabilité. Vous avez du mal à assumer le fait de m'avoir condamné à une mort certaine. Et toi, Barbossa, ajouta-t-il en se tournant vers le capitaine, ton but est de réunir le Tribunal de la Confrérie... Et pour une raison qui n'a peut-être pas seulement à voir avec le désir de nous débarrasser de Beckett et de la Compagnie...

Barbossa se contenta de poser sur Jack le regard de la blanche colombe.

Jack soupira longuement :

– N'y a-t-il donc personne qui soit venu me chercher, simplement parce que je lui manquais ?

Gibbs leva aussitôt la main, ainsi que Marty et

Cotton. Ils furent imités un instant après par Pintel et Ragetti, après que le second ait donné discrètement un petit coup de coude dans le dos du premier.

Jack étudia du coin de l'œil les deux pirates, qui devinrent rouges comme des tomates.

– Quoi qu'il en soit, je reste avec eux ! dit le capitaine.

Mais Sao Feng l'agrippa par le bras.

– Désolé, Jack, mais il y a un vieil ami qui voudrait te voir d'abord !

– Je ne suis pas sûr d'être en état de survivre à la visite d'un autre vieil ami, grogna Jack en se dégageant et en s'essuyant le bras à l'endroit où Sao Feng l'avait touché.

– C'est ce que nous allons voir, ricana Sao Feng.

D'un mouvement de tête, il désignait une tache sombre qui se découpait dans le ciel derrière l'épaule de Jack. C'était la voilure de l'*Intrépide*. Le vaisseau venait de doubler le cap de l'île...

Bientôt, Jack se retrouva transféré *manu militari* sur l'*Intrépide*, non sans avoir été soulagé de son compas par ses gardes. Le capitaine se sentait un peu las. À peine revenu à la vie, on voulait de nouveau le tuer. Quand ce n'était pas l'un, c'était l'autre... Et Lord Cutler Beckett était un acharné. Tout comme Jones, dans un autre genre.

Encadré par ses deux gardes, Jack fit son entrée dans la cabine du directeur de la Compagnie des Indes. Il était curieux de voir si l'homme était toujours cet aristocrate emperruqué, délicat et hautain, à la parole posée, presque indifférente, qui vous envoyait à la potence en souriant légèrement, exactement comme quand il buvait son thé.

Jack ne fut pas étonné : debout près de la fenêtre, Lord Cutler Beckett, vêtu d'un habit de velours noir avec brandebourgs vermeils et lavallière de soie blanche, semblait l'incarnation même du bon goût. Évidemment, à côté des pirates déguenillés, sales, parfois borgnes ou amputés, souvent malades et puant toujours l'alcool, on pouvait facilement penser que bon goût rimait avec bon droit.

– Vous pouvez disposer ! dit le directeur de la Compagnie aux gardes, après qu'ils eurent déposé le compas de Jack sur une table, où se trouvait une bouteille de sherry et deux verres de cristal.

Les deux hommes saluèrent et sortirent.

– Très étonnant, commença Beckett en se tournant de nouveau vers la fenêtre, d'où il pouvait apercevoir le *Black Pearl* et l'*Impératrice*. La dernière fois que j'ai vu le *Black Pearl*, il était en flammes et en train de sombrer...

Jack eut un instant de perplexité, avant de comprendre que Beckett parlait de l'épisode où il avait donné l'ordre à ses hommes de couler son bateau.

– Quelle mémoire ! ironisa-t-il, tandis qu'il commençait à fouiller subrepticement la pièce du regard.

– Vous avez raison, acquiesça Beckett. Je n'ai pas oublié que nous avions passé un accord, autrefois, que vous deviez me remettre une certaine marchandise et que vous avez choisi de la libérer !

Jack jeta un coup d'œil à son bras droit, où le « P » de Pirate était à jamais gravé sur sa peau. C'était ce sort qu'il avait évité à ceux qu'il aurait dû livrer. Une fois marqués comme du bétail, il leur devenait en effet alors difficile d'échapper à leurs maîtres et à une vie de servitude.

– Une personne n'est pas une marchandise, l'ami ! fit observer le capitaine en profitant que Beckett lui tournait toujours le dos pour commencer à fureter dans la pièce.

Jack ne regrettait pas un seul instant ce qu'il avait fait. Transporter de la soie ou des bananes, très bien. Mais convoyer des hommes et des femmes que l'on destinait à l'esclavage, jamais.

– Vous vous êtes chargé d'une très lourde dette pour ramener votre navire à la surface, continua Beckett en regardant toujours le *Black Pearl* par le hublot. Vous pouvez arrêter de chercher, Jack ! ajouta-t-il après un instant sans même tourner les yeux. Il n'y a rien ici...

– Je cherche quelque chose ? se récria Jack en se dépêchant de remettre le couvercle sur un bocal.

Beckett fit volte-face vers le capitaine.

– Le cœur de Jones ! Voilà ce que vous cherchez... Mais il est en sécurité à bord du *Hollandais*... Hors de votre portée pour régler votre dette ou son compte au gentil capitaine.

Jack encaissa la nouvelle. Au moins, il savait où se trouvait le cœur. Il fit la moue :

– Si je ne me trompe, dit-il, cette dette a été réglée.

– Elle devait l'être par votre mort. Et vous êtes toujours là...

– Fermez les yeux et faites comme si tout cela n'était qu'un mauvais rêve ! répliqua Jack avec aplomb. C'est ma méthode.

Beckett considéra le capitaine avec exaspération.

– Votre bonne action m'a coûté cher ! dit-il.

– Au fond, répondit Jack, je vous dois des remerciements. En me marquant au fer rouge, vous m'avez enlevé toute possibilité de devenir autre chose que ce que je suis : un pirate.

D'un geste insouciant, il ramassa deux bateaux miniatures qui étaient posés sur le bureau du directeur et se mit à les faire glisser sur la surface. Beckett ne disait plus rien. Il ne pouvait plus rien dire, à moins de se mettre à injurier cet homme. Lui qui se faisait fort de se maîtriser en toute situation, avait envie de l'abattre à coups de hache.

– Quelqu'un va-t-il venir bientôt vous faire couler un bain ? lança moqueusement le capitaine, comme le silence se prolongeait.

Lui reprenant rageusement les figurines, Beckett les remit à leur place.

– Ce serait très agréable si nous pouvions être tous continuellement en vacances et n'en faire qu'à notre idée, dit-il en martelant ses paroles, mais quelqu'un doit veiller à ce que le monde tourne rond !

Il regarda le monde dont il parlait : c'était le monde de son planisphère, avec les zones vierges qui disparaissaient petit à petit.

– Les êtres valent ce qu'ils aiment et ce qu'ils acceptent de payer, Jack, dit-il en retrouvant peu à peu son calme. Ils aiment les épices et les étoffes, la soie et les bananes. Et tant que ces marchandises arrivent à temps, elles ne sont rien d'autre que des chiffres sur un livre de compte, comme ceux qui les achètent. Vous êtes un homme intelligent, Jack, vous savez que j'ai raison...

Jack le regarda d'un air narquois :

– Si vous êtes en train de me vendre un siège au conseil d'administration de la Compagnie, sachez que je ne suis ni assez dépravé ni assez saoul pour accepter !

Négligeant de répondre à l'insolence de Jack, le directeur versa du sherry dans les verres et en tendit un à son interlocuteur.

– Alors vous pourriez peut-être vous montrer intéressé par une autre proposition qui n'exigerait rien de plus qu'un renseignement, dit-il en faisant tinter son verre contre celui du capitaine, très surpris.

Au moment même où le directeur prononçait ces mots, Jack aperçut des pièces de Huit, qui étaient posées sur son bureau. Alors, il commença à comprendre...

– Il s'agit sans doute du Tribunal de la Confrérie, dit-il en saisissant une pièce, qu'il fit tourner sur le bureau. Vous aimeriez quelques renseignements... En échange d'une juste récompense ? Comme régler ma dette à Jones, par exemple ? Et garantir ma liberté ?

– Naturellement, répondit Beckett en reprenant espoir. C'est ça, les affaires !

Le visage du capitaine s'éclaira. Il remit la pièce sur le bureau.

– Et si je me trouvais d'humeur divulgatrice, continua-t-il d'un ton badin, qu'aurais-je à divulguer ?

– Tout ! répondit Beckett en s'animant. Qui sont les Frères Pirates ? Où se réunissent-ils ? Et à quoi servent les pièces de Huit ?

Jack sourit de plus belle au directeur. Puis, son sourire s'effaça.

– Je crois que je préfère conserver le monopole de ces informations, finalement, dit-il. C'est ça, les affaires !

Beckett plissa les yeux. Ce qu'il désirait le plus au monde, c'était tuer cet homme.

– Vous n'avez pas changé, remarqua-t-il d'une voix sourde. Bienvenu à la potence !

– Je connais, répondit Jack avec décontraction, j'y suis déjà allé... Vous savez, une fois qu'on en a apprécié la vue, ça ne présente pas grand intérêt. Maintenant, loin de moi l'idée de vous donner un conseil, mais si j'étais moi et que vous étiez vous, et que nous avions l'un et l'autre le même manque de confiance en l'autre, imaginez-vous alors que vous êtes moi... Plutôt que de me dire où se tient le Tribunal, vous proposeriez de m'y conduire, de telle sorte que vous me livreriez les Frères Pirates, les neuf pièces de Huit et tout le Tribunal sur un plateau d'argent. Et moi étant vous, j'accepterais très probablement cette offre.

– Sur un plateau d'argent ?

– Avec un napperon brodé à fanfreluches et une banane épicée posée à côté dans une soucoupe...

15

Trois navires se trouvaient réunis au même mouillage, le *Black Pearl*, l'*Impératrice* et l'*Intrépide*. Sans compter le *Hollandais Volant*, qui n'était jamais loin du vaisseau amiral de l'armada de la Compagnie.

Tandis que Jack Sparrow et Lord Cutler Beckett discutaient âprement en jouant au chat et à la souris, les hommes de la Compagnie des Indes, commandés par Mercer, se déployaient sur le pont du *Black Pearl*. Les pirates chinois de l'équipage de Sao Feng les regardaient avec stupeur investir les postes que Mercer leur indiquait et commencer les manœuvres d'appareillage. L'un d'entre eux s'approcha du gouvernail et fit signe à Tai Huang qui était à la barre de se pousser.

– Mes hommes n'ont besoin de personne ! protesta Sao Feng en interpellant Mercer.

– Bateau de la Compagnie, équipage de la Compagnie ! répondit Mercer laconiquement.

Tandis que Sao Feng se demandait s'il avait bien compris, Will apostropha à son tour l'assistant de Beckett. Ce qu'il venait d'entendre était à proprement parler stupéfiant. C'était lui qui devait donner l'ordre d'appareiller. Ce navire n'appartenait ni à Sao Feng ni à Beckett !

– Nous avions convenus que le *Black Pearl* serait à moi ! lança-t-il aux deux hommes.

– C'était convenu, en effet, lui répondit Sao Feng avec un petit sourire.

Disant cela, il adressa un signe à l'un de ses hommes, qui frappa Will violemment dans les reins, par derrière. Le jeune homme s'écroula sans conscience avant d'être emmené pour qu'on lui passe les fers.

Sao Feng se retourna alors vers Mercer.

– Lord Beckett a conclu un accord avec moi par votre entremise, dit-il, vous vous souvenez ? Le *Black Pearl* me revient...

– C'était convenu, en effet, railla Mercer en réutilisant les paroles récentes de Sao Feng. Mais, reprit-il en souriant de ses lèvres fines et pincées, il ne serait pas raisonnable que Lord Beckett se sépare du seul navire capable d'affronter le *Hollandais Volant*, vous êtes bien d'accord ?

Le pirate de Singapour encaissa le coup. Il regarda autour de lui. Les matelots de la Compagnie des Indes étaient en nombre supérieur à ses hommes... et ils semblaient prêts à se battre. Il n'avait aucune chance de gagner, en cas d'affrontement. De plus, s'il se rebellait, tout accord avec Beckett serait annulé. Il deviendrait un pirate comme les autres, pourchassé sans pitié.

Prenant sa décision, il fit signe à Tai Huang de se pousser de la barre pour la donner aux hommes de

Mercer. Ce dernier lui fit une courbette moqueuse, avant de s'éloigner.

Toute cette scène n'avait pas échappé à Barbossa qui, les fers aux mains, se trouvait en liberté relative avec les autres membres d'équipage du *Black Pearl*, sous la surveillance des hommes de Mercer. Appuyée contre le bastingage, Élisabeth contemplait ce qui se passait sur le pont, où elle avait vu successivement Will et Sao Feng se faire trahir à leur tour. Les arroseurs arrosés... Elle tourna la tête en apercevant son fiancé qui les rejoignait, les mains attachées dans le dos.

– C'est quand même lamentable qu'ils ne se sentent pas liés par le Code des Frères, vous ne trouvez pas ? lança Barbossa à Sao Feng. Évidemment, ajouta-t-il en guettant la réaction du Chinois, à qui ces propos s'adressaient en premier lieu, l'honneur ne se trouve pas sous le sabot d'un cheval, de nos jours !

Sao Feng lui renvoya un regard aigu :

– Ce qui n'est pas honorable, c'est de se retrouver avec les perdants ! dit-il. Choisir le camp des vainqueurs, c'est la loi des affaires.

– Les perdants, avez-vous dit ? releva Barbossa d'un air si perplexe que Sao Feng fronça les sourcils.

– Ils ont le *Hollandais* ! souligna le chinois. Et les Frères, qu'ont-ils ?

– Nous, nous avons... Calypso ! lâcha Barbossa en approchant son visage tout près de celui de son interlocuteur.

Celui-ci recula, mais le coup avait porté. Calypso... Sao Feng n'y pensait plus. Personne ne savait où

Calypso se cachait ni à quoi ressemblait son apparence humaine. Car Calypso, soumise par un charme magique vieux comme le monde, était emprisonnée dans une forme humaine depuis le premier Tribunal. Ainsi en avaient décidé les Frères Pirates, lassés de la puissance sans frein que la déesse exerçait sur les océans, surtout depuis que le marin dont elle était tombée amoureuse et à qui elle avait accordé l'immortalité, s'était arraché le cœur et répandait partout la destruction. Pour la première fois peut-être depuis le début de son existence, Sao Feng se demanda vraiment qui était Calypso. Sa forme humaine devait être celle d'une magnifique jeune femme, songea-t-il, fière et impétueuse...

Sans qu'il s'en rende compte, son regard glissa vers Élisabeth. Le pirate tressaillit. Élisabeth Swann était fière et impétueuse... et magnifique. Sans compter qu'il était bien étrange qu'une femme se mêle à des pirates...

– Une vieille légende ! marmonna-t-il pour donner le change, tout en continuant de regarder sous cape Élisabeth.

– Non pas ! répondit Barbossa avec fougue. La déesse en personne, liée dans une forme humaine. Indomptable, imprévisible et inconstante comme la mer, peut-être... mais, ma foi, les marins sur lesquels il lui arrive de jeter son dévolu ne sont pas à plaindre !

Le capitaine se tut, un sourire rêveur sur les lèvres. C'est alors qu'il remarqua les coups d'œil furtifs que le pirate chinois lançait sur Élisabeth. Il réprima un sourire, n'osant y croire. Se pourrait-il que Sao Feng pense qu'Élisabeth était Calypso ? C'était vraiment à mourir de rire. Mais, soudain, une idée lui traversa l'esprit. Il n'était peut-être pas sans intérêt que le Chinois s'imagine qu'Élisabeth était Calypso.

– Celui qui aura la bonne fortune de plaire à Calypso ne connaîtra plus les tempêtes ! reprit-il en regardant son interlocuteur dans les yeux. Il voguera sur des mers idéales, où le ciel est toujours pur et les vents caressants ! Il peut aussi facilement se servir de la puissance de la déesse pour devenir le maître de l'océan... Mais pour retrouver ce temps où régnait la déesse Calypso, ajouta le capitaine en regardant ostensiblement Élisabeth, il me faut réunir le Tribunal de la Confrérie. Sans exception ! souligna-t-il en touchant du doigt le nœud de capitaine que Sao Feng portait en sautoir.

Quelques instants de silence passèrent. Élisabeth et Will étaient un peu ébranlés. Cette histoire de Calypso dépassait ce qu'ils en imaginaient.

– Qu'est-ce que vous proposez ? demanda soudain Sao Feng à Barbossa.

– Qu'est-ce que vous accepteriez ? répliqua du tac au tac le capitaine.

– La fille, répondit sans hésiter Sao Feng.

Les yeux écarquillés, Élisabeth s'avança :

– Plaît-il ?

Will s'avança à son tour, les yeux encore plus écarquillés :

– Vous voudriez Élisabeth en échange de votre aide pour nous enfuir ? s'écria-t-il, interloqué.

Sao Feng acquiesça de la tête. Cela lui semblait une transaction honnête.

– Je refuse ! se sentit obligé de répondre Barbossa. C'est hors de question.

– Ce n'était pas une question, répartit Sao Feng.

Il regardait Élisabeth qui, le premier moment de surprise passée, réfléchissait sérieusement à la proposition. Soudain, elle se décida.

– Marché conclu ! dit-elle bravement.

– Quoi ? éructa Will en s'interposant entre Élisabeth et le capitaine chinois. Non. Pas conclu !

Élisabeth se tourna vers son fiancé et c'est alors que la colère qu'elle avait trop longtemps retenue éclata :

– C'est toi qui nous a mis dans ce pétrin ! Alors si cela doit nous rendre la liberté...

Laissant sa phrase en suspens, elle se tourna de nouveau vers Sao Feng.

– Marché conclu.

– Non ! protesta Will. Jamais.

– C'est à moi de choisir, dit sèchement Élisabeth, qui considérait que leurs fiançailles étaient désormais rompues. Uniquement à moi.

Will secouait la tête, complètement chaviré. Il ne savait plus où il en était.

– Élisabeth, mais ce sont des pirates ! s'écria-t-il d'une voix implorante, à court d'arguments.

– Je connais les pirates ! grinça Élisabeth.

Elle regardait son ancien fiancé comme pour dire à quel point elle était lasse et déçue par les pirates et plus spécialement par un en particulier : lui.

– Je suis très honoré, fit Sao Feng en s'inclinant devant Élisabeth.

Allongeant le bras, il voulut prendre le sien, mais la jeune femme s'arracha à sa prise. Elle était d'accord pour être sa prisonnière sur l'*Impératrice*, mais rien de plus !

À sa grande surprise, le pirate s'excusa :

– Je dois mériter vos faveurs, dit-il. Pardonnez-moi.

Élisabeth le regarda de côté, surprise par cette galanterie dont elle avait perdu l'habitude ces derniers temps. Mais elle acceptait de bonne grâce ses excuses, même si elle ne savait pas exactement de quelles faveurs Sao Feng parlait.

Elle s'inclina à son tour.

– Alors nous sommes d'accord ? lança Barbossa en se demandant encore comment Sao Feng avait pu tomber dans le panneau.

Après tout, l'essentiel était qu'ils puissent tous s'échapper. Quant à Élisabeth, il ne connaissait personne qui savait se défendre aussi bien qu'elle.

– C'est d'accord, opina Sao Feng.

Se tournant vers ses hommes, il leur fit signe d'approcher, tandis qu'Élisabeth allait chercher les clefs pour délivrer les membres d'équipage du *Black Pearl.*

Dans la cabine du directeur de la Compagnie, sur l'*Intrépide*, les négociations allaient toujours bon train. Jack Sparrow marchait de long en large en faisant de grands gestes. Le capitaine s'échauffait. Il semblait prêt à tout pour essayer de récupérer aussi bien le *Black Pearl* que sa liberté. À présent, il énumérait à Beckett la liste des personnes qu'il voulait emmener avec lui et celles dont le sort lui était indifférent.

– Vous pouvez garder Barbossa, dit-il. Le nabot vindicatif et son ami à l'œil de bois, aussi. Et Turner. Surtout Turner ! S'il avait un frère jumeau, vous pourriez tous deux les garder. Et même si c'était des triplés.

Beckett prenait note de ce que proposait Jack, non sans une lueur de méfiance dans les yeux. Il se demandait quel pouvait être le calcul de Jack derrière sa proposition faramineuse. Trahir tous ses amis ! Même de la part d'un pirate, il y avait de quoi être étonné. En tous les cas, Beckett avait remarqué une chose : le capitaine n'avait toujours pas prononcé le nom d'Élisabeth Swann. Le directeur de la Compagnie des Indes avait l'intuition que Jack Sparrow était amoureux d'elle...

– Et au sujet d'Élisabeth Swann, lança-t-il négligemment, que prévoyons-nous ?

– Quel intérêt présente-t-elle pour vous ? répartit le capitaine, tout aussi négligemment.

Beckett sourit d'un air entendu. Son intuition était vérifiée.

– Mademoiselle Swann et les autres viennent avec moi sur le *Pearl*, décida Jack, et je vous conduis à l'île des Naufragés. C'est un marché honnête, vous en conviendrez.

Jack tendit sa main pour sceller l'accord, mais Beckett se contenta de lui renvoyer un sourire ironique. Une idée géniale venait de lui traverser l'esprit. Une idée à laquelle il aurait dû penser plus tôt. Son sourire s'élargit. Il tendit la main comme s'il acceptait de serrer celle de Jack mais, la détournant au dernier moment, il prit le compas du capitaine sur la table.

– Dites-moi, Jack, j'y pense à l'instant, il se trouve que j'ai maintenant en ma possession un remarquable compas qui pointe vers ce que l'on désire. Quel besoin ai-je encore de vous, finalement ?

Jack haussa les épaules.

– Il pointe vers ce que vous désirez le plus chèrement au monde, rappela-t-il. Et ce n'est pas le Tribunal de la Confrérie.

– Ah vraiment ? fit Beckett, en se retenant de rire au nez du pirate. Alors, qu'est-ce donc, Jack ?

– Moi.

Le directeur le dévisagea avec des yeux ronds et une moue dégoûtée.

– Moi... mort, précisa Jack.

Et il lui indiqua le compas d'un signe du menton :

– Essayez donc ! dit-il.

Luttant contre l'envie de meurtre qui montait en lui, Beckett se força à faire l'expérience. Ouvrant le boîtier, il regarda la petite aiguille du cadran, tandis que Jack s'était mis à virevolter dans la pièce en faisant des entrechats et des pirouettes, tout en surveillant la réaction du directeur du coin de l'œil. À en juger par sa tête, l'aiguille suivait le capitaine dans tous ses déplacements...

Le directeur referma le compas d'un coup sec. Il ne pouvait nier qu'il désirait par-dessus tout la mort de Jack Sparrow : le seul homme au monde qui osait le narguer. Avec un geste mauvais, il lança le compas à Jack qui s'empressa de le remettre dans sa poche.

Mais c'est alors qu'une deuxième idée géniale traversa l'esprit du directeur de la Compagnie.

– Mais j'y pense maintenant, dit-il, si j'obtenais ce que je désire le plus, alors ce que je désire en second ne deviendrait-il pas ce que je désire en premier ?

Jack fronça les sourcils. Voilà que Beckett se mettait à raisonner comme lui...

– Si je vous tuais, reprit le directeur, je pourrais trouver l'île des Naufragés tout seul. Je supprime un intermédiaire... littéralement.

Mais Jack n'allait pas se laisser désarçonner pour si peu.

– Moi, mort, répliqua-t-il aussi sec, quand vous arriverez à l'Anse des Naufragés, vous découvrirez une forteresse imprenable, capable de soutenir un siège pendant des années, et vous vous lamenterez : « Ah, si seulement je n'avais pas tué une certaine personne qui, si elle se trouvait en ce moment à l'intérieur de ladite forteresse, pourrait faire sortir les pirates ! ».

Beckett se frottait le menton contre le dos de la main en réfléchissant.

– Et vous sauriez faire cela ? demanda-t-il finalement. Convaincre tous vos amis de sortir pour aller se faire exterminer par notre armada ?

Jack roula des yeux d'un air indigné :

– Vous pouvez me tuer, dit-il, me pendre haut et court, me livrer à Jones, mais en aucun cas insulter mes talents ! Qui suis-je ? interrogea-t-il avec un grand geste théâtral. Je suis le capitaine Jack Sparrow, l'ami ! Marché conclu ?

De nouveau, il tendit sa main, mais Beckett hésitait toujours à la serrer. Il avait appris à se méfier de ce qui sortait de l'esprit tordu du pirate.

C'est alors qu'il y eut comme un grondement de tonnerre, tandis que l'impact d'un boulet ébranlait la coque du navire. Beckett tomba en avant, la main tendue, à portée de Jack qui s'empressa de la serrer.

– Marché conclu ! dit le capitaine, enchanté.

Et il se dépêcha de sortir de la cabine, Beckett sur les talons.

Quand les deux hommes arrivèrent sur le pont, les boulets continuaient à pleuvoir sur la coque qui volait en éclats. En face d'eux, les sabords du *Black Pearl* étaient ouverts et crachaient le feu à bout portant. L'*Intrépide*, qui n'avait rien pu faire pour se défendre de cette attaque surprise, était criblé de trous et, noyés dans un nuage de fumée, de nombreux corps jonchaient le pont. Profitant d'une accalmie, les artilleurs se dépêchaient d'introduire dans les canons leurs gargousses de poudre, mais il était déjà trop tard pour riposter.

Alors que l'un d'eux s'apprêtait à faire feu, une nouvelle bordée frappa de plein fouet la coque du navire, catapultant l'homme à plusieurs mètres, juste à côté de Cutler Beckett qui se relevait. La perruque de travers, le directeur aperçut au loin l'*Impératrice* qui s'éloignait sous le ciel d'azur. Entre deux coups de canon, on entendait le crépitement continu des coups de fusils et de pistolets qui étaient tirés depuis le pont du *Black Pearl*. L'alliance entre les hommes de Sao Feng et ceux de Barbossa faisait merveille. Sur le pont du navire, les derniers hommes de Beckett étaient taillés en pièces. À deux doigts de connaître le même sort, Mercer sauta par-dessus le bastingage. Il se retrouva dans l'eau, sain et sauf, se dépêchant de fuir le carnage à la nage.

Sortant d'un recoin du pont où il s'était abrité, Jack apparut au bastingage de l'*Intrépide*. Non loin de lui,

Cutler Beckett lançait une corde à Mercer qui approchait. Le capitaine scruta d'un regard fiévreux le *Black Pearl* en comprenant qu'il s'apprêtait à appareiller. C'était une question de secondes et le temps qu'il le rejoigne à la nage, le navire serait parti. Sans compter que les autres en profiteraient pour lui tirer dessus comme un lapin...

Tournant la tête vers l'artilleur, qui était en train de nettoyer à côté de lui l'écouvillon de son canon pour introduire une nouvelle gargousse de poudre, le capitaine sut exactement ce qu'il devait faire. Poussant l'homme d'un violent coup de pied, il prit sa place et défit alors à toute vitesse la sangle qui maintenait le canon à son affût, avant de retourner celui-ci vers le pont de l'*Intrépide*. Quand Beckett aperçut Jack, il eut un choc : son prisonnier avait décidé de s'évader de la manière la plus extravagante qui soit. Il était en train d'enrouler une corde autour de la roue du canon et de se l'attacher autour du corps, un briquet à mèche allumé à la main.

– Vous êtes fou ! cria-t-il.

– Merci de me le dire, répliqua Jack. Parce que si ce n'est pas de la pure folie, je doute fort que cela réussisse !

Et il mit feu au canon, tandis que, plongeant à terre, Beckett et Mercer évitèrent de justesse le boulet, qui alla frapper le mât. Celui-ci laissa échapper un grand craquement sinistre, tandis que le recul propulsait violemment en arrière le canon, qui percuta le bastingage et le fit voler en éclats en entraînant Jack à sa suite qui continua son trajet dans les airs, en direction du *Black Pearl*...

En face, debout sur le pont du *Black Pearl,* où il commandait les manœuvres d'appareillage, Barbossa écarquilla les yeux. Médusé, il suivit la trajectoire de Jack jusqu'à son arrivée fracassante sur le pont. Il plissa les yeux en entendant les chocs en cascade de sa chute, puis le capitaine s'avança en se demandant dans quel état il allait retrouver son vieil ennemi. D'abord, il vit une voile déchirée, un tonneau éventré dont le contenu de poudre se répandait par terre, puis il leva les yeux et, éberlué, aperçut Jack Sparrow, assis indemne sur le bastingage de poupe, en train d'enlever nonchalamment la corde autour de sa taille. Le capitaine jouissait d'un intense moment de joie. Être sur son navire et de nouveau capitaine, c'était ça pour lui, le bonheur.

– Avoue que je ne t'ai pas manqué ! lança-t-il en faisant un petit clin d'œil à Barbossa.

Poussant un grand soupir, celui-ci se détourna d'un air écœuré. Sautant sur le pont, Jack tapa dans la main de Gibbs qui l'accueillait avec un sourire rayonnant, avant de se mettre à chercher des yeux Will parmi les hommes qui le regardaient tous avec des yeux éberlués. Le capitaine se disait que les nouveaux alliés s'étaient bien débrouillés, si on omettait le fait qu'ils auraient pu le tuer dans leur assaut. Il se demanda un bref instant si Élisabeth y avait pensé, mais la jeune femme était invisible. Il finit par apercevoir Will, qui était en train de finir de rassembler tous les cadavres sur le gaillard d'avant.

– Envoyez ce pisseux au cachot ! cracha le capitaine en désignant du doigt le coupable.

Gibbs et Cotton s'empressèrent de s'exécuter. Quelques instants plus tard, le *Black Pearl* mettait les voiles.

Sur le pont de l'*Intrépide*, au bastingage, Beckett regardait le navire s'éloigner d'un air complètement abattu. Derrière lui, le fier navire n'était plus que ruine, jusqu'au grand mât qui continuait de craquer dangereusement.

Il se retourna en entendant Groves s'approcher.

– Quel navire devons-nous suivre ? interrogea le lieutenant. Le *Black Pearl* ou l'*Impératrice* ?

– Envoyez le signal convenu au *Hollandais*, répondit rageusement Beckett. Quant à nous, nous suivrons le *Pearl*... quand nous le pourrons. Dans combien de temps l'*Intrépide* sera-t-il en mesure de prendre la mer ?

Alors que Groves ouvrait la bouche pour répondre, un nouveau craquement sinistre se produisit derrière eux. Lentement, le grand mât s'abattit avec ses voiles, avant de s'effondrer sur le pont dans un énorme fracas, en achevant d'écraser ce que les boulets de canon n'avaient pas déjà brisé. Il allait falloir vraiment beaucoup de temps pour réparer les dégâts...

– Croyez-vous qu'il calcule tout ou qu'il improvise à mesure ? lança le lieutenant, les yeux tournés vers le *Black Pearl*, sans parvenir à dissimuler son admiration.

16

La nuit était tombée sur la mer des Caraïbes... Accrochée au-dessus de l'eau, la pleine lune jouait doucement de ses rayons sur le clapotis des vagues. À bord de l'*Impératrice*, debout dans la somptueuse cabine de Sao Feng, entourée de trois suivantes qui mettaient la dernière touche à sa toilette, Élisabeth la contemplait par le hublot en profitant intensément du spectacle. Elle avait vu des tempêtes, des créatures marines monstrueuses, des équipages sortis de l'enfer, des cataractes à vous faire hurler de terreur, des régions oubliées au fond de l'eau au-delà de ce que l'être humain pouvait imaginer... Et là, d'un seul coup, c'était comme si les puissances infernales s'apaisaient. La mer redevenait le miroir du ciel et de la liberté, calme et apaisée sous le manteau de la nuit, où l'œil vigilant de la lune semblait veiller sur le sommeil des marins en leur souhaitant de beaux rêves.

Élisabeth sourit à l'astre. Après le chaos des dernières heures – et surtout la trahison de Will, qui lui avait donné l'impression que le monde s'écroulait –, cet instant de répit lui faisait du bien. Comme lui faisait du bien le luxe de la jonque, celui des vêtements dont on l'avait parée et la déférence attentive de ses suivantes. Bien qu'Élisabeth ait été élevée dans un luxe comparable, quoique moins raffiné, avec une ribambelle de servantes à son service pour satisfaire le moindre de ses désirs, bassiner son lit, lui lacer ses corsets, lui attacher ses robes, lui ouvrir ses volets le matin, les fermer le soir, cela faisait un moment qu'elle avait dit adieu à tous ses privilèges pour vivre la vie rude et terriblement masculine des pirates.

Non pas qu'Élisabeth regrettait ces privilèges, mais il était temps de reprendre des forces, même si cela ne devait durer que quelques instants encore : dans peu de temps, Sao Feng allait la rejoindre dans la cabine.

Élisabeth ne savait pas au juste ce que le capitaine de Singapour attendait d'elle, mais en tout cas elle ne s'attendait pas à tant d'égards. Dès l'instant où elle avait posé le pied sur la jonque, ses trois suivantes chinoises avaient pris soin d'elle, comme si elle avait été quelque joyau précieux. Elles l'avaient baignée, massée, parfumée...

La jeune femme se mit à déambuler à travers la cabine illuminée de mille petites bougies disséminées sur les meubles laqués, à côté des porcelaines de Chine finement décorées. Partout où son regard se posait, ce n'était que richesse et élégance. Les parois, les couchettes, les coussins, tout était recouvert de la soie la plus douce et brillante. Les rouges profonds rivalisaient avec les jaunes intenses : une harmonie de couleurs inhabituelle pour Élisabeth, qui ajoutait au décor un délicieux piment d'exotisme. Ici, dans la cabine de l'*Impératrice*, elle se sentait presque envolée au pays des Mille et Une Nuits...

Soudain, elle tressaillit. Quelqu'un toquait à la porte. Du menton, Élisabeth fit signe à ses suivantes d'ouvrir et Sao Feng apparut alors sur le pas de la porte.

En apercevant sa prisonnière, le pirate de Singapour s'immobilisa. Il était encore plus ébloui qu'il ne s'y attendait. Dans sa tenue chinoise traditionnelle, Élisabeth Swann semblait trop belle pour appartenir seulement au monde des humains. La plus exquise féminité se dégageait d'elle, jointe à une aura de pouvoir et de puissance. Elle ressemblait... à une déesse.

Il s'avança doucement vers elle, puis s'arrêta. Élisabeth le regardait, perplexe et légèrement sur ses gardes. Mais Sao Feng n'avait pas congédié les suivantes, ce qui témoignait d'honnêtes intentions.

Soudain, il lui récita un poème, un de ces antiques poèmes chinois qui se prononcent en une expiration :

Jeune pousse de peuplier
Touchant,
Frôlant l'eau
De l'étang du jardin.

Quand sa voix se tut, Élisabeth attendit. Elle aurait aimé qu'il continue. C'était beau et la voix du pirate était douce, grave et envoûtante.

Mais c'est alors que, d'un geste, il congédia ses suivantes.

Élisabeth recula prudemment en cherchant un refuge et, plutôt que de s'asseoir sur une des couches somptueuses garnies d'oreillers moelleux, elle jeta son dévolu sur un fauteuil dans lequel elle s'installa, droite, digne et le regard froid.

Sao Feng vint se placer sur le fauteuil en face d'elle. Ils n'étaient séparés que par une petite table en bois sculpté, sur laquelle étaient posés une bouteille et des verres. Il en prit un qu'il remplit de vin, avant de le tendre à Élisabeth. Sao Feng se servit à son tour et, levant son verre avant de boire, il s'inclina devant sa prisonnière pour lui signifier sans doute qu'elle était son invitée.

Décidée à ne pas céder d'un pouce à toutes ces manœuvres de séduction qui lui semblaient un peu trop soudaines pour témoigner d'une simple attirance amoureuse, la jeune femme restait de marbre. Mais Sao Feng lui décocha un grand sourire par-dessus son verre. Quand il souriait, ce n'était plus le même homme. On oubliait le tortionnaire qu'elle avait vu à l'œuvre sur Will, on oubliait l'impitoyable pirate, muni de son poinçon qu'il avait fini par enfoncer dans l'œil de l'espion, on oubliait le traître...

Sauf qu'Élisabeth n'oubliait pas. Elle avait en permanence à l'esprit l'autre visage de Sao Feng, le vrai...

– Je reconnais que ce n'est pas ainsi que je m'attendais à être traitée, dit-elle pour tâter le terrain.

– Aucun traitement ne serait digne de vous... Calypso, murmura Sao Feng.

Élisabeth se figea, son verre à la main.

– Vous dites ?

Sao Feng but une petite gorgée avant de répondre :

– Je sais... Ce n'est pas le nom par lequel vous aimez être connue – parmi tous ceux que l'on vous donne – mais c'est ainsi que nous vous appelons !

– Nous, c'est qui ? murmura suavement Élisabeth en souriant à son tour pour ne pas se trahir.

Elle commençait à comprendre. Si le pirate la traitait comme une reine, c'est parce qu'il la prenait... pour une déesse. Il pourrait certainement changer d'attitude en apprenant qu'il n'en était rien.

– Nous, ce sont les Frères Pirates, répondit Sao Feng. Les neuf Frères Pirates, ainsi que nos prédécesseurs, parmi lesquels figurent ceux du premier Tribunal, qui emprisonnèrent...

– ... la déesse, acheva Élisabeth.

– Vous le confirmez donc ? lança Sao Feng en se redressant, les yeux étincelants.

– Confirmer quoi ? réagit tranquillement Élisabeth avec un sourire fin. Vous ne m'avez rien dit...

Sao Feng but une autre gorgée. Calypso avait raison. C'était à lui de faire ses preuves.

– Il fut un temps où la mer n'appartenait pas aux hommes, commença-t-il. Elle appartenait à elle-même : la mer, impétueuse et magnifique, tempétueuse et lunatique, de couleur changeante au gré de ses humeurs, parfois calme et apaisée, parfois rageuse, souvent déchaînée, passant du doux murmure des vagues au hurlement des marées d'équinoxe. Et puis, le jour vint où se rassembla le premier Tribunal de la Confrérie, qui prit cette désastreuse décision à laquelle je me serais certainement opposé si j'avais été présent. Ce premier Tribunal qui emprisonna la déesse dans une forme humaine, de telle sorte que le commandement des mers revenait désormais aux hommes et non plus à...

– ... moi, dit Élisabeth.

Il y eut un long silence. Sao Feng regardait Élisabeth avec des yeux qui semblaient remplis d'étoiles. Mais la jeune femme savait que ces étoiles brillaient surtout dans le ciel de la renommée et du pouvoir. Barbossa n'avait-il pas dit à Sao Feng que celui qui était l'amant de Calypso aurait la maîtrise des mers ?

– Oui, vous ! acquiesça Sao Feng d'un ton exalté. Vous, la déesse emprisonnée, mais toujours divine, même sous cette forme humaine. Une femme aussi belle que le clair de lune sur les vagues, que la lumière des étoiles au-dessus de l'horizon ! acheva-t-il en élevant le bras.

Élisabeth attendit que le bras du pirate retombe, puis elle hocha la tête, ironique :

– Joli discours de la part d'un geôlier... Mais, fit-elle en durcissant sa voix, les plus belles paroles entendues à travers des barreaux de prison perdent beaucoup de leur charme !

Sao Feng se toucha la poitrine comme si ces paroles le blessaient au cœur.

– Si vous êtes ma prisonnière, alors je suis votre otage ! Peut-on blâmer mes efforts pour rester libre sous la menace des canons du *Hollandais Volant* et de l'armada de la Compagnie ? Tous les hommes sont attirés par la mer ! Quel qu'en soit le péril. Ils sont prêts à tout pour rester digne de cette maîtresse si exigeante mais à la si formidable grandeur ! Naviguer sur les océans, avec la seule compagnie de cette puissance indomptable et sauvage, est mon seul désir...

Le pirate regardait Élisabeth dans les yeux et la

jeune femme comprenait bien qu'il ne parlait pas seulement de la mer.

– Le désir ne justifie pas tout, souligna-t-elle.

– Ce n'est pas une justification, se défendit Sao Feng. Je mets seulement mon désir à vos pieds, ajouta-t-il en s'inclinant profondément.

Quand il releva la tête, la supposée déesse le toisait avec un mépris appuyé.

– Ça ne vaut pas grand-chose, lâcha-t-elle du bout des lèvres. Et qu'espérez-vous en échange ?

– Vos faveurs, si vous décidiez de me les accorder, répondit le pirate humblement.

– Et dans le cas contraire ? continua Élisabeth, décidée à en avoir le cœur net sur les risques encourus à redevenir simple mortelle.

– Alors j'accueillerai votre fureur ! déclara le pirate avec panache.

Élisabeth resta impassible, mais elle avait du mal à ne pas lui rire au nez. Il y avait de quoi s'émerveiller devant tant de modestie et d'abnégation ! Elle aurait été curieuse de savoir si le pirate montrerait autant de grandeur d'âme dans le cas où il n'obtiendrait pas satisfaction. Comme si Sao Feng avait lu dans les pensées d'Élisabeth, soudain, la rejoignant, il se pencha vers elle pour l'embrasser.

Élisabeth le repoussa au loin avec fureur, telle la déesse en personne outragée. Elle ne savait pas très bien si c'était pour donner une leçon à Sao Feng ou tout simplement parce qu'elle n'en avait pas envie. Quoi qu'il en soit, elle n'eut pas le loisir de vérifier la sincérité du pirate, car à ce moment précis, le bruit étouffé d'un coup de canon leur parvint.

Sautant sur leurs jambes, tous deux se précipitèrent vers le hublot, alors que l'impact du boulet ébranlait le navire. Puis, ils entendirent le bruit d'un projectile qui se rapprochait, avant d'être secoués par un nouveau choc.

Les deux protagonistes se regardèrent, l'angoisse au ventre. Qui donc les attaquait ? L'*Intrépide* ? Mais il était hors d'état de les suivre, d'après ce qu'ils avaient constaté, tandis qu'ils s'éloignaient de la bataille à bord de l'*Impératrice*. Quel autre navire alors ? Ni l'un ni l'autre n'osait prononcer le nom du terrible bâtiment auquel ils pensaient, quand un troisième choc se produisit. Puis, les boulets se mirent à pleuvoir en grêle. Entre deux explosions, on entendait les coups de pistolets échangés sur le pont de la jonque, accompagnés de cris et de hurlements.

Accroupi auprès d'Élisabeth, Sao Feng lui lança un regard pénétrant, avant de se diriger vers la porte, tandis qu'Élisabeth se redressait pour essayer encore d'apercevoir par le hublot quels étaient leurs assaillants. Mais la fumée de la canonnade et les éclairs des explosions l'empêchèrent de distinguer quoi que ce soit. C'est à ce moment qu'un nouveau boulet ébranla la coque avec un tel fracas qu'elle eut l'impression qu'il avait traversé la cabine. Hélas, ce n'était pas qu'une impression...

Élisabeth plongea à plat ventre, sauvant sa vie de justesse.

Elle resta là de longues secondes sans bouger, sentant le souffle du large pénétrer dans la cabine en lui donnant la chair de poule. Toutes les bougies s'étaient éteintes. Puis, lentement, elle redressa la tête et aperçut de nouveau la lune, seulement cette fois ce n'était pas par le hublot, mais par l'ouverture béante que le boulet avait fait dans la coque du bateau.

– Sao Feng ? appela-t-elle d'une voix rauque.

Mais le pirate ne répondit pas. Était-il parti ? se demanda Élisabeth. Elle commença à ramper à travers la fumée et parmi les meubles renversés et les tentures de soie décrochées. C'est alors que, dans la lumière du clair de lune, elle distingua un corps ensanglanté. La jeune femme se raidit. C'était Sao Feng ! Un long éclat de bois lui traversait la poitrine...

– Sao Feng ? murmura Élisabeth, sous le choc, en s'approchant du corps.

Une voix faible sortit de la gorge de l'agonisant.

– Par ici... s'il vous plaît...

Élisabeth parvint auprès du pirate, devant lequel elle s'agenouilla. Pourquoi les hommes passaient-ils donc leur temps à se faire du mal ? se demanda-t-elle, bouleversée. Ne savaient-ils pas que ce qu'ils faisaient subir un jour à autrui, c'est eux qui le subiraient un autre jour, dans ce jeu sans fin de la guerre ?

Luttant contre la douleur terrible qui lui transperçait la poitrine, le pirate enleva le pendentif qu'il portait au cou.

– C'est mon nœud de capitaine. Prenez-le.

Élisabeth n'osait pas bouger. Elle ne savait pas quoi dire. Pourquoi donc deviendrait-elle capitaine de l'*Impératrice* ?

– Ainsi vous prendrez place au Tribunal et pèserez de tout votre poids dans leur décision. Prenez-le ! insista-t-il en essayant de se redresser, ce qui eut pour effet de lui arracher un cri de douleur. Je dois le transmettre à mon successeur...

– Moi, Frère Pirate ? dit Élisabeth.

– Allez à ma place à l'île des Naufragés, supplia encore Sao Feng.

Inclinant la tête, Élisabeth avança la main et s'empara du pendentif. Au moment où elle se le passait autour du cou, Tai Huang fit irruption dans la pièce.

– Mon capitaine ! Le navire est pris ! Nous ne pouvons plus...

Il s'arrêta net en découvrant la scène. Son capitaine était allongé sur le sol, mortellement blessé. Il chuchotait quelque chose à l'oreille d'Élisabeth Swann, habillée comme une reine, qui recueillait ses dernières paroles.

– Calypso, dit-il.

Et ce fut son dernier mot. Le voile de la mort recouvrit ses yeux et il mourut. Tai Huang s'approcha d'Élisabeth, qui lui refermait doucement les paupières.

– Que vous a-t-il dit ? interrogea-t-il, la gorge nouée.

Élisabeth se redressa et fit face au maître d'équipage :

– Il m'a nommée capitaine, dit-elle en lui montrant le nœud en corde qui pendait à son cou.

17

Suivi de son second, le nouveau capitaine monta sur le pont. Élisabeth savait déjà qu'elle allait découvrir le *Hollandais Volant*, collé au flanc de l'*Impératrice* comme un énorme prédateur, et elle se préparait à cette vision d'horreur. Mais le choc fut quand même terrible. Les voiles du navire de Sao Feng étaient brisées et la jonque ressemblait à un pauvre papillon en train d'être dévoré par la monstrueuse araignée qui l'avait attrapé.

Le pont de l'*Impératrice* était jonché de morts et d'agonisants aux membres arrachés, dont les gémissements étaient insoutenables. Quand Élisabeth aperçut les corps de ses trois suivantes transpercés de balles, elle faillit se mettre à hurler. Puis, elle se reprit. Elle était le capitaine, désormais. D'ailleurs, Tai Huang se tenait à côté d'elle, attendant ses ordres. Hélas, pour le moment, elle n'avait aucun ordre à donner, celui même de se rendre étant superflu.

Élisabeth chercha des yeux l'autre capitaine, celui du navire maléfique : Davy Jones, qu'elle n'avait encore jamais approché de près, contrairement à son équipage de monstres, contre lesquels elle avait déjà eu l'occasion de combattre, sur l'île des Quatre Vents. Ceux-ci étaient en train de rassembler les survivants terrorisés. Will avait expliqué à Élisabeth comment Jones procédait. Le scénario était toujours le même, tel un horrible rituel qui conférait probablement à Jones le sentiment d'être un démiurge : les survivants à la file les uns des autres, agenouillés le dos au bastingage, un homme muni d'une hache derrière chacun d'entre eux, après quoi le capitaine les passait en revue un à un en leur demandant s'ils avaient peur de la mort ou s'ils préféraient s'engager... S'ils se décidaient pour la première solution, leur vœu était exaucé sans tarder : la hache s'abattait sur eux et ils étaient jetés à la mer.

Mais ceux qui avaient ce courage étaient rares et presque tous s'engageaient. Il fallait vraiment croire en Dieu et en sa miséricorde pour accepter de mourir d'une manière aussi horrible... Et même si ces infortunés rescapés avaient en face d'eux le spectacle horrible de ce qu'ils finiraient par devenir, ils se disaient que ce n'était pas pour tout de suite, pas comme de mourir. Ils pensaient peut-être qu'ils y échapperaient ou qu'ils trouveraient le moyen de fuir ce bateau maudit...

Mais personne n'échappait à Jones. Will avait même confié à Élisabeth que les hommes finissaient par faire partie du bateau, comme un certain Wyvern, qui s'était arraché un bref moment de la coque pour lui parler.

Soudain, Élisabeth se rappela que le père de Will était parmi ces hommes ! Will lui avait dit que son père était moins atteint que la plupart d'entre eux : il n'avait pas de pinces qui lui sortaient du torse, ni d'arêtes qui lui hérissaient le corps, mais seulement des petits coquillages qui s'étaient incrustés partiellement sur son visage et ses cheveux.

Élisabeth chercha des yeux si quelqu'un correspondait à la description, mais tous, sans aucune exception, avaient perdu un semblant d'apparence humaine. Bill Turner n'était pas là, apparemment...

Dans la fumée qui commençait à se dissiper, Élisabeth, toujours accompagnée de Tai Huang, aperçut deux silhouettes qui traversaient la planche qui avait été jetée entre le *Hollandais Volant* et l'*Impératrice*. Elle reconnut Jones, mais qui était l'homme de belle stature qui l'accompagnait ?

Puis, ils mirent le pied sur le pont de la jonque et Élisabeth faillit pousser un cri : l'homme qui se tenait aux côtés de Davy Jones n'était autre que James Norrington... Il s'avançait à grandes enjambées, inspectant le carnage.

Élisabeth se recula vivement dans l'ombre pour pouvoir l'observer à son insu. La dernière fois qu'elle avait vu son ancien fiancé, il courait avec le coffret qui avait contenu le cœur de Davy Jones, l'équipage du capitaine du *Hollandais Volant* à ses trousses. Élisabeth avait salué le courage admirable de l'homme dont elle avait cru qu'il se sacrifiait pour qu'ils puissent s'échapper.

Elle sortit de l'ombre et immédiatement l'amiral l'aperçut.

– Élisabeth ? s'écria soudain Norrington, ahuri.

La jeune femme était bien la dernière personne

qu'il s'attendait à trouver sur la jonque. L'amiral était bien sûr averti des derniers événements, puisque c'est Lord Cutler Beckett qui lui avait demandé de détruire l'*Impératrice* en guise de représailles, après l'attaque de l'*Intrépide* par le *Black Pearl*. Il savait aussi que Jack était revenu du Bas-Fond de Jones et que Will Turner avait conclu une alliance avec Sao Feng et la Compagnie, avant de se faire trahir. Mais il n'avait pas osé demander à Beckett si Élisabeth faisait toujours partie de l'équipage de Jack. À vrai dire, il considérait maintenant Élisabeth comme un souvenir du passé... De même que le gouverneur, il avait si peur qu'Élisabeth soit morte qu'il préférait ne pas penser à elle comme quelqu'un qui vivait et respirait quelque part.

Obéissant à une impulsion irrésistible, l'amiral prit Élisabeth dans ses bras et la serra contre lui. Élisabeth subit cette embrassade sans protester, mais sans y répondre non plus. Elle était partagée entre une joie réelle de le revoir et une grande déception de ce qu'il était devenu. En arriver là ! Coopérer avec Davy Jones !

– J'ai cru que vous étiez morte, dit l'amiral d'une voix profondément émue.

– Et moi, je vous ai pleuré, reconnut Élisabeth.

Ces mots firent plaisir à Norrington au-delà de ce qu'il aurait supposé. Puis, à regret, il lâcha Élisabeth, qui se recula, un peu gênée.

– Votre père sera tellement heureux de vous savoir sauve ! s'écria-t-il avec chaleur.

Élisabeth baissa la tête.

– Mon père est mort...

– Mais non ! protesta l'amiral. Il est reparti en Angleterre...

Élisabeth releva les yeux en scrutant son ancien fiancé. Il semblait sincère.

– C'est ce que vous a dit Beckett ? lui demanda-t-elle avec un petit sourire triste.

Un voile songeur passa dans le regard de Norrington.

– ... Oui.

Ils n'eurent pas le loisir de poursuivre cet échange, car Davy Jones rejoignait l'amiral, après avoir fait aligner les survivants en une file terminée par Tai Huang. Le capitaine du *Hollandais* regarda de haut en bas Élisabeth qui dut faire appel à toute sa volonté pour rester stoïque devant ce visage hérissé de tentacules qui se tordaient furieusement en tous sens. Puis, après avoir lancé un coup d'œil incisif à Norrington, il se détourna. Élisabeth ferma les yeux un instant. Davy Jones était une horreur et une puanteur vivante...

– Qui parmi vous désignez-vous comme votre capitaine ? lança-t-il en s'approchant de sa file de prisonniers.

Tai Huang tendit son index vers Élisabeth.

– Le capitaine ? C'est elle.

Les autres marins confirmèrent unanimement. Il leur fallait absolument un capitaine, quel qu'il soit. D'ailleurs, ils n'avaient rien contre le fait que ce soit une femme, au contraire. En revanche, celui qui était étonné, c'est l'amiral Norrington. Par quel incroyable tour du destin Élisabeth était-elle devenue capitaine de la jonque ?

– Sao Feng est mort, expliqua-t-elle brièvement. Il m'a nommée à sa place.

Norrington acquiesça en contemplant avec admiration la jeune femme parée de ses magnifiques vêtements, qui se tenait droite et digne devant ses hommes en essayant de leur inspirer assez de confiance pour les aider à traverser cette terrible épreuve. Il n'y a pas de doute, Élisabeth Swann avait la stature d'un capitaine.

Il se tourna vers l'équipage de Jones.

– Faites le nécessaire pour remorquer le navire et mettez les hommes aux fers, ordonna-t-il.

L'équipage de Jones ne bougea pas. Les hommes étaient déçus de ne pas massacrer les survivants.

– Vous avez entendu l'amiral ? gronda Davy Jones. Alors exécution !

– Le capitaine peut loger dans mes quartiers, ajouta Norrington en faisant un signe vers Élisabeth.

Celle-ci secoua la tête.

– Non merci, monsieur. Je préfère rester avec mes hommes.

Alors qu'elle s'avançait pour rejoindre la file de survivants, son ancien fiancé la retint par la manche.

– Élisabeth... Je vous le jure, j'ignorais que...

– Vous ignoriez quoi ? Quel homme est Beckett ? Ce qu'il est capable de faire ? Maintenant, vous le savez.

Et elle tourna les talons. Resté seul, Norrington sentit s'abattre d'un seul coup sur ses épaules le poids de ses actes. Il avait remis à Beckett le cœur de Davy Jones, sans vouloir savoir ce qui allait advenir ensuite. La seule chose qui l'intéressait était de retrouver une vie digne, conforme à l'idée qu'il se faisait de son rang et de sa valeur. À cause de lui, la mer était devenue un champ d'extermination, où plus aucune dignité humaine n'était respectée. C'était cette même volonté d'ignorance qui lui avait fait prendre pour argent comptant la nouvelle annoncée par Beckett du départ impromptu du gouverneur Swann pour l'Angleterre...

Quelques minutes plus tard, les hommes d'équipage de la jonque étaient transférés sur le navire de Davy Jones. Ils regardaient autour d'eux, incrédules. Ce n'était pas un bateau, mais une sorte de château hanté qui errait sur les mers en avalant tout sur son passage. Un château dont les habitants se confondaient presque avec ses murailles rongées par le corail, les algues et les coquillages. On les fit descendre à fond de cale pour les enfermer dans des geôles glaciales, humides et imprégnées comme le reste d'une sorte de soie visqueuse. Jimmy Legs, le maître d'équipage de Jones, dont le pas était alourdi par les milliers de coquillages qui lui pendaient en grappes sur tout le corps, poussa Élisabeth dans sa cellule. Au moment où la porte du cachot claqua, Élisabeth se sentit flancher. Puis, la clef tourna dans la serrure et Jimmy Legs rabattit la barre du verrou. Mais tandis qu'elle le regardait faire, l'estomac serré, la jeune femme se demanda si ce n'était pas lui, après tout, le père de Bill... La description correspondait à peu près.

– Bill Turner ? appela-t-elle.

Mais, en guise de réponse, l'homme lui tourna le dos et s'éloigna. S'approchant de la grille, Élisabeth aperçut alors un autre membre d'équipage en train de refermer la cellule voisine qui, lui aussi, pouvait répondre à la description de Will.

– Bill ? Bill Turner ? essaya-t-elle encore en pressant son visage contre les barreaux. Mais elle n'obtint pas de réponse. L'homme, qui répondait au nom de Clacker, se contenta de pousser un grognement avant de disparaître dans l'ombre.

Avec un soupir de découragement, Élisabeth recula au fond de sa cellule en choisissant l'endroit qui semblait le moins sale et se recroquevilla sur elle-même.

– Vous connaissez mon nom ? coassa soudain une voix rauque surgissant à côté d'elle.

Se dressant sur ses jambes, le cœur battant à tout rompre dans sa poitrine, Élisabeth fit un bond en arrière. Qui parlait ? Elle était toute seule dans sa cellule ! Mais c'est alors que, peu à peu, elle distingua un visage humain incrusté dans la coque du bateau. Seuls ses yeux semblaient vivants...

– Vous connaissez mon nom ? répéta la voix.

Alors, Élisabeth se souvint brusquement du vieux Wyvern et elle comprit. Le père de Bill était devenu comme lui... À mesure qu'elle réalisait le sort terrible de cet homme, Élisabeth sentit qu'elle pardonnait à Will ce qu'il avait fait. C'était cela qu'il voulait éviter à son père : donner son corps et son âme au navire. Un navire fait de tous les corps des marins engloutis.

– Je connais votre fils ! reconnut Élisabeth en s'approchant courageusement de la forme à demi incorporée dans le bois.

Bill Turner battit des paupières et soudain, un sourire anima les traits de son visage. Petit à petit, sa forme commençait à se détacher du bateau.

– William, comment va-t-il ? Bien ?

Élisabeth acquiesça de la tête.

– C'est vrai ? s'écria le vieux Bill d'une voix qui prenait un peu plus d'assurance. Alors il a réussi ? Il est vivant ?

– Mais oui ! dit Élisabeth en essayant de sourire à son tour.

– Ah, je comprends, il vous a envoyée pour me dire qu'il arrive pour me libérer ! Il me l'a promis... Seigneur Dieu, il est donc en chemin !

Élisabeth se contenta de hocher la tête. Sa gorge était tellement serrée qu'elle avait du mal à parler.

– Oui. Will est en vie... et il veut vous aider, dit-elle.

Sur le visage du vieux Bill se peignit une expression de joie et d'espoir qui fit mal à Élisabeth. En réalité, c'était bien mal parti pour que Will sauve son père. Non seulement il fallait qu'il arrive jusqu'au *Hollandais Volant*, mais en plus il n'était sans doute plus possible d'arracher le pauvre homme à la coque du bateau, sans compter le plus important, qui était que si Will tuait Jones, il devrait prendre sa place...

Comme si le vieux marin devinait les pensées d'Élisabeth, son expression changea. Tous ses traits s'affaissèrent, à tel point qu'il sembla de nouveau se confondre avec la coque.

– Non, il ne va pas venir, coassa-t-il. Il ne viendra pas...

Élisabeth se sentit prise d'un désir éperdu de l'aider : lui donner assez d'espoir pour qu'il puisse s'extraire de son sépulcre !

– Il va venir ! assura-t-elle d'une voix vibrante. Je

ne sais comment, mais il essaiera, j'en suis certaine. Vous êtes son père !

À ces mots, les yeux de l'effigie de bois devinrent plus brillants. Il lança à la jeune femme un étrange regard rusé.

– Je vous connais ! dit-il. Il m'a parlé de vous. Vous êtes Élisabeth...

– Oui, acquiesça la prisonnière, un peu ébranlée d'entendre son nom prononcé par cette sculpture vivante.

– Il ne peut pas me sauver... Il ne le fera pas. À cause de vous ! dit le vieux pirate d'une voix accusatrice.

– Moi ? balbutia Élisabeth en se reculant, prise de la peur absurde que l'homme se libère soudain de la paroi pour lui sauter à la gorge.

– Vous êtes Élisabeth, répéta Bill Turner. Élisabeth...

Élisabeth avala sa salive. Pauvre homme ! Il ne savait plus ce qu'il disait. Elle avait un peu honte d'avoir eu peur. Il ne pouvait plus faire de mal à personne...

– Oui, je suis Élisabeth, reprit-elle pour le relancer.

Les paupières se réouvrirent dans le bois. L'œil était de nouveau vif et le sourire rusé.

– Si Jones est tué, son meurtrier devra le remplacer, annonça Bill Turner. À jamais. Tous les matelots du bord le savent. Le *Hollandais* doit avoir un capitaine !

– Je sais, acquiesça Élisabeth.

– Et s'il me sauve, continua le pirate, il vous perdra...

Élisabeth devait reconnaître que c'était la vérité. Elle avait déjà songé à la question en se demandant si Will était capable d'aller jusque-là pour honorer sa promesse.

– Ce n'est pas moi qu'il choisira, grinça le vieux Bill. Moi, à sa place, je ne me choisirais pas non plus. Le *Hollandais* doit avoir un capitaine !

– Vous l'avez déjà dit...

Clignant des paupières en signe d'acquiescement, l'homme se fondit de nouveau lentement dans la coque du bateau. Élisabeth pensa qu'il allait retomber dans sa léthargie, mais la voix se ranima brusquement.

– Dites-lui de ne pas venir ! Dites-lui de rester au loin ! Pouvez-vous le faire ? Il est trop tard. Je m'enlise, je me perds...

Puis, ses yeux se fermèrent et il s'immobilisa complètement. Prise d'un profond sentiment de compassion, Élisabeth lui toucha l'épaule. Réagissant à ce geste, les yeux du gisant se rouvrirent une fois encore. Élisabeth sursauta. Le vieux marin était donc encore doué de sensibilité...

– Vous connaissez mon nom ! Vous connaissez mon nom ! se mit-il à répéter sans s'arrêter.

Élisabeth avala sa salive. Elle n'en pouvait plus. Elle avait maintenant envie qu'il se taise. Cet homme était entré trop avant dans la vie végétale. Son esprit s'était durci, comme les veines d'un morceau de bois.

– Oui, dit-elle en essayant d'être calme, je connais votre fils.

– William ! Est-il en vie ?

Élisabeth ne savait plus quoi répondre. Son cœur

était brisé en songeant à Will, en imaginant surtout ce qu'il ressentirait en voyant son père ainsi. Inévitablement, ses pensées dérivèrent vers son propre père et, soudain, il y eut comme un déclic dans son esprit. Elle se sentit apaisée. Son père était parti pour le Royaume des morts, où tout le monde se retrouvait un jour, tout le monde... sauf ceux qui avaient perdu leur âme, comme Bill Turner.

– Oui, il est en vie, dit-elle avec effort.

– Il va venir me chercher. Il me l'a promis. Vous verrez !

Cette fois, le marin s'enfonça dans la coque pour de bon. Partagée entre l'horreur et la pitié, Élisabeth regarda longtemps cette forme qui semblait sculptée dans le bateau. Il n'y avait aucun moyen de sauver cet homme...

18

Le matin était revenu sur la mer des Caraïbes... Alors qu'Élisabeth venait de passer sa première nuit sur le *Hollandais Volant*, recroquevillée dans sa cellule le plus loin possible de la forme humaine sculptée dans la coque, à quelques milles de là Lord Cutler Beckett s'était réveillé de fort mauvaise humeur, même s'il avait dormi dans des conditions beaucoup plus confortables. À présent, il se tenait debout sur le pont principal de l'*Intrépide*. Le directeur de la Compagnie des Indes surveillait l'horizon en espérant toujours voir surgir les voiles noires et déchiquetées du *Black Pearl*. À côté de lui, le lieutenant Greitzer regardait dans la direction opposée avec sa longue-vue.

Lord Cutler Beckett poussa un petit soupir. Le moral était un peu en berne sur le vaisseau amiral de leur armada. Ses hommes avaient mis les bouchées doubles pour remettre l'*Intrépide* en état de prendre la mer, mais le *Black Pearl* était déjà loin. Il pouvait être n'importe où. Par un pigeon voyageur, ils avaient reçu du *Hollandais* le signal que sa mission était accomplie, ce qui était une bonne nouvelle, excepté que Beckett commençait un peu à regretter la destruction de l'*Impératrice*, qui aurait pu les conduire à leur destination, le *Black Pearl* et la jonque ayant pris, pour des raisons mystérieuses, des chemins différents pour se rendre à l'île des Naufragés. Bien sûr, Jack Sparrow lui avait tapé dans la main en promettant de le conduire au Tribunal de la Confrérie pour lui livrer tous les Frères sur un plateau d'argent en échange de sa liberté. Mais que valait la parole de Jack Sparrow ? Pas plus que la sienne, assurément. Dans les affaires, c'était toujours à celui qui blufferait le mieux, un jeu subtil que Beckett maîtrisait particulièrement bien, si ce n'est que Jack Sparrow était un adversaire dangereux, extrêmement dangereux... Sans compter qu'il s'était enfui de l'*Intrépide*, ce qui remettait sans doute en question leurs petits arrangements.

Quoi qu'il en soit, même s'ils ne retrouvaient pas le *Black Pearl*, se dit le directeur de la Compagnie, il y avait toujours la solution de rejoindre le *Hollandais* pour interroger les prisonniers, en espérant que Davy Jones ne les aurait pas tous tués. L'amiral Norrington le surveillait maintenant étroitement et deux soldats avaient leurs fusils pointés en permanence sur le coffret ouvert contenant son cœur, mais Beckett avait l'impression que l'amiral n'avait pas envie de faire de quartier, lui non plus. Comme Jones, il faisait du zèle... Il craignait sans doute de reperdre sa position, si durement récupérée.

Soudain, il sembla à Beckett apercevoir quelque chose à l'horizon.

– La lunette, s'il vous plaît !

Greitzer lui tendit l'instrument et Beckett l'ajusta à

sa vue. Il leva un sourcil, intrigué. Une colonne tournoyante de mouettes s'élevait dans le ciel. Apparemment, les oiseaux avaient trouvé une proie, et une proie de taille, sans doute, pour en attirer un tel nombre. Ces oiseaux féroces avaient toujours fasciné le directeur de la Compagnie, qui voyait en eux la réplique du monde humain : une jungle sans aucune solidarité où il fallait s'entredévorer pour subsister. C'était peut-être regrettable, mais ce n'était pas lui qui avait inventé la règle du jeu.

– Allons voir, dit-il. On n'a rien à perdre. Il y a peut-être quelque chose d'intéressant...

Greitzer commanda les manœuvres et, peu après, le vaisseau changeait de cap pour se diriger vers la colonne de mouettes, qui semblait grossir d'instant en instant. Bientôt, le navire se trouva entouré de centaines d'oiseaux qui remplissaient le ciel en décrivant des cercles. Ils faisaient un tapage assourdissant, mélange de cris aigus et de battements d'ailes furieux : apparemment, la dispute était âpre et l'enjeu de premier choix.

L'irruption du navire au milieu de la bataille augmenta encore leurs cris et Beckett et son lieutenant découvrirent alors ce que se disputaient les oiseaux : un corps humain...

Les deux hommes se regardèrent, un peu ébranlés. Il s'agissait du cadavre de l'un de leurs membres d'équipage, qui se trouvait à bord du *Black Pearl* pendant l'attaque. Il n'avait pas été lesté pour couler, bien au contraire. Il avait été lié par des cordes à deux tonneaux pour rester bien visible à la surface.

– Il a une bouteille dans la poche ! lança Greitzer en tendant le doigt.

Beckett acquiesça. Il venait de le remarquer, lui aussi.

– Hissez-le à bord ! commanda-t-il en contemplant le corps gonflé et livide, dont une mouette venait d'arracher l'oreille avant de s'envoler en emportant son butin.

Quelques instants après, le corps de l'homme reposait sur le pont de l'*Intrépide.* Beckett retira de sa poche la bouteille de rhum. Elle était vide, mais scellée et on distinguait un message à l'intérieur. Le directeur demanda à son lieutenant d'ouvrir la bouteille et il prit le message que celui-ci lui tendit. Le papier était marqué du sceau de la Compagnie des Indes. Tandis qu'il le déroulait pour le lire, Greitzer poussa un cri.

– Monsieur !

Beckett tourna la tête. Greitzer pointait le doigt vers l'horizon. Il tendit la longue-vue à son supérieur, mais celui-ci avait déjà compris ce qu'il allait voir : une autre colonne de mouettes...

Il hocha la tête :

– Comme des miettes de pain, dit-il. Et nous devons les suivre, ajouta-t-il, après avoir parcouru des yeux le papier qu'il tenait à la main. C'est ce qu'on nous demande, tout au moins...

Greitzer considérait le directeur en réfléchissant :

– Il y a donc un traître parmi eux ? Ou est-ce un piège ?

– C'est un pari audacieux, répondit Beckett. Venant d'un adversaire adroit. Corrigez notre cap, s'il vous plaît, lieutenant !

Greitzer hocha la tête. Ses yeux s'attardaient sur le cadavre de ce petit gars, âgé d'à peine vingt ans, qui avait été un bon camarade. C'était vraiment macabre de se servir ainsi des morts. On aurait dit l'histoire du Petit Poucet, mais dans une réalité bien plus effrayante qu'une forêt sombre habitée par un ogre.

Le Petit Poucet de la mer des Caraïbes continua à semer ses miettes putréfiées et déchiquetées par les mouettes pendant toute la journée, à intervalles réguliers. Maintenant, la nuit tombait et Will Turner, l'auteur de ce stratagème, se sentait soulagé. Son travail serait plus facile dans l'obscurité.

Accroupi sur le gaillard d'avant du *Black Pearl*, où se trouvait sa réserve de cadavres qu'il avait réussi à cacher avant que Jack ne l'envoie aux fers, il travaillait presque mécaniquement, comme à la chaîne. Il en était à son septième cadavre. À chaque fois, le jeune homme se glissait silencieusement hors de sa geôle en soulevant habilement la porte de ses gonds, une opération qui ne présentait aucune difficulté à l'ancien forgeron, après quoi il gagnait le pont discrètement et se dépêchait de préparer un nouveau cadavre avant de le jeter à l'eau, puis il regagnait sa cellule comme il était venu. Jusque-là, Will avait eu de la chance de ne pas être surpris... Il termina rapidement d'attacher le corps avant de saisir son couteau pour couper la corde. Un instant, Will fut pris d'hésitation. Ce couteau lui avait été donné par son père et il se demandait si celui-ci aurait accepté qu'il emploie de pareils moyens pour le sauver... Puis, secouant la tête pour chasser cette question, à laquelle il ne voulait pas répondre, il se dépêcha de couper la corde. Donnant un coup de rein, il soulevait d'une pièce le corps et les tonneaux pour les lancer par-dessus bord, quand la voix de Jack retentit soudain non loin de lui.

– Tu t'es évadé du cachot encore plus vite que je ne m'y attendais ! persifla le capitaine.

Laissant retomber sa charge qui s'écrasa lourdement sur le pont, Will sortit son épée du fourreau. Mais Jack se tenait nonchalamment assis sur le bastingage en balançant ses jambes et en souriant...

– Tu te souviens quand tu m'as fait sortir des geôles de Port Royal ? continua-t-il, toujours tout sourire, comme s'il s'apprêtait à entamer une discussion entre deux vieux copains.

Will ne répondit pas, mais il se souvenait, bien entendu. Comment pourrait-il l'oublier ? Cet épisode avait marqué le début d'une collaboration riche en événements. Will se demandait s'il y avait eu le moindre point positif, tout compte fait, dans leurs aventures.

Le capitaine Jack Sparrow faisait beaucoup de ravages sur son passage, y compris dans les cœurs. Vraisemblablement, Élisabeth avait fini par en tomber amoureuse et maintenant, elle semblait même le détester, lui, Will, parce qu'il les avait trahis. Personne ne voulait comprendre qu'il avait fait une promesse à son père et que les promesses, ça se tenait. Parfois, au fond de lui, tout au fond, Will aurait souhaité n'avoir jamais revu son père. Tout cela était de la faute de Jack, de sa faute entière, puisque c'est lui qui l'avait envoyé en traître sur le *Hollandais Volant*...

Will considéra le corps du pauvre bougre qui gisait

sur le pont en se demandant si Jack bougerait ou non le petit doigt s'il le lançait par-dessus bord. Cet air de décontraction permanent chez Jack l'exaspérait. Tout le monde s'angoissait, tandis que Jack semblait toujours s'amuser de tout, comme s'il était au-dessus de tout et de tous.

– Un instant, s'écria soudain Jack, comme s'il avait lu dans les pensées de Will. Arrête-toi une seconde. Ne remarques-tu donc rien ? Ou plutôt, y a-t-il quelque chose que tu ne remarques pas ? Ou encore, remarques-tu quelque chose qu'on ne remarque pas ?

– Tu n'as pas donné l'alarme, grogna Will d'un ton bref.

– Exact ! s'écria Jack, d'un air enchanté.

Il arborait tout à fait l'expression d'un professeur à qui un élève viendrait de fournir la bonne réponse.

– Bizarre, pas vrai ? continua le capitaine.

Il sauta sur le pont. Immédiatement, Will remit sa main sur son épée. Mais Jack se contenta de tourner autour du cadavre attaché au tonneau en l'examinant d'un air très intéressé.

– Mais pas si bizarre que ce que je vois là ! s'exclama-t-il.

En fait, le capitaine était impressionné. C'était un plan de haute volée...

– Tu as eu l'idée de ça tout seul, mon garçon ? lui demanda-t-il, intrigué.

Will lui renvoya un petit sourire narquois :

– Je me suis dit : réfléchis comme Jack !

– Et ça t'a conduit à cette idée ? réagit le capitaine en ouvrant des grands yeux. Conduire Beckett à l'île des Naufragés pour gagner sa confiance et ensuite te servir de lui pour réaliser ton but ? Je vois que tu ne me connais vraiment pas !

– Raisonner comme Jack Sparrow, mais au service du bien ! précisa Will vertement.

Jack salua ces belles paroles avec une déférence moqueuse.

– Comment peux-tu faire confiance à Beckett ? reprit-il d'un air navré. Même si vous vous êtes serrés la main...

Will ne répondit pas. Jack continua :

– Et où veux-tu en venir, d'ailleurs ? Tuer Jones pour sauver ton père ? Aurais-tu oublié ce que cela implique ? Convoyer les âmes de tous ceux qui sont morts en mer et ne pouvoir mettre pied à terre que tous les dix ans, et encore si une femme fidèle t'attend...

Will ne répondait toujours rien.

– Et au fait, ta chérie, qu'est-ce qu'elle dit de ton plan ? enchaîna Jack.

Will n'avait toujours pas envie de répondre. Élisabeth n'était pas sur le *Black Pearl* et il n'avait donc pas pu lui en parler, mais en fait, il était soulagé qu'il en soit ainsi. Bien que cela n'aurait pas changé grand-chose... Il ne semblait plus rester une once d'amour en elle pour lui, comme s'ils n'étaient même plus fiancés. Certes, il se condamnait à une vie immortelle comme commandant du *Hollandais*, mais que perdrait-il, puisqu'Élisabeth ne l'aimait plus ?

– Elle est en train de m'échapper, finit-il par dire en se parlant davantage à lui-même qu'à Jack. Chaque pas que je fais vers mon père est un pas qui m'éloigne d'Élisabeth.

Il releva les yeux, gêné. Il ne savait pas pourquoi il parlait soudain au capitaine à cœur ouvert.

– Elle était prête à tout pour te sauver, ajouta-t-il en dévoilant pour la première fois la jalousie qu'il ressentait.

– Pour se débarrasser de la culpabilité de m'avoir envoyé à la mort, répliqua Jack en haussant les épaules. Si tu as choisi de verrouiller ton cœur, reprit-il en regardant Will dans les yeux, il est sûr que tu la perdras. Mais permets-moi de te proposer une solution merveilleusement simple. Laisse tomber ton père...

Will se raidit.

– C'est mon devoir, dit-il. Je dois le faire. Je ne peux pas laisser tomber mon père. Tu ferais la même chose à ma place.

Jack haussa un sourcil. Il y a bien longtemps qu'il n'avait pas entendu parler de son père !

– « Je ne peux pas », dis-tu ? C'est toi qui le dis ! Tu peux, si tu veux. Mais tu ne le veux pas. C'est un choix.

Will médita un instant ces paroles. En fait, il n'avait rien à objecter.

– C'est ça, la vie, l'ami ! continua Jack. On ne subit rien, en réalité. On choisit. À chaque instant, même si on prétend le contraire. Dans la situation présente, il y a plusieurs possibilités qui se présentent à toi. Et tu en choisis une.

Le regard de Will devint douloureux et ses épaules s'affaissèrent. Jack dissimula sa satisfaction : c'était exactement là où il voulait en arriver.

Il prit Will par l'épaule, dans un geste d'affectueuse camaraderie :

– Écoute, permets-moi de te proposer une machette pour te frayer un chemin dans la broussaille de tes pensées. Ne fais pas de choix : change les données du problème. Un autre que toi peut se charger de liquider Jones...

Will se redressa en regardant Jack, comme s'il était devenu fou.

– Qui ? Qui donc ?

Le capitaine se montra du doigt lui-même.

– Toi ? dit Will, les yeux écarquillés.

En guise de réponse, Jack reprit amicalement le jeune homme par l'épaule :

– La mort redistribue les priorités, vois-tu... Je me glisse à bord du *Hollandais*, je trouve le cœur et je transperce cette petite chose palpitante. Ton père est libéré et te voilà libre de convoler avec ta chère meurtrière !

Will se dégagea encore.

– D'après ce que j'ai vu, tu étais prêt à tout pour éviter de purger ta dette sur le *Hollandais Volant* ! fit-il remarquer sèchement.

– Être un homme d'équipage sur le *Hollandais* est une chose, mais être son capitaine en est une autre, souligna Jack.

– Mais si tu fais cela, tu te lies pour l'éternité !

Le capitaine fit « non » de l'index.

– Je ne me lie pas pour l'éternité. Je me *libère* pour l'éternité ! Libre enfin de sillonner les mers, jusqu'au-delà des limites des cartes. Libre de la mort elle-même. Alors, camarade, tu es convaincu ? acheva Jack en tapant dans le dos de Will.

Mais l'affaire n'était pas encore conclue. Will regardait le capitaine en cherchant à comprendre ce qu'il pouvait cacher. C'était difficile à savoir, parce que Jack ne mentait peut-être pas. Depuis qu'ils l'avaient récupéré dans le Bas-Fond, il voyait à quel point le capitaine craignait de mourir à nouveau...

– As-tu bien réfléchi à tout ce à quoi cela t'engagerait ? reprit-il en répétant ce que Jack lui avait dit, il y a quelques instants à peine. Accompagner sans fin les âmes vers l'autre rive ou alors finir comme Jones...

Le capitaine médita longuement ces paroles. Il essayait de s'imaginer l'effet que ça lui ferait de commander à des tentacules, comme un marionnettiste dirige ses marionnettes.

Un frisson le traversa.

– Je n'ai pas une tête à tentacules, décida-t-il d'un ton sans appel. Il me faudra donc assumer mon devoir de convoyage. Ce qui veut dire que je ne serai pas totalement libre...

Il se gratta la barbe :

– Mais être immortel, quand même, ça compte ! On peut en faire des sottises pendant l'éternité... Tiens, prends ça, fit-il brusquement en mettant son compas dans la main de Will.

– Pour quoi faire ? demanda Will en ouvrant de grands yeux.

– Réfléchis comme moi et tu comprendras...

Will se creusa la tête quelques instants... et ce furent quelques instants de trop. Il comprit ce que Jack allait faire, alors qu'il se retrouvait déjà en train de passer la tête la première au-dessus du bastingage. Une seconde plus tard, il recevait en prime sur la tête les tonneaux et le cadavre. Fulminant de rage, Will n'eut pas d'autre solution que de s'y agripper.

– Mes hommages à Mr Jones ! lui cria Jack, tandis que le *Pearl* s'éloignait.

Le capitaine se détourna sans un regard de plus pour le naufragé. Il souriait en pensant à la tête que le capitaine du *Hollandais* ferait en apprenant qu'il s'était échappé du Bas-Fond. Il était à peu près certain que Beckett ne lui en avait rien dit. Le directeur de la Compagnie aimait garder ses informations pour lui, afin de les distiller au moment opportun. « Exactement comme moi ! pensa Jack. Mais en moins habile. » Beckett et le *Hollandais* allaient parvenir grâce à lui à l'île des Naufragés, où il les attendait de pied ferme...

19

Ignorant que son fiancé s'apprêtait à passer une bien longue nuit dans l'eau, en compagnie d'un cadavre et de toutes les mouettes qui se bousculeraient pour en picorer des morceaux, Élisabeth se leva dans sa cellule pour faire quelques pas. Elle était complètement ankylosée. Cela faisait déjà un jour et une nuit qu'elle et ses hommes étaient enfermés dans les cales du *Hollandais Volant*. On leur avait distribué des biscuits qu'ils avaient mangés en fermant les yeux pour ne pas voir les vers qui y grouillaient. Et l'eau qu'on leur avait apportée dans des tasses de bois était si trouble qu'elle semblait provenir de la transpiration même du bateau. Mais ils burent et ils mangèrent, parce qu'on n'est pas difficile quand on meurt de faim et de soif.

Élisabeth mourait également de peur, même si elle n'en laissait rien paraître et prodiguait des paroles d'encouragement et des sourires à ses hommes enfermés dans les cellules voisines. Pour se donner du courage, elle serrait de temps en temps entre ses doigts son nœud de capitaine. Élisabeth se sentait fière d'avoir acquis ce grade, et prête à l'exercer. Il lui semblait mieux comprendre Jack Sparrow qui avait pour son bateau et son commandement un amour qui surpassait tous les autres.

« Presque tous les autres », rectifia pour elle-même Élisabeth qui, dans le fond de sa cellule, se mit à regarder courageusement les choses en face. Le compas de Jack ne marchait toujours pas... du moins pas entre ses mains. Elle savait ce que cela signifiait. Mais elle n'avait pas oublié non plus que ce compas lui avait indiqué un jour la direction du capitaine, comme s'il était ce qu'elle désirait le plus au monde... Mais peut-être fallait-il interpréter que ce qu'elle désirait le plus au monde, au fond, c'était d'être comme Jack : capitaine de son propre navire.

Élisabeth tourna la tête vers la forme en relief du vieux Bill Turner saillant à moitié de la paroi, pour vérifier qu'il ne bougeait toujours pas. Dormait-il ? La surveillait-il derrière ses paupières closes ? Parfois, Élisabeth en avait l'impression. Elle s'attendait à ce que des yeux vifs et brillants, à la lueur rusée, s'ouvrent brusquement dans la coque du bateau et que la voix rauque, comme tramée dans le bois, lui demande si elle était Élisabeth et si Will allait venir...

À force de tourner et de retourner mille pensées dans sa tête, Élisabeth, recrue de fatigue, finit par s'assoupir. Mais elle se réveilla soudain en sursaut en entendant la clef tourner dans le verrou de sa cellule. En une seconde, elle fut sur ses jambes, son regard fouillant l'ombre et son cœur battant la chamade. Elle s'attendait avec appréhension à voir entrer un de ces monstres aux cuirasses de coquillages, mais l'homme qui approchait leva vers son visage la lanterne qu'il tenait, et Élisabeth vit alors qu'il s'agissait de James Norrington. L'amiral ne leur avait pas encore rendu visite depuis qu'ils étaient enfermés et Élisabeth s'était tout simplement dit qu'il avait donc choisi définitivement son camp.

– Par ici ! Vite ! dit Norrington.

Élisabeth comprit qu'il venait la délivrer. Elle lui montra ses hommes d'un geste de la main pour signifier qu'elle ne partirait pas sans eux, quand elle se rendit compte que les portes de leurs cellules étaient déjà ouvertes. Mais ils attendaient le signal de leur capitaine pour en sortir.

– Pourquoi faites-vous cela ? souffla Élisabeth à l'amiral.

– Je choisis mon camp, répondit Norrington.

Se tournant alors vers ses hommes, Élisabeth leur donna son assentiment. Ils se dépêchèrent de suivre leur sauveur, après avoir refermé doucement derrière eux la grille de leur cachot.

Ils étaient à peine partis que des yeux s'ouvrirent dans la coque. Bill Turner avait senti qu'il était de nouveau seul. Il inspecta la cellule du regard. Il ne s'était pas trompé, elle était vide ! Le vieux marin battit des paupières. Où était donc passée la prisonnière ? L'inquiétude le gagnait. Le *Hollandais Volant* doit avoir un capitaine ! Le prisonnier du *Hollandais Volant* doit rester dans sa geôle !

Au prix d'un effort surhumain, il poussa de toutes ses forces pour essayer de s'arracher au bois de la coque. D'abord, il sortit un bras, puis l'autre en grimaçant de douleur. C'était une souffrance de tout son être. Son âme peinait à se séparer de celle du bateau, avec laquelle elle se confondait.

Puis, le vieux Bill réussit à extraire l'une après l'autre ses deux jambes avant de reprendre son souffle. Il lui semblait qu'il mutilait le bateau en arrachant ainsi sa chair de la sienne et cela lui faisait mal. Par petites poussées, il réussit finalement à s'extirper complètement de la coque et, lentement, difficilement, se souleva sur ses jambes. Mais il dut se retenir aussitôt pour ne pas tomber. La tête lui tournait. Petit à petit, son sang se remit à circuler normalement dans ses veines et, pas à pas, le vieux marin commença à s'éloigner de son tombeau.

Il lui fallut du temps pour traverser la cellule. Parvenu à la grille, il s'y reprit à plusieurs fois pour pousser la porte, retrouvant peu à peu l'usage de ses bras.

Finalement, il fut dehors. Il était les jambes du bateau, il était sa tête, il était sa voix...

Tandis que Bill Turner remontait lentement vers le pont en se tenant aux parois pour ne pas tomber, l'équipage de l'*Impératrice* et son capitaine étaient parvenus à la poupe du bateau. L'*Impératrice* était là, remorquée par l'*Intrépide*. Bien que le bâtiment ait subi de gros dégâts, il semblait apte à la navigation. D'un geste, l'amiral montra à l'équipage le filin qui reliait les deux vaisseaux et personne n'eut besoin d'explication supplémentaire.

– Un à la fois, indiqua Norrington à voix basse. Dépêchez-vous.

Élisabeth fit signe à ses hommes de passer devant elle et le premier s'élança en se suspendant à la corde, tête en bas. Il progressa rapidement à la force des bras et dès qu'il eut mis le pied sur la jonque, un autre s'élança à sa suite.

Norrington se pencha vers Élisabeth, qui surveillait la manœuvre d'évasion.

– Écoutez-moi, dit-il, n'allez pas à l'île des Naufragés. Beckett sait que le Tribunal de la Confrérie doit s'y tenir. Et je crains qu'il n'y ait un traître parmi vous...

Élisabeth examina son ancien fiancé du coin de l'œil.

– Il est trop tard pour mériter mon pardon, dit-elle.

Norrington secoua la tête.

– Je ne le réclame pas : je ne suis aucunement mêlé à la mort de votre père. Mais cela n'excuse pas mes autres fautes, ajouta-t-il.

Élisabeth continuait de scruter son ancien fiancé, en essayant de sonder sa sincérité. Elle lut un profond regret dans ses yeux et beaucoup d'émotion. Elle lut aussi qu'il l'aimait toujours, au point d'accepter qu'elle soit différente de lui et qu'elle ne l'ait pas choisi. Cet homme avait décidément une certaine noblesse.

– Venez avec nous, lui dit-elle brusquement.

Norrington regarda Élisabeth en ouvrant de grands yeux.

– James, venez avec moi, insista-t-elle.

L'amiral ne quittait pas des yeux Élisabeth. Il savait qu'il aurait à payer pour avoir organisé l'évasion des prisonniers. Il connaîtrait peut-être à nouveau l'infamie. Il contempla la belle jeune femme, le cœur serré, en se demandant si elle l'aimait quand même un peu. Il aurait tant aimé être l'époux de cette femme-là, qui n'avait jamais eu peur d'assumer ses choix. Elle était la force, le courage, la franchise et la loyauté incarnés. À ses côtés, il n'aurait pas fait toutes ces erreurs...

– Venez, dit encore Élisabeth, qui sentit qu'elle lui avait tout pardonné, car reconnaître ses torts est le plus bel acte de courage.

Tous deux jetèrent un regard vers l'équipage de la jonque qui avait maintenant réintégré son bâtiment au complet. Ils n'attendaient plus que leur capitaine. Se tournant de nouveau vers son ancien fiancé, Élisabeth lui tendit la main. Et soudain, cessant de résister, il la prit en sentant son cœur fondre d'amour.

Mais c'est alors qu'un léger bruit se fit entendre. Élisabeth et James Norrington se lâchèrent la main. L'inquiétude se lisait sur leurs visages. La magie était rompue...

– Qui va là ? chevrota une voix dans le lointain.

L'amiral tira son sabre.

– Traversez, commanda-t-il en se retournant vers Élisabeth. Je vous suis.

Mais Élisabeth scrutait l'amiral sans bouger. Elle sentait un changement imperceptible chez lui.

– Je ne vous crois pas, dit-elle en secouant la tête.

Norrington allait protester, puis il hocha la tête en signe d'acquiescement. Ce n'était plus le moment de mentir ni de se mentir...

Il regarda la jeune femme d'un air malheureux. Non, il n'allait pas venir, elle voyait juste, même s'il s'était senti un instant prêt à le faire par amour pour elle. S'il avait libéré les prisonniers, il l'avait fait en son âme et conscience, parce qu'il avait ouvert enfin les yeux, mais cela ne voulait pas dire qu'il remettait tout en question. Ce qu'il remettait en question, c'est sa collaboration avec Davy Jones et il ne voulait plus cautionner les exactions du directeur de la Compagnie des Indes. Mais il resterait fidèle à son uniforme. Partir serait contraire à sa nature de soldat de sa Majesté...

– Nos vies se sont entrecroisées, Élisabeth, dit l'amiral avec une tendresse infinie, mais elles ne se sont jamais rejointes.

Élisabeth hocha la tête. Elle comprenait. C'est alors que, obéissant à une impulsion irrésistible, l'amiral la prit dans ses bras et leurs lèvres se joignirent. Après un baiser passionné, il se sépara d'elle en la repoussant vers la jonque :

– Vite, dépêchez-vous ! Partez maintenant !

Ils échangèrent encore un long regard, puis Élisabeth se décida. Elle était capitaine, à présent... Elle devait assumer ses responsabilités. Lançant un dernier regard à son sauveur, elle enjamba le bastingage en espérant encore qu'il allait changer d'avis et la rejoindre.

Dans l'obscurité éclairée par les faibles rayons de lune qui traversaient la couverture nuageuse du ciel, l'amiral aperçut alors une silhouette claudicante qui venait dans sa direction. Norrington tressaillit. L'homme venait de se saisir d'une pique... Puis, il arriva dans le halot de lumière de sa torche et l'amiral sursauta, ahuri. C'était le vieux Bill, dit le Bottier, le père de William Turner ! Depuis qu'il était à bord, il ne l'avait pas vu bouger de la coque du bateau. C'était incroyable... Malgré son soulagement d'avoir affaire à Bill plutôt qu'à un autre membre d'équipage, qui aurait averti immédiatement Davy Jones, Norrington considéra le vieux marin avec une certaine appréhension. Le vieux Bill avait un regard halluciné.

– À ton poste, matelot ! commanda-t-il.

– Personne ne doit quitter le *Hollandais Volant*, coassa Bill Turner.

– Baisse ton arme, c'est un ordre.

– Celui qui appartient à l'équipage appartient au bateau ! grogna Bill Turner d'une voix rauque.

– Du calme, matelot, fit Norrington en essayant de prendre un ton apaisant.

Bill Turner ne répondit pas. Il regardait droit devant lui en direction de la corde à laquelle Élisabeth était suspendue. C'était la fiancée de son fils qui s'en allait ! Mais celle-ci ne bougeait plus. Elle s'était immobilisée en plein milieu de sa progression en comprenant que l'amiral était aux prises avec un des matelots. Quand elle reconnut Bill Turner, son inquiétude se changea en panique... Le vieux pirate était sorti de la coque du bateau ! S'il avait fait cela, il était capable de tout.

– Repos, l'ami ! insista Norrington en posant doucement la main sur le poignet du vieux marin pour l'empêcher de se servir de son arme.

Le Bottier jeta un regard perplexe à l'amiral. Il ne comprenait plus. Des prisonniers s'échappaient du bateau et son commandant lui ordonnait de les laisser partir. C'était tellement contradictoire que quelque chose se rompit soudain dans la tête du vieux marin :

– À l'aide ! cria-t-il de toutes ses forces. Venez tous ! Un prisonnier s'échappe !

L'agrippant par les deux épaules, Norrington le secoua comme un prunier.

– Démens tout de suite ce que tu viens de dire !

L'autre le regarda d'un air hagard et, terrifié à l'idée de contrarier son commandant, il se tut. Mais il était trop tard. Des lourds bruits de pas ébranlaient déjà le pont. Quelques instants plus tard, les hommes d'équipage de Jones étaient sur eux.

– James ! cria Élisabeth en revenant vers l'*Intrépide*.

Tournant la tête, Norrington n'hésita pas une seconde. Dégainant son pistolet, il visa la corde et tira. Le coup partit, sectionnant en deux le câble de remorquage, où était suspendue Élisabeth.

L'amarre tomba à l'eau, entraînant avec elle la jeune femme. Lentement, la jonque se mit à s'éloigner en emportant l'équipage et son capitaine, cramponné au bout de l'amarre.

– James ! cria encore Élisabeth tout en se hissant sur l'*Impératrice* à la force des poignets.

Sur le pont, l'amiral faisait face à ses assaillants. Il les regardait, les yeux brillants. Cela faisait longtemps qu'il avait envie de faire une bouillabaisse de tous ces crustacés !

Mais il n'eut même pas le temps de régler son compte à un seul d'entre eux, car à ce moment-là le vieux Bill, auquel l'amiral ne prêtait plus attention, leva le bras et, abattant sa pique, lui transperça la poitrine d'un coup. L'amiral resta un moment debout, considérant le vieux marin avec des yeux pleins de stupeur et d'incompréhension, puis il poussa un gémissement de douleur et s'écroula.

– Non, James, non ! hurla Élisabeth, qui était parvenue sur la poupe de la jonque.

Mais le navire s'éloignait inexorablement. Les yeux fixés sur le corps de l'amiral qui s'était sacrifié pour elle et son équipage, Élisabeth disparut dans l'obscurité, le cœur brisé.

Sur le pont de l'*Intrépide*, le Bottier contemplait le corps allongé de Norrington sans bien comprendre ce qu'il venait de faire. À présent, tous les hommes d'équipage envahissaient le pont.

– L'amiral est mort ! L'amiral est mort !

La phrase était répétée d'homme en homme et la nouvelle parvint jusqu'aux oreilles de Davy Jones qui se matérialisa en un instant sur le pont, un peu à l'écart, pour observer la scène. Il aperçut la jonque qui s'éloignait, tandis que sur le pont, l'amiral Norrington gisait dans une mare de sang, la poitrine transpercée d'une longue pique. Le vieux Bill était à côté de lui. Le capitaine comprit que c'était lui qui l'avait tué. Il se sentit satisfait. Ses hommes aimaient vraiment leur bateau. Ils le défendaient.

– Allons avertir le capitaine ! cria Clacker. À sa cabine !

Les hommes passèrent devant Jones sans le voir. Le capitaine demeurait dans l'obscurité sans bouger. Quand tout le monde fut parti, il s'approcha du corps étendu. Après avoir jeté un coup d'œil dessus, il constata que l'amiral n'était pas encore mort.

– James Norrington, commença-t-il en se penchant au-dessus du blessé, craignez-vous la mort ? Redoutez-vous le jugement qui vous attend sur l'autre rive ?

À ces paroles, l'amiral eut un sursaut. On aurait dit que la mort en personne était déjà en train de lui demander des comptes ! Ouvrant les yeux, il aperçut Jones et, tirant son épée de son fourreau, il se redressa au prix d'un ultime effort pour l'enfoncer au travers de l'épaule du capitaine du navire maudit.

Celui-ci n'avait fait aucun geste pour se protéger. Il se contentait de froncer les sourcils, d'un air étonné. James Norrington oubliait-il que la mort était immortelle ? Puis, la tête de l'amiral retomba en arrière et James Norrington sut qu'il allait rendre l'âme dans quelques instants. Le visage répugnant de Davy Jones serait-il donc la dernière image qu'il emporterait du monde des vivants ? L'amiral fit une grimace et ferma les yeux. Non, ce n'était pas le souvenir de ce visage qu'il allait emporter sur l'autre rive, mais celui d'Élisabeth, quand ils s'étaient embrassés. Élisabeth, qui était saine et sauve grâce à lui. Et il mourut.

– Ça doit vouloir dire non, fit Jones en haussant les épaules.

Il retira l'épée de Norrington, plantée dans son épaule, et se mit à examiner la lame.

– Belle arme ! fit-il d'un air connaisseur.

Il commençait à ferrailler dans le vide, quand soudain, une peur terrible le saisit au plus profond de ses entrailles. Davy Jones s'immobilisa. Cette peur n'était pas inexplicable, malheureusement...

Quelques instants plus tard, il se matérialisait dans sa cabine, où tout son équipage s'était rassemblé. Son regard se dirigea immédiatement vers le guéridon, sur lequel se trouvait le coffret contenant son cœur. Il était ouvert. Deux soldats braquaient leurs fusils dessus.

Les hommes d'équipage de Jones s'écartèrent pour laisser le passage à leur capitaine.

– Refermez-le ! vociféra Jones en faisant un signe à Mercer, qui se tenait en retrait, à côté d'un petit canon.

Mercer inclina la tête, tout en regardant le capitaine avec un petit sourire mauvais. Que Davy Jones ne s'inquiète pas, semblait-il dire, il n'y aurait pas de représailles. Ni lui ni Beckett n'allaient pleurer la mort de James Norrington. Le tout, n'est-ce pas, était qu'il n'y ait pas d'autre bavure ! Auquel cas, bien sûr, la mèche du canon serait allumée et le coffret serait pulvérisé avec son contenu...

Il sourit encore à Jones comme peut sourire un requin. Puis, il referma le coffre et le verrouilla, avant de reglisser autour de son cou la chaîne à laquelle était suspendue la clef. Après quoi, il replaça soigneusement le canon en le pointant sur le coffret.

– Rien n'a changé, dit-il à Jones. Absolument rien...

20

Tandis que l'*Impératrice* s'éloignait à toutes voiles du *Hollandais*, de son côté le *Black Pearl* s'approchait rapidement de sa destination. Il fendait les flots et le lendemain soir, au crépuscule, le vaisseau arrivait en vue de l'île des Naufragés. Cotton était à la barre, tandis que Jack et Gibbs observaient depuis le pont arrière l'île perpétuellement enveloppée de brumes, qui commençait à apparaître à l'horizon dans la lumière orangée du soleil couchant.

– Réveille-toi et ouvre l'œil, maître Cotton ! lança Gibbs. Ce n'est pas pour rien qu'on appelle ce bout de rocher l'île des Naufragés, où se trouve l'Anse des Naufragés et la Cité des Naufragés...

Jack hocha la tête.

– Il faut bien reconnaître que, nous autres pirates, nous sommes plus doués pour imaginer des coups tordus et des raisonnement tarabiscotés que pour trouver des noms originaux et poétiques !

– Exact, approuva Gibbs.

– Allez vous reposer, Mr Cotton, fit Jack en prenant la barre. Nous allons devoir traverser des courants croisés assez dangereux...

Le silence tomba sur le pont, tandis que le navire se rapprochait des côtes de l'île. Tous les marins étaient rassemblés à la proue, impatients de savoir à quoi ressemblait cette île mythique. Bientôt, des falaises apparurent entre les lambeaux de brume. Gibbs jeta un coup d'œil au capitaine. Il dirigeait le *Black Pearl* droit dessus !

Accoudés au bastingage, les autres pirates se retournèrent aussi vers leur capitaine, pris d'inquiétude. Mais Jack ne dévia pas son cap d'un pouce. Le navire se rapprocha encore de la falaise. Ils n'étaient plus qu'à quelques encablures. Pintel et Ragetti se cachèrent le visage dans les mains. Imperturbable, Jack continuait toujours tout droit. Les marins étaient tétanisés. Le capitaine devenait fou : il avait décidé de se suicider et eux avec ! Seuls deux passagers ne semblaient pas se soucier du tout de mourir. Le premier était Barbossa qui caressait tranquillement la tête de son singe, le regard perdu vers l'horizon, sans s'intéresser le moins du monde à la manœuvre, le second était Tia Dalma, fidèle à elle-même, avec en plus une nuance de joie sauvage au fond des yeux. Tous deux se tenaient côte à côte en s'adressant de temps en temps des petits sourires...

C'est alors qu'au dernier moment, ils aperçurent l'entrée d'un tunnel, creusé dans la falaise. Les marins en crièrent presque de soulagement. Presque, mais pas tout à fait, car ce tunnel était à peine plus large que le *Black Pearl*... Mais, entre les mains habiles de Jack, le navire s'enfonça dans la falaise comme une fleur. Sur le pont, ce furent des soupirs de satisfaction, suivis de vivats. Ils se retrouvaient maintenant sous la falaise. Mais les pirates n'étaient pas plus tôt remis de leur émotion, qu'un autre sujet d'inquiétude s'emparait d'eux. Normalement, quand on creusait dans une falaise, on s'enfonçait sous la terre... La roche les entourait de toutes parts, de plus en plus oppressante. Qu'y avait-il au bout ? Y avait-il même un bout ? Ils jetèrent un coup d'œil vers Jack, mais personne n'osa l'interroger.

– Sais-tu comment s'appelle ce tunnel ? lança le capitaine à son second.

– Le tunnel des Naufragés ?

– Non, la gorge du Diable...

Gibbs regarda par-dessus bord en considérant les eaux noires.

– Cette gorge du Diable n'a pas l'air très profonde. Je n'aurais jamais cru qu'elle suffise à notre passage !

– Si tu savais combien de marins sont morts pour la creuser, tu ferais moins le difficile, répondit Jack sévèrement.

Il jeta un regard derrière lui, intrigué que Barbossa continue à lui laisser les commandes du navire sans se manifester. Il avait remarqué aussi que Tia Dalma et le capitaine avaient l'air quelque peu proches l'un de l'autre, ces temps-ci...

Alors que les marins se demandaient avec une anxiété croissante s'ils en sortiraient un jour, ils distinguèrent soudain une lueur au loin. Quelques minutes plus tard, le navire surgissait en pleine lumière, au pied d'une immense falaise. En fait, l'île était creusée en son centre par un profond cratère volcanique envahi d'eau, que l'on appelait l'Anse des Naufragés, au milieu de laquelle se dressait, citadelle flottante, la Cité des Naufragés.

Les marins poussèrent des cris d'admiration. On aurait dit le repaire des pirates des temps mythologiques. Immédiatement, chacun eut envie d'y vivre, en admettant, bien sûr, que ce soit une vraie ville, avec tout le nécessaire, comme à Tortuga, en particulier une taverne comparable à *La Fiancée Fidèle*. Ils n'allaient pas tarder à déchanter, mais, pour le moment, les hommes contemplaient ce qui ressemblait à un rêve de pirate : cette cité était composée d'épaves, uniquement d'épaves de toutes sortes et de toutes tailles, enchevêtrées les unes dans les autres, dont les proues dressées rivalisaient entre elles de splendeur déchue. Certes, les navires avaient été abandonnés et entassés là, pêle-mêle, mais des ouvertures avaient été ensuite percées entre les coques et des passerelles jetées entre les différents ponts, ce qui permettait de circuler de bâtiment en bâtiment, comme dans une vraie ville.

Le crépuscule était tombé. Soudain, les centaines de petites fenêtres des vaisseaux s'éclairèrent, diffusant leurs rayons rouges et dorés sur la mer intérieure. Les pirates ouvrirent de grands yeux. Les autres Frères étaient-ils déjà arrivés ? Ils s'étaient à peine posés la question que le *Black Pearl* arriva en vue d'une armada de vaisseaux pirates venus du monde entier. Ces navires mouillaient près de la coque éventrée d'un immense galion, qui ressemblait à la voûte monumentale d'un château : c'était l'entrée de la Cité.

– Regardez-moi ça ! dit Pintel en ouvrant de grands yeux. Il en est venu de partout, n'est-ce pas ?

– Un tel rassemblement ne s'est jamais tenu de toute ma vie, acquiesça Barbossa, que ce spectacle réjouissait au plus haut point.

– Et il n'y en a pas un à qui je ne doive de l'argent, ajouta Jack en soupirant profondément.

Quant à Tia Dalma, elle gardait le silence.

Tandis que chacun allait se préparer pour le Tribunal en aiguisant ses lames et en nettoyant ses pistolets, Tia Dalma s'approcha de Barbossa qui était toujours sur le gaillard d'avant, en train de regarder la Cité, son singe dans les bras, comme s'il n'avait que ça à faire. Pour une fois, pour la première fois, la sorcière des bayous ne souriait pas.

– Barbossa, commença-t-elle d'un ton menaçant, comment se fait-il que vous n'ayez pas encore ordonné à vos hommes de préparer les canons ? Tous les Frères sont rassemblés là, à votre merci ! Vous pouvez les obliger à faire ce que vous voulez...

Le capitaine tourna légèrement la tête vers la magicienne.

– Je ne veux pas faire n'importe quoi et ce que vous me suggérez là est une sottise, dit-il.

S'approchant du capitaine, Tia Dalma lui toucha le visage avec un sourire enjôleur.

– Si vous ne voulez plus de mes faveurs, Barbossa, alors peut-être devrais-je proposer à un autre capitaine de s'occuper de ma cause... Jack le rusé ne refuserait peut-être pas la garantie de survivre à l'orage qui se prépare !

Le capitaine haussa les épaules.

– Je ne reviens pas sur l'accord conclu, mais nous n'avons convenu que du but et pas des moyens. Les moyens, c'est à moi d'en décider, trancha-t-il d'un ton sans appel.

Et il se replongea dans son observation.

Tia Dalma se saisit alors du poignet du capitaine et le serra entre ses doigts. Le cœur de Barbossa défaillit : son bras et sa main étaient redevenus comme ceux d'un squelette...

– Soyez prudent, Barbossa, dit doucement la magicienne, n'oubliez pas que c'est moi qui vous ai fait revenir du pays des morts et n'oubliez pas non plus ce qu'il vous en coûterait si vous me déceviez...

Elle lâcha le bras du capitaine, qui reprit son apparence vivante puis, après un dernier sourire mielleux, elle lui tourna le dos. Mais pris d'un accès de rage après la peur initiale, celui-ci lui saisit le bras à son tour et ramena la magicienne vers lui.

– Et vous, martela-t-il, n'oubliez pas pourquoi vous étiez obligée de me faire revenir, ni pourquoi je ne pouvais abandonner Jack au sort qu'il avait bien mérité, ni pourquoi je n'ai pas pu tailler dans la gorge de Sao Feng un deuxième sourire qui aurait fait la paire avec celui qui s'étale ordinairement sur sa sale bobine ! Il n'y a pas eu trop de neuf pirates pour vous enchaîner, Calypso, et il n'en faudra pas moins de neuf pour vous libérer. Mais avant que cela soit, vous ne me donnerez pas d'ordre et je ne vous laisserai pas vous acoquiner avec quelqu'un d'autre !

Le capitaine reprit sa respiration après cette tirade, puis il fit un signe à Pintel et Ragetti qui le rejoignaient au bastingage :

– Veuillez conduire cette morue ou cette murène

– comme vous voudrez bien l'appeler – au cachot ! ordonna-t-il.

– Par ici, madame... Poisson ! dit Pintel en la saisissant d'un côté, tandis que Ragetti la saisissait de l'autre.

Barbossa les regarda s'éloigner d'un air satisfait. Toute déesse qu'elle était, Tia Dalma était encore enfermée dans une forme humaine, avec ses limites. Elle ne pouvait pas se transformer en zéphyr ou en courant marin pour s'échapper... Tandis que Barbossa retournait au bastingage, Jack apparut dans l'ombre du pont en marchant sur la pointe des pieds. Le capitaine se dépêcha de gagner une écoutille et, une seconde plus tard, il avait disparu dans les profondeurs du bateau.

« Nous savons donc maintenant trois choses, récapitula-t-il pour lui-même en comptant sur ses doigts. Un : Calypso et Tia Dalma ne sont qu'une seule et même femme. Deux : elle veut être libérée. Trois : Barbossa est son amant. Et quatre : elle ne dédaignerait pas de le remplacer par le fameux capitaine Jack Sparrow. » Jack regarda ses doigts et recompta. « Quatre ! C'est encore mieux... »

Tandis que Jack était dans ses calculs, que Tia Dalma rejoignait son cachot et que Barbossa était en train de préparer sa grande plaidoirie pour le Tribunal de la Confrérie, Will Turner était enfin sorti de sa saumure. C'était au petit matin que l'*Intrépide* l'avait repêché, transi jusqu'aux os et épuisé, et toujours flanqué de son compagnon mort, qui était moins abîmé qu'il n'aurait dû l'être, parce que Will l'avait défendu bec et ongles contre les mouettes qui risquaient de le confondre avec lui. Mais au moins Will avait-il pu vérifier l'efficacité de son procédé de signalisation... Le naufragé passa la journée à se réchauffer en buvant du thé, tout en ruminant un nouveau plan d'action. Il avait longuement réfléchi à ce qu'il devait dire ou ne pas dire mais, au fond, il n'avait aucune certitude. C'était Jack qui l'avait jeté à l'eau, Jack qui avait voulu qu'il se fasse récupérer par l'*Intrépide,* en un mot, Jack qui tirait toutes les ficelles, comme d'habitude. Vers la fin de l'après-midi, il avait eu une petite conversation avec Beckett, au cours de laquelle il lui avait finalement révélé l'existence d'une certaine Calypso qui, si elle était libérée, réduirait Davy Jones et sa face de poulpe au rang de sardine. Aussitôt, Beckett avait donné le signal à Davy Jones pour qu'il les rejoigne au plus vite et le *Hollandais Volant* était déjà en train de s'amarrer au flanc de l'*Intrépide*.

Installés dans la cabine de Beckett, les deux hommes attendaient l'arrivée imminente du capitaine du *Hollandais Volant.*

Soudain, la porte de la cabine s'ouvrit à toute volée et on vit apparaître le lieutenant Groves, qui s'écarta promptement pour laisser passer un Davy Jones furieux jusqu'au bout de ses tentacules. Will tressaillit. Revoir le capitaine du *Hollandais Volant* lui rappelait des souvenirs atroces.

– Je ne me laisserai pas convoquer comme n'importe quel corniaud ! aboya le capitaine.

– C'est pourtant bien ce que vous faites, railla Beckett.

Il fit un signe de la main en direction de Will, qui tenait une tasse de thé et une soucoupe à la main.

– Vous vous connaissez, je présume ?

En apercevant Will, les tentacules de Jones prirent les couleurs de l'orage. Personne ne s'était jamais enfui avant lui du *Hollandais Volant* et personne non plus n'avait jamais eu l'audace de le provoquer aux dés menteurs. Et maintenant, sa fiancée avait également réussi à prendre la poudre d'escampette. Il les haïssait tous les deux, et pas seulement parce qu'ils étaient fiancés...

– Vous voulez réintégrer notre équipage, maître Turner ? lança-t-il d'un ton grinçant.

– Non, pas le vôtre, répondit Will. Celui de Lord Beckett ! Au fait, ajouta-t-il, le capitaine Sparrow vous envoie ses hommages...

Le directeur de la Compagnie regarda Will, surpris. Son « invité » n'était pas censé parler de ça...

– Sparrow ? s'écria Jones, stupéfait.

Will se tourna vers le directeur en prenant un air étonné :

– Comment, vous ne lui avez pas dit que Jack était sorti du Bas-Fond ?

– Que m'avez-vous encore caché ? rugit Jones en avançant d'un pas menaçant vers Beckett.

Celui-ci haussa les épaules.

– Il y a un autre sujet infiniment plus préoccupant, dont Mr Turner m'a entretenu, dit-il. Auriez-vous par hasard dans vos relations une certaine personne appelée Calypso ?

Davy Jones sentit qu'il se liquéfiait. Personne n'avait prononcé ce nom depuis des temps immémoriaux. C'était un sacrilège...

Il prit une grande inspiration.

– Ce n'est pas une personne, dit-il en ne pouvant empêcher sa voix de trembler, mais une déesse païenne. Qui se délecte à allumer des rêves insensés chez les hommes, pour leur révéler ensuite que ce ne sont que des chimères creuses et froides comme de la cendre. Le monde est bien débarrassé d'elle ! ajouta-t-il dans un grognement.

– Pas si bien que ça, à la vérité, fit observer Will en sirotant toujours son thé. Le Tribunal a l'intention de la relâcher...

– Quoi ? s'étrangla Jones avec une sorte de gémissement. Mais c'est impossible ! Ils n'ont pas le droit ! Le premier Tribunal a juré son emprisonnement éternel. Nous étions tous d'accord pour cela...

– Vous étiez d'accord, vous aussi ? appuya Beckett.

– C'est moi qui leur ai indiqué le moyen de l'enchaîner...

Le silence tomba dans la pièce.

– Il était impossible de lui faire confiance, marmonna encore le capitaine dans ses tentacules. Elle ne m'a pas laissé le choix...

Au mot « choix », Will tressaillit. Il avait entendu ce mot il y a peu de temps...

– Nous devons agir avant qu'ils ne la libèrent ! grogna Jones, approuvé par Beckett.

Soudain, Will se souvint. C'était Jack qui avait prononcé ce mot, quand ils parlaient d'Élisabeth. Son regard se dirigea vers le capitaine du *Hollandais Volant*, tandis que le puzzle se reconstituait dans son esprit.

– Vous l'aimiez, n'est-ce pas ? demanda-t-il.

– Ne vous occupez pas de ça ! jeta Jones en frappant de sa pince sur la table.

– Vous l'aimiez, répéta Will sans se troubler. Et puis, vous l'avez trahie.

– C'est elle qui m'a trahi en faisant semblant de m'aimer ! glapit Jones.

– Et si je comprends bien, reprit Will après avoir bu une petite gorgée de thé, c'est à la suite de ça que vous vous êtes arraché le cœur... Vous ne vouliez plus l'aimer.

– Ne me poussez pas à bout ! rugit le capitaine du *Hollandais* en faisant voler d'un coup de pince la tasse de thé de Will, qui la reçut en pleine figure.

Will s'essuya tranquillement le visage avec sa manche.

– Je n'avais pas fini ma tasse, dit-il. Et je n'ai pas fini de parler non plus. Quand vous vous êtes arraché le cœur, la déesse s'est mise en colère. Dans une telle colère que la mer s'est déchaînée et que la navigation est devenue impossible. Le Tribunal a été obligé de prendre cette décision...

Il se tourna vers Beckett. Le directeur de la Compagnie des Indes semblait avoir légèrement perdu de sa suffisance. Faire plier les pirates, c'était une chose. Contrôler un immortel en détenant son cœur, c'en était une autre. Mais combattre une déesse... c'était au-dessus du pouvoir même de la Compagnie des Indes.

Will comprit que le moment était venu de jouer son va-tout. Pendant la longue nuit passée dans l'eau, il avait eu le temps de réfléchir et de comprendre que la déesse enchaînée n'était autre que Tia Dalma. C'est souvent quand on a l'évidence sous le nez qu'on ne la voit pas.

– Davy Jones, dit-il en se tournant vers le capitaine, je vous demande de libérer mon père. Et vous, Beckett, ajouta-t-il en se tournant vers le directeur de la Compagnie, j'aimerais que vous garantissiez la sécurité d'Élisabeth, ainsi que la mienne.

Ses deux interlocuteurs restèrent un moment interdits.

– Vous exigez beaucoup, Mr Turner ! railla Beckett. J'espère que vous avez quelque chose de comparable à nous proposer en échange, ou même mieux...

– La dernière fois que j'ai vu Mlle Swann, elle n'avait besoin de personne, grogna Jones. Elle est maintenant capitaine de l'*Impératrice* !

– Captive de l'*Impératrice*, voulez-vous dire, corrigea Will.

– Non, j'ai bien dit « capitaine »...

Will se rembrunit.

– Quoi qu'il en soit, dit-il d'une voix légèrement altérée, je ne veux pas qu'elle soit ennuyée.

– Quant à moi, intervint Jones en agitant nerveusement ses tentacules, je n'accepterai qu'un prix : la tête de Calypso !

Will considéra les deux hommes avec un petit sourire.

– Calypso est en route pour l'île des Naufragés, dit-il. À bord du *Black Pearl*...

– ... où vous ne vous trouvez plus, acheva Beckett. Comment pensez-vous donc nous conduire là-bas ? Vous savez où se trouve cette île ?

– Non, dit Will, je l'ignore.

Se dressant sur ses jambes, Jones s'élança vers le jeune homme et lui pressa le bout de sa pince contre la poitrine.

– Vous ne présentez aucun intérêt pour nous, alors ! coassa-t-il.

Lui répondant par un petit sourire narquois, Will plongea la main dans sa poche et en sortit le compas.

– Que désirez-vous le plus au monde ? demanda-t-il à Beckett.

21

Quand Jack arriva dans la salle du Tribunal, la pièce était déjà comble... Son singe juché sur l'épaule, Barbossa se tenait à l'entrée, un boulet de canon à la main. Sans prêter attention au capitaine qui lui faisait les gros yeux à cause de son arrivée tardive, Jack planta son épée avec les sept autres qui étaient déjà fichées dans le globe terrestre, à l'entrée. Puis il s'empressa d'aller prendre sa place. Il s'en était vraiment fallu de peu qu'il ne vienne pas...

« Boum, boum, boum. »

À coups de boulet sur la table, Barbossa réclamait à présent le silence. À chaque choc, Jack sursautait, comme si c'était déjà sur sa tête qu'on tapait. Entendant encore des murmures dans la salle, le capitaine fit retentir un dernier coup. Le son résonna longtemps dans la coque de l'immense épave, dont les espars saillaient, tels les côtes d'un monstre préhistorique en état de décomposition. Quand l'écho mourut, le silence était complet.

Le président du tribunal s'en alla alors rejoindre les

autres Frères autour de la grande table ovale qui occupait le centre du bateau.

– Moi, Hector Barbossa, Frère Pirate, je vous ai convoqués, commença-t-il avec emphase. Je déclare ouvert le quatrième Tribunal de la Confrérie. Vos pièces de Huit, mes chers collègues ! réclama-t-il en plaçant au centre de la table un bol de bois.

Les sept Frères se regardèrent de biais pour voir qui allait commencer le premier. Certains étaient seuls, mais la plupart étaient accompagnés de leurs lieutenants, qui se tenaient debouts derrière eux, lourdement armés. Quant à leurs équipages, armés jusqu'aux dents, eux aussi, ils se trouvaient disséminés un peu partout dans la coque du bateau, les plus rapides ayant réussi à se hisser sur les espars, où ils avaient une vue d'ensemble de la réunion. C'était une assemblée où les pirates étaient censés unir leurs forces contre la menace représentée par la Compagnie des Indes, mais on ne pouvait pas dire qu'un climat de franche camaraderie régnait.

Jack regarda ses collègues tour à tour en leur souriant aimablement, sans être payé en retour. Bien qu'ils aient tous planté leur épée dans le globe pour manifester leurs intentions pacifiques, le capitaine songeait qu'il avait bien peu de chances de sortir vivant de cette pièce.

Cela faisait un bon moment que Jack n'avait pas vu ces hommes – en fait depuis qu'il s'était enfui en leur laissant à chaque fois une lourde ardoise à payer à sa place –, mais leurs réputations semblaient toujours aussi redoutables, même si certains n'en avaient pas l'air. Il y avait Ammand le corsaire, avec sa grande chevelure noire et ses yeux de braise, redouté comme la plaie de la côte de Barbarie. Villanueva, l'Espagnol taciturne, petit et râblé comme un paysan, au caractère de cochon. Jocard le gentleman, un ancien esclave, à la peau noire et brillante et aux muscles saillants. Capitaine Chevalle, un aristocrate français, habillé comme un dandy, dont la bouche était marquée par les plis d'un rictus méprisant. Maîtresse Ching, une Chinoise d'un certain âge qui, pour être aveugle, n'en avait pas moins un regard qui glaçait de terreur. Le seul qui avait un air tout à fait doux et gentil était Sri Sumbhajee, un Hindou d'allure sereine et ecclésiastique, mais il était flanqué des deux plus énormes et plus déplaisants gaillards que l'on ait jamais vu : Akshay et Pusan.

L'un après l'autre, après maintes hésitations et regards en dessous, les sept pirates lancèrent leurs « pièces de Huit » dans le bol. Il y avait maintenant une boîte à priser, un goulot de bouteille avec son bouchon, une paire de lunettes, un lacet de souliers et une coquille d'huître.

Perché sur un espar, à côté de Gibbs, Pintel ouvrait de grands yeux en découvrant ce bric-à-brac :

– Mais ce ne sont pas des pièces de Huit ! chuchota-t-il. Ce n'est que du bazar sans valeur...

Gibbs hocha la tête.

– C'est juste. Le plan d'origine exigeait neuf pièces de Huit pour soumettre Calypso, mais quand le premier Tribunal s'est réuni, tous les Frères étaient fauchés comme les blés. Alors ils ont mis ce qu'ils pouvaient en appelant quand même ça des pièces de Huit...

– Mais il fallait les appeler autrement ! objecta Pintel en fronçant les sourcils.

Gibbs fronça les sourcils aussi :

– Ah oui ? Tu aurais voulu qu'on appelle ça « le premier truc qu'on a trouvé au fond de notre poche » ? Génial ! Ça fait très pirate.

Quant à Barbossa, il n'avait pas encore déposé sa « pièce de Huit ». Levant le bras, il fit signe à Ragetti que le moment était venu. Tous les regards convergèrent vers le pirate borgne, dont l'œil de bois roulait dans son orbite, comme s'il était atteint de nystagmus.

– J'en ai pris grand soin, comme vous me l'avez fait promettre en me le confiant, déclara-t-il d'une voix très émue.

– Je t'en remercie, répondit Barbossa, mais maintenant tu dois me le rendre.

Ragetti acquiesça, mais ne bougea pas. Il ressentait un grand vide au creux de l'estomac. Depuis des années et des années, il veillait continuellement sur son œil de bois, auquel il arrivait toujours plein de malheurs.

En soupirant, Barbossa se leva de table, après avoir pris le bol. Il rejoignit le pirate qui s'était transformé en statue et, après s'être placé derrière lui en mettant sa main en coupe sous son œil, il lui donna un petit coup derrière la tête. L'œil de bois de Ragetti tomba dans le creux de la main du capitaine, qui mit alors sa « pièce de Huit » avec les autres dans le bol.

Quelques instants passèrent, puis une voix de protestation s'éleva. C'était celle de Maîtresse Ching, qui avait compté à l'oreille chaque « pièce de Huit » tombée dans l'escarcelle.

– Il en manque deux, si j'ai bien entendu, dit-elle de ses petites lèvres fines et pincées.

Villanueva tendit vers Jack un index accusateur.

– Jack Sparrow ! dit-il.

Hochant la tête, Jack tendit la main vers son bandeau, avant de la laisser retomber. Le capitaine se disait brusquement que s'il donnait sa « pièce de Huit » maintenant, les autres n'auraient plus besoin de lui et s'empresseraient de l'éliminer. Mais le geste de Jack n'avait pas échappé à Barbossa, qui comprit que sa pièce de Huit était la piécette accrochée à son bandana au moyen d'une agrafe de perles.

– L'un d'entre nous manque encore, avança Jack. Je préfère attendre jusqu'à ce que Sao Feng nous ait rejoints...

– Sao Feng est mort ! répondit une voix derrière lui.

Tous les pirates tournèrent la tête vers l'entrée voûtée du Tribunal, où venait d'apparaître en grande tenue Élisabeth, accompagnée de Tai Huang. Le second montra d'un geste le globe à son capitaine, qui lui fit signe qu'elle avait compris. Le silence s'était fait, bien plus rapidement et efficacement qu'avec le boulet de Barbossa. Jack en était bouche bée de stupéfaction. Il avait appris par Gibbs que la jeune femme était partie sur la jonque comme prisonnière de Sao Feng, mais elle ne semblait désormais plus vraiment prisonnière. En plus, Sao Feng n'était pas là. Et pourquoi était-elle habillée comme une Chinoise ? Elle n'avait pourtant pas les yeux bridés ! Élisabeth s'inclina devant l'assistance.

– Avant sa mort, Sao Feng m'a nommée capitaine de l'*Impératrice* et m'a transmis sa charge de Frère Pirate ! annonça-t-elle.

Et ayant dit cela, à l'instar de ses confrères, elle planta son épée dans le globe. Tous les Frères étaient médusés.

– Capitaine ? Capitaine ? maugréa Jack avec un mouvement d'épaules exaspéré. On nomme n'importe qui capitaine, de nos jours !

Sans daigner répondre à Jack, Élisabeth rejoignit le dernier fauteuil vide. Sur un signe de Barbossa, elle mit sa « pièce de Huit » dans l'escarcelle, en l'occurrence le nœud en corde qu'elle portait autour du cou.

C'est alors que Sri Sumbhajee fit un petit signe à Akshay, un de ses lieutenants, qui traduisit immédiatement la teneur de la pensée de son maître.

– Sri Sumbhajee voudrait savoir entre les mains de qui Sao Feng a péri, demanda-t-il.

– Par les siennes, probablement, je parie ! jeta Jack en désignant du doigt Élisabeth, tandis qu'il constatait avec un profond soulagement que l'arrivée du nouveau capitaine avait détourné de lui l'attention de l'assistance.

Élisabeth soupira :

– Décidément, vous ne me pardonnerez jamais... C'est le *Hollandais* qui l'a tué, répondit-elle à Sri Sumbhajee.

Un concert d'exclamations et de commentaires apeurés salua cette déclaration.

– Le monstre des profondeurs ! s'écria Chevalle d'un ton grandiloquent.

– Le navire maudit ! couina Maîtresse Ching.

– *Échelo en infierno !*[1] proclama Villanueva.

Tous les hommes d'équipage présents se mirent à parler en même temps des récents forfaits du *Hollandais* et de la Compagnie des Indes. Et tous, unanimement, voulaient reprendre immédiatement la mer, avant que le *Hollandais* ne les trouve dans leur repaire.

La voix d'Ammand le pirate s'éleva au-dessus des autres.

– Si le *Hollandais* est contre nous, proféra-t-il d'un ton solennel, il n'y a plus aucun espoir !

Élisabeth lança un regard aigu au corsaire français. Elle se demandait comment il allait réagir quand il apprendrait ce qu'elle allait maintenant annoncer. Peut-être s'évanouirait-il ? Dommage qu'elle n'ait pas de sels sur elle...

– Écoutez-moi tous ! dit-elle. Notre cachette a été très probablement trahie. À mon avis, ils ne vont pas tarder à arriver...

– Qui est le traître ? rugit Jocard en interrogeant un à un ses collègues du regard, comme s'il attendait que l'un d'eux se dénonce.

– Ce ne peut guère être l'un de nous, fit remarquer Barbossa.

Soudain, traversée d'une idée, Élisabeth se retourna vers l'équipage du *Black Pearl* en regardant chacun des hommes.

1. En espagnol : « Qu'il aille en enfer ! »

– Où est Will ? demanda-t-elle alors à Jack d'une voix creuse.

Le capitaine haussa les épaules.

– Il n'est pas avec nous.

Élisabeth hocha la tête, la gorge serrée.

– Peu importe comment ils nous ont trouvés maintenant, dit Barbossa. On verra ça après. Ce qu'il s'agit de savoir désormais, c'est quoi faire !

Élisabeth se dressa de son siège en levant la main. Barbossa avait raison. Que Will soit ou non le traître, il fallait agir.

– Nous devons nous battre ! proclama-t-elle fermement.

À sa grande stupéfaction, sa déclaration provoqua un éclat de rire général. Tout le monde s'esclaffait dans le bateau, comme si elle avait dit la chose la plus drôle du monde.

– Des hommes de valeur ont déjà donné leur vie pour cette cause ! appuya Élisabeth en pensant avec tristesse à James Norrington.

Sri Sumbhajee fit signe à Akshay.

– Alors à quoi bon y ajouter la vie de quelques fripouilles ? traduisit le lieutenant, un instant après.

Les éclats de rire redoublèrent. Élisabeth serra les poings.

– Ils sont morts en se révoltant contre la Compagnie ! dit-elle, ulcérée. Voilà ma mesure du bien ! Mais peut-être êtes-vous des hommes sans foi ni honneur...

Tous les pirates se turent en regardant leurs pieds. Quelques instants de silence passèrent, puis la voix de Maîtresse Ching s'éleva.

– La Cité des Naufragés est une forteresse imprenable et bien pourvue en vivres, dit-elle de sa petite voix aiguë. Il est inutile de nous battre.

Un murmure d'agrément parcourut l'assistance. La Chinoise disait juste : il était inutile de se battre s'ils pouvaient éviter le combat.

– Il y a une troisième option, s'interposa Barbossa.

Il s'arrêta un instant. Tous les Frères étaient devenus silencieux, leurs yeux tournés vers lui. Le grand moment était venu.

– Il fut un temps ici même, commença-t-il, à cet endroit précis, où se tint le premier Tribunal de la Confrérie. Les neuf Frères – nos ancêtres – capturèrent la déesse de la mer et l'enchaînèrent à ses propres os. C'était une erreur, ajouta-t-il après un silence.

L'auditoire ne bronchait pas. Barbossa continua, d'une voix plus assurée :

– Nous nous rendîmes les mers clémentes, il est vrai, mais nous ouvrîmes aussi la porte à Beckett et à ceux de son espèce. Je regrette le temps où la maîtrise des mers ne s'obtenait pas en faisant affaire avec des hommes méprisables à l'esprit mercantile, mais à la sueur du front et à la force des membres. Vous savez tous que c'est vrai...

Ils acquiescèrent unanimement, Jack y compris, qui se surprit à hocher la tête, avant de se donner une claque pour qu'on ne l'y reprenne plus.

Barbossa étudia encore une fois son auditoire. C'était le moment. Ils étaient prêts.

– Messieurs, mesdames, lança-t-il comme un pavé dans la mare, nous devons libérer Calypso !

À ces mots, les Frères restèrent la bouche ouverte. Puis, soudain, ils explosèrent tous en même temps.

– Pure démence ! rugit Chevalle.

– Il n'en sortirait rien de bon, renchérit Maîtresse Ching d'un ton sifflant.

– Cette femme est une furie ! cria Ammand.

– *Ella es nuestra diosa !*[1] trépigna Villanueva.

À son tour, Sri Sumbhajee se pencha vers son garde du corps, qui traduisit instantanément :

– Barbossa a perdu la tête ! dit-il en pointant son doigt vers le capitaine.

– Il a assez parlé ! approuva Ammand.

– Coupez-lui la langue, appuya Jocard.

– Butez-le, puis coupez-lui la langue, puis recoupez-la en petits morceaux ! renchérit Jack avec enthousiasme. Et qu'on lui rase aussi cette barbe affreuse !

Mais, soudain, une voix différente s'éleva : celle du maître d'équipage d'Élisabeth, à qui Sao Feng s'était confié peu avant qu'il aille rejoindre Élisabeth dans sa cabine.

– Sao Feng aurait été d'accord avec Barbossa, déclara-t-il solennellement.

Élisabeth fusilla son maître d'équipage du regard. Comment osait-il prendre la parole, surtout pour dire ce genre de bêtises ! Elle se demandait encore comment Sao Feng avait pu la confondre avec Calypso. La déesse était certainement bien cachée quelque part sur une île, loin d'ici.

– L'avis de Sao Feng à propos de Calypso serait

1. En espagnol : « Mais c'est notre déesse à tous ! »

extrêmement sujet à caution, même s'il était présent, répondit-elle sèchement.

Tai Huang hocha la tête avec un regard effrayé et recula d'un pas. Ce nouveau capitaine était encore plus redoutable que le précédent...

– J'aurais quand même été d'accord avec lui, contra Villanueva en toisant Élisabeth.

Malheureusement pour lui et pour Barbossa, il semblait être le seul de son avis...

– Calypso était notre ennemie, fit remarquer Jocard. Elle le serait toujours !

– En effet, approuva Chevalle, il y a peu de chance pour que le caractère de cette dame se soit adouci.

– Je serais quand même d'accord avec Sao Feng ! brailla Villanueva en tirant de sa poche son pistolet, qu'il abattit sur la table.

– Tu me menaces ? interrogea Chevalle en ouvrant des grands yeux.

– Je te fais taire, nuança Villanueva.

Et disant ces mots, il souleva son pistolet pour tirer. Mais, plus rapide que lui, Chevalle le frappa au moment où le coup partait. La balle alla se loger dans la coque, juste au-dessus de Ragetti qui regarda le trou de son orbite vide, tandis que l'Espagnol valdinguait sur la table, avant de s'affaler dans les bras de Barbossa.

– *No !* cria Maîtresse Ching, indignée.

– Lâche ! accusa Jocard.

– Que la vérole t'emporte ! beugla Ammand.

– Sri Sumbhajee désapprouve votre conduite à tous, traduisit Akshay.

Malgré cela, quelques instants plus tard, c'était la bagarre générale.

– Tout cela est de la folie ! gémit Élisabeth.

– C'est ça, la politique, remarqua Jack avec un petit sourire ironique. Vous êtes capitaine, maintenant ? Alors, assumez !

– Justement, lui répondit Élisabeth sèchement, que font-il en s'entre-tuant, sinon jouer au jeu de Lord Cutler Beckett ? Et notre ennemi s'approche, pendant ce temps-là !

– S'il n'est pas déjà là, ajouta gravement Barbossa.

22

À quelques dizaines de mètres de la Cité des Naufragés qui était remplie du vacarme de la bagarre, seule au fond de son cachot, Tia Dalma contemplait son médaillon. C'était le même médaillon que celui que possédait Davy Jones. Un médaillon en forme de cœur un peu pointu, comme le bout d'une flèche, qui s'ouvrait sur un portrait en laissant entendre une petite musique.

Cette petite musique, la déesse prisonnière l'avait écoutée bien des fois, depuis que l'homme qu'elle aimait s'était arraché le cœur, arrachant le sien du même coup... La prisonnière contemplait le portrait de son bien-aimé, serti dans le petit médaillon. C'était l'homme le plus magnifique que cette terre ait jamais porté. Personne ne pouvait rivaliser avec lui et si maintenant elle se consolait avec le capitaine Barbossa, c'est parce que le capitaine était tout dévoué à sa cause. Mais même en sa présence, quand elle fermait les yeux, elle pensait à l'autre. L'autre qui, hélas, était devenu un monstre en ôtant son cœur d'immortel.

Tia Dalma referma le médaillon. Mais la musique continua, comme un souvenir qui refuse de mourir. Pourquoi avoir gâché leur amour ? se demanda-t-elle pour la sempiternelle fois. Par son geste, Davy Jones les avaient condamnés tous deux à une éternité de chagrin et de regret.

Puis, les hommes l'avaient enchaînée, sans comprendre sa rage, son désespoir, sans comprendre qu'il en était nécessairement ainsi : telle était la mer, à qui on reprochait ses colères brutales en oubliant que les navires profitaient à chaque instant de sa houle légère et de ses vents portants. La mer, toujours changeante, mais toujours belle. La mer, vive et joyeuse comme l'était Tia Dalma en sa forme humaine. Mais bientôt, se dit la déesse prisonnière en se mettant à sourire dans l'obscurité, elle retrouverait sa liberté et son pouvoir de prendre la forme qu'elle voulait : eau, air, oiseau, poisson... Il lui tardait de replonger tout son être dans l'immensité bleutée, d'accorder le rythme des marées à celui de son cœur, de donner son souffle aux brises, aux zéphyrs, aux alizés et aux tornades, de ballotter les mouettes et les grands cormorans sur ses vagues, de se rouler dans la houle en berçant les bateaux, de se mirer dans le miroir du ciel en libérant ses couleurs, de se laisser féconder par les rayons de la lune, de déferler sur les rochers, de lécher doucement les plages et les falaises, puis de s'étaler, tranquille, dans le soleil couchant... Il lui tardait surtout de se déposer en un souffle sur le *Hollandais Volant*, de se percher d'un battement d'ailes sur l'épaule de son capitaine et de se glisser entre ses bras en une forme humaine. Ce pouvoir entièrement retrouvé, elle pourrait rendre à son bien-aimé son apparence d'antan, et ils s'aimeraient enfin. S'il le voulait bien.

« Le voudrait-il ? » se demanda la déesse avec angoisse.

Au moment même où elle se disait cela, elle entendit une musique se superposer à celle de son médaillon. Elle se redressa en poussant un cri : Davy Jones était là, à la porte de son cachot. Il tenait à la main un médaillon semblable au sien, ouvert sur son portrait à elle... Il ne l'avait donc pas arraché, pas comme son cœur !

– Mon doux capitaine, vous êtes enfin venu ! s'écria la prisonnière en pressant son visage contre les barreaux.

Mais Jones n'eut pas un geste vers son ancienne maîtresse. Il la dévisageait froidement.

– Vous m'attendiez ? dit-il, l'air surpris.

– Depuis longtemps ! répondit Tia Dalma dans un cri. C'est un supplice d'être piégée dans cette forme humaine, condamnée à vivre à terre, séparée de la mer et de tout ce que j'aime... séparée de vous.

Jones secoua la tête. Ce que lui disait cette femme était faux. S'il était venu la voir maintenant, c'était uniquement pour lui jeter au visage sa haine et sa rancœur.

– Dix ans, fit-il d'un ton cassant. Dix ans que j'ai consacrés au devoir dont vous m'aviez chargé. Dix ans à veiller sur ceux qui étaient morts en mer... Puis, quand le temps fut passé et que le moment était enfin venu de vous retrouver, où étiez-vous ? Vous n'étiez pas là...

Tia Dalma baissa la tête. Elle ne pouvait pas dire le

contraire. Elle avait oublié le rendez-vous dans le tourbillon de son être, dans l'immensité de son esprit...

– C'est dans ma nature ! s'écria-t-elle en levant vers Jones des yeux éperdus. Je n'y peux rien, je suis ainsi. Inconstante, changeante, bouillonnante et sauvage. J'aurais peut-être été là la fois suivante...

Elle regarda Jones, constatant avec angoisse que ce n'était pas les mots qu'il attendait.

– M'aimeriez-vous si j'étais autre que je ne suis ? interrogea-t-elle alors avec désespoir.

Mais le capitaine secoua la tête.

– Je ne vous aime pas, dit-il.

Tia Dalma se recula, blessée au cœur. Elle ne pouvait croire cela. Ou alors le capitaine avait changé, à force d'assassiner ceux sur lesquels il veillait auparavant.

– Je vous ai connu sous bien des aspects, Davy Jones, reprit la déesse, mais jamais cruel... Vous avez dévié de votre idéal. Vous vous êtes perdu !

Disant cela, elle tendit une main à travers les barreaux en direction de la poitrine du capitaine, là où avait été son cœur autrefois.

– Et vous m'avez caché ce qui n'aurait jamais dû cessé de m'appartenir, ajouta-t-elle doucement en touchant sa poitrine du bout des doigts.

Davy Jones frissonna. Au contact de la déesse, quantité de souvenirs l'avaient envahi... À son tour, il tendit la main à travers les barreaux pour caresser le visage de la prisonnière.

– Calypso ! s'écria-t-il, éperdu d'amour.

– Je serai libre ! clama la déesse avec une force qui évoquait la violence du vent sur les océans. Alors je te donnerai mon cœur et nous nous aimerons pour toujours !

Au comble de l'émotion, Jones effleura de la main les contours du visage de sa bien-aimée. Il savait maintenant que s'il était venu trouver Tia Dalma, c'était pour lui dire qu'il l'aimait et pour savoir si elle l'aimait toujours aussi. Il aurait voulu sentir ses larmes couler et son cœur palpiter.

– Si seulement tu avais un cœur à donner ! murmura la déesse.

Elle retira sa main et instantanément la main que Jones avait posée sur le visage de la prisonnière redevint une horrible pince. Il sentit de nouveau les tentacules qui s'agitaient autour de son visage. Le cœur du capitaine se serait brisé, s'il avait battu dans sa poitrine.

Il voulut ramener sa pince, mais celle-ci ne passait plus entre les barreaux. Alors, fermant les yeux, le capitaine se transporta à l'intérieur de la cellule. Tia Dalma reposa sa main sur sa poitrine et les deux anciens amants se serrèrent l'un contre l'autre.

– Quel sort réserves-tu à ceux qui t'ont emprisonnée ? lui demanda-t-il au bout de quelques secondes d'un bonheur enivrant.

– Leurs descendants expieront leur faute. La dernière chose que ces Frères Pirates retiendront de la vie, c'est à quel point je peux être cruelle… Tel sera leur destin. Jones hocha la tête. Maintenant, il fallait attendre. Attendre et espérer.

Se rematérialisant de l'autre côté de la cellule, il s'éloigna, redevenu monstre marin.

– Et quel sera ton destin à toi, Davy Jones ? lui lança la prisonnière.

Jones s'arrêta et, tournant la tête, il regarda longuement la déesse enchaînée.

– Mon cœur t'appartiendra pour toujours, dit-il.

Tia Dalma sourit. C'était exactement ce qu'elle avait espéré entendre...

23

« Boum boum boum. »

Dans le Tribunal de la Cité des Naufragés, Barbossa essayait à nouveau de ramener le calme à coups de boulets de canon frappés sur la table. Assise dans un coin, la tête appuyée contre son poing, Élisabeth regardait d'un air fatigué les pirates qui continuaient à se battre. Elle était à peu près sûre qu'ils avaient complètement oublié les motifs de leur discorde.

Voyant que ses coups ne servaient à rien, le capitaine monta sur la table. Avec sa stature imposante, son affreux macaque habillé comme un page qui piaillait à tous les diables sur son épaule, son grand chapeau à plumes de paon sur la tête et sa barbe de trois cents jours, le capitaine attirait facilement les regards. D'autant que l'on sentait qu'il avait une grande déclaration à faire et que ce serait matière à rebondissement pour la bagarre...

– Le premier Tribunal fut celui qui emprisonna Calypso ! harangua-t-il d'une voix retentissante. C'est le nôtre qui la libèrera. Et dans sa gratitude, la déesse nous récompensera largement !

– Ou tout au moins, elle récompensera celui d'entre nous qui aura réussi à convaincre les autres de la libérer, répondit une voix persiflante.

C'était celle de Jack, bien entendu. Barbossa le fusilla du regard, tandis que les autres Frères considéraient Jack avec méfiance. Ce que venait de dire le capitaine du *Black Pearl* semblait juste, mais quel crédit pouvait-on accorder à Jack Sparrow, le plus grand menteur et le plus grand voleur de tous les temps, qui les avait tous escroqués plus d'une fois ?

Le capitaine se campa, la main sur la hanche, en les provoquant tous du regard :

– Ce que je viens de dire est-il absurde ? Qu'en dites-vous ?

Les pirates se grattaient la barbe, y compris Maîtresse Ching. Mais Barbossa coupa court à leurs réflexions :

– Si tu as une meilleure idée à nous proposer, je t'en prie ! Fais-nous-en profiter !

En guise de réponse, Jack décrivit un grand cercle de la main pour désigner l'assistance en s'y incluant lui-même :

– De sales petits piranhas, dit-il en souriant largement, voilà ce que nous sommes ! Enfermez-nous tous ensemble et nous nous dévorerons les uns les autres... Alors oui, évidemment, reprit-il après une pause où il sembla s'absorber au plus profond de lui-même, nous pourrions nous retrancher ici, bien approvisionnés et bien armés... mais la moitié d'entre nous serait mort au bout d'un mois et l'autre moitié, le mois suivant.

Les Frères se regardèrent du coin de l'œil. Ils

n'avaient rien à rétorquer à cela. Certains avaient le poing encore levé au-dessus de la tête de leur voisin et tous étaient plus ou moins amochés.

Jack poursuivit :

– Mais nous pouvons aussi relâcher Calypso et prier pour qu'elle soit d'humeur placide ! Cependant, pouvons-nous prétendre qu'elle est autre chose qu'une déesse humiliée ? Et qu'y a-t-il de plus redoutable que la fureur d'une déesse humiliée, qui ferait trembler le roi des Enfers en personne ? Non, nous ne pouvons pas prétendre cela, dit Jack en secouant la tête vigoureusement. Il ne nous reste dès lors plus qu'une solution. Je suis d'accord avec... le capitaine Swann, dit-il après une dernière hésitation en se demandant encore comment il pouvait être du même avis que sa meurtrière. Nous devons livrer bataille !

– Tu t'es toujours débiné quand il fallait se battre ! riposta vertement Barbossa.

Jack s'immobilisa net en ouvrant de grands yeux :

– Mensonge ! Pure calomnie ! Je n'ai jamais fait dans ma vie qu'obéir à la plus ancienne et la plus noble de toutes les traditions pirates : la fuite. Chers camarades marins et vieux loups de mer, permettez-moi de vous dire maintenant ce que nous devons faire : nous battre pour nous enfuir !

Un murmure d'approbation parcourut la salle. Enfin, un vrai plan !

– Bien dit ! acclama Gibbs.

– Voilà qui est parlé, approuva Jocard.

Mais la petite voix aiguë de Maîtresse Ching se fit entendre une nouvelle fois :

– Je voudrais savoir, dit-elle. *Qui* devons-nous battre pour nous enfuir ?

– Lord Cutler Beckett ! lui répondit Élisabeth, dont la voix tremblait de toute la haine qu'elle ressentait pour cet assassin, qui tuait aussi bien les pirates que les marins des navires de commerce, sans oublier les gouverneurs intègres et les nobles amiraux.

Le cœur de la jeune femme battait très fort. Elle s'était dressée de sa chaise au moment où Jack avait prononcé son nom et les sentiments les plus intenses se levaient en elle en lui rendant toute sa fougue, toute son énergie, toute sa passion. Si Jack était avec elle, à eux deux ils pourraient renverser des montagnes !

– Beckett n'est rien de plus qu'un rouage ! fit observer le capitaine français avec une moue. Si vous le tuez, un autre prendra sa place. Comme Jones, la Compagnie des Indes est immortelle. Elle n'a ni corps qu'on puisse frapper ni âme qu'on puisse maudire...

– Mais cependant Jones a bien un corps, n'est-ce pas ? objecta Jack. Un corps, au propre comme au figuré, ajouta-t-il. Son bateau est aussi son corps...

– Exact ! approuva Jocard avec enthousiasme. Et si nous le frappons assez fort et assez longtemps avec le feu de nos canons...

– ... plus de bateau, plus de capitaine ! acheva Ammand. Plus de capitaine, plus de bateau !

Tous les pirates se regardaient, les yeux brillants. Pour un peu, ils se seraient embrassés. Jack était un génie. C'était vraiment un plan magnifique. Il suffisait de détruire le *Hollandais Volant* pour être libre et faire la nique à la Compagnie des Indes.

Mais celui qui n'était pas content du tour pris par

les événements, c'était Barbossa. Il voyait bien que le climat de la réunion était en train de lui échapper...

Il prit son boulet et en frappa un grand coup.

– Il s'agirait d'un acte de guerre et le Code stipule que la guerre ne peut être déclarée que par le roi des Pirates ! martela-t-il.

– Tu viens d'inventer ça ! gloussa Jack. Avoue...

Les yeux bleus de Barbossa devinrent transparents de colère :

– Tu crois ça ? Eh bien, j'en appelle au capitaine Teague, qui est le gardien du Code !

Et laissant sa place à l'autorité, il descendit de la table. Jack se rembrunit. Il savait bien que Teague était dans les parages, mais il espérait vaguement que le pirate resterait tranquille dans son coin en train de roupiller sur son cher Code.

Mais c'est alors que Sri Sumbhajee fit signe à Akshay qu'il avait une déclaration à faire :

– Sri Sumbhajee proclame que ce serait pure folie ! traduisit le lieutenant, un instant plus tard. Nous ne sommes pas liés par ces lois antiques et désuètes ! ajouta-t-il en y mettant le ton. Au diable, le Code ! Est-ce que nous ne sommes pas libres de...

Un coup de pistolet retentit. Akshay ouvrit la bouche, puis s'écroula, raide mort. Derrière Jack, apparut le capitaine Teague, son pistolet encore fumant à la main.

– Le Code fait loi ! gronda le capitaine malgache, prêt à abattre le prochain pirate qui remettrait en question le Code.

La main sur la crosse d'un deuxième pistolet, il fixait Sri Sumbhajee, qui fit signe à Pusan de prendre la place d'Akshay. Le lieutenant de remplacement était devenu pâle comme un mort. Son maître lui indiqua d'un signe la teneur de ses pensées, ce qui parut le soulager grandement :

– Sri Sumbhajee explique qu'il s'est produit un déplorable malentendu, traduisit-il en ajoutant une courbette de son cru. Et il confirme que le Code est bien la loi.

Deux pirates chargés d'un énorme manuscrit relié et muni d'une serrure firent leur entrée. Pintel et Ragetti se regardèrent en ouvrant des yeux émerveillés.

– Le Code ! murmura Pintel.

– Tel qu'il a été édicté par Morgan et Bartholomew, fit Ragetti.

– Le fameux Bartholomew qui attaquait au son du tambour ! reprit Pintel.

– Un célèbre pirate qui, se retrouvant captif sur un ponton espagnol et ne sachant pas nager, dut son salut à d'innombrables loutres qui lui servirent de bouée pour qu'il regagne la terre ferme ! enchaîna Ragetti.

Tandis que les deux pirates couvaient des yeux ce code mythique qui avait régi toute leur vie de pirate, sans qu'ils aient jamais imaginé qu'il existait matériellement, Teague donna un coup de sifflet. À ce signal, un petit corniaud hirsute entra en trottinant dans la pièce, le trousseau de clefs de la serrure du Code entre les dents. Pintel et Ragetti se regardèrent, ahuris. C'était exactement le même chien que celui qui tenait en permanence dans sa gueule les clefs des geôles de la prison de Port Royal. La dernière fois qu'ils l'avaient vu, il était sur l'île des Cannibales en train d'essayer d'échapper à ses poursuivants en aboyant à la mort, soit à cause des cannibales, soit à cause des clefs qu'il avait perdues, ou peut-être pour les deux raisons à la fois.

– Ça ne peut quand même pas être le même cabot ! couina Pintel.

– Si ce n'est lui, c'est donc son frère, lui répondit doctement Ragetti.

– Les tortues de mer, les amis ! leur glissa Teague en leur faisant un petit clin d'œil. Viens là, mon toutou...

Il se pencha pour prendre le trousseau de clefs entre les mâchoires du chien, qui serra les dents, avant de lâcher sa prise à regret.

Le capitaine déverrouilla le grimoire. Le silence se fit, tandis qu'il se mettait à feuilleter l'ouvrage en s'humectant l'index à chaque fois qu'il tournait une page.

– « ... Contrat de chasse-partie : perte des deux yeux : deux mille piastres. Perte des deux jambes : mille cinq cents piastres. Perte du bras droit : six cents piastres. Perte du bras gauche : cinq cent piastres. Perte d'un œil : cent piastres. Perte d'un doigt : cent piastres. »

Le pirate accéléra un peu sa lecture :

– « Amputation au-dessus du genou... Au-dessus... Liquidation d'un douanier... Liquidation de deux douaniers... Boissons à base de rhum... » Ah ! Nous y voilà...

Approchant son nez du manuscrit, il parcourut des yeux la page.

– C'est Barbossa qui a raison, dit-il enfin en levant les yeux.

Il allait refermer le livre, quand Jack lui posa la main sur le bras.

– Attends une seconde !

Écartant le capitaine, il se pencha à son tour sur la vieille page jaunie par les siècles. La main sur son pistolet, Teague se demandait ce qui le retenait de descendre Jack immédiatement.

– *Il revient au roi de déclarer la guerre, de parlementer avec les adversaires et de commander les armées...* lut Jack à voix haute. Où est-ce qu'ils sont allés chercher tout ça ? fit le capitaine en haussant les sourcils.

Et c'est alors qu'il réalisa ce qu'il venait de dire.

– Un roi... Il faut un roi ! s'exclama le capitaine.

Teague repassa son pistolet dans son ceinturon. Il devait reconnaître que Jack avait mieux lu le Code que lui-même. Prenant au passage une mandoline qui traînait par terre, il alla s'asseoir sur une chaise au fond de la salle et commença à égrener quelques notes. Ce qui allait se passer risquait d'être intéressant. Il s'agissait ni plus ni moins d'appliquer le Code à la lettre. On allait voir si ces rustres en étaient capables...

– Il n'y a pas eu de roi depuis le premier Tribunal et ça n'a pas de raison de changer, commença Chevalle.

– Et pourquoi pas ? répliqua Élisabeth.

Ce fut Gibbs qui lui répondit. En tant que maître d'équipage, le second de Jack avait une grande habitude des assemblées de pirates et de leur manière bien à eux de voter.

– Parce que, voyez-vous, Élisabeth, dit-il, le roi doit être élu.

– Et chaque pirate ne vote jamais que pour lui-même, enchaîna Barbossa en exultant bruyamment de satisfaction.

Jack exultait aussi, mais plus discrètement. Il avait trouvé le moyen d'enfoncer une belle épingle dans la baudruche creuse du plan de Barbossa.

– J'appelle au vote ! cria-t-il à la ronde.

Barbossa se raidit. Il comprenait lui aussi que Jack allait faire capoter son plan.

– Je vote pour Ammand le corsaire ! cria Ammand le corsaire en levant la main.

– Capitaine Chevalle, le Français sans le sou ! clama Chevalle.

– Sri Sumbhajee se prononce en faveur de Sri Sumbhajee, traduisit Pusan.

– Maîtresse Ching ! vota sans hésiter Maîtresse Ching.

– Gentilhomme Jocard, décida Jocard sans aucune réflexion.

– Élisabeth Swann, annonça Élisabeth.

– Barbossa, dit Barbossa.

– Villanueva ! cria Villanueva.

Jack était le dernier à parler. Il regardait Barbossa d'un petit sourire narquois, tandis que l'autre maudissait Jack jusqu'à la quarantième génération. Il savait qu'il s'était fait rouler dans la farine.

– Élisabeth Swann, annonça alors Jack avec un grand sourire.

Élisabeth sursauta, puis elle comprit. Ce n'était pas pour ses beaux yeux que le capitaine avait lancé son nom, mais pour emporter le vote. Un sourire admiratif s'échappa de ses lèvres. Jack Sparrow était vraiment le plus intelligent de tous...

– Qu'il en soit ainsi, dit-elle en redressant le menton.

Mais quand elle baissa les yeux, ses nouveaux sujets la regardaient avec une animosité qui laissait déjà présager une révolution.

– Non, qu'il n'en soit pas ainsi ! contra Jocard.

– C'est révoltant ! trépigna Maîtresse Ching.

– Inacceptable, c'est inacceptable ! rugit Villanueva.

– Si Sri Sumbhajee n'est pas le roi, nul autre ne devrait l'être, déclara Pusan en traduisant scrupuleusement son maître dans le texte.

– Moi vivant, ça ne se fera pas ! tonna Chevalle.

Jack prit la pose en roulant des yeux :

– Ah oui ? Dois-je comprendre que vous refusez de respecter le code ? demanda-t-il avec un petit sourire.

Splang ! L'une des cordes de la mandoline de Teague se rompit.

Les Frères échangèrent des regards par en dessous. Teague ne plaisantait pas avec le Code... Le cadavre du lieutenant du capitaine hindou était là pour en témoigner...

– Fort bien, acquiesça Maîtresse Ching. Qu'avez-vous à déclarer, capitaine Swann, reine du Tribunal de la Confrérie ? interrogea-t-elle.

Élisabeth se leva. Elle parcourut du regard l'assemblée :

– Armez tous les bâtiments en état de prendre la mer ! proclama-t-elle solennellement. Quand l'aube se lèvera, nous serons en guerre.

Un silence total accueillit ses paroles, puis on entendit une voix qui était restée très discrète jusque-là. C'était celle de Sumbhajee, en personne :

– Qu'il en soit ainsi ! À la guerre ! couina-t-il d'une minuscule voix de souris.

– À la guerre ! renchérit Jocard.

– À la guerre ! clamèrent tous les Frères en chœur, avec tous leurs lieutenants et leurs équipages.

Et, joignant le geste à la parole, ils se dirigèrent aussitôt vers la sortie en se tapant dans le dos les uns les autres pour aller fourbir derechef leurs canons et leurs armes. Dans son coin, le capitaine Barbossa fulminait, tandis que son ennemi, rayonnant de joie, le regardait avec un sourire malicieux. Mais il se reprit vite. Tournant la tête vers Pintel et Ragetti, il leur fit un petit clin d'œil en dirigeant leur attention sur le bol où se trouvaient toujours les « pièces de Huit », que les Frères avaient fort imprudemment oublié de ramasser. Les deux pirates étaient aussi bien entraînés que les lieutenants de Sri Sumbhajee pour obéir à leur patron au doigt et à l'œil. Tandis que Pintel marchait devant son comparse pour dissimuler le vol, Ragetti escamota le bol derrière son dos. Quelques instants après, Barbossa récupérait le bol et le glissait dans sa musette, non sans avoir constaté avec agacement que le nœud en corde d'Élisabeth n'y était pas. La capitaine de l'*Impératrice* n'avait pas oublié, elle, de reprendre sa « pièce de Huit »...

À présent, la salle du Tribunal était presque vide. Il ne restait plus que Jack, Gibbs et le capitaine Teague. Jack ferma les yeux un instant, conscient de ce qu'il était en train de faire. La plus grande trahison de tous les temps était en place...

Quand il rouvrit les yeux, Gibbs était planté devant lui, les sourcils froncés :

– Il y a plus sous la ligne de flottaison que tu ne veux bien le montrer, Jack ! dit-il à son capitaine d'un ton accusateur.

Jack se contenta d'ouvrir de grands yeux innocents.

– Autrefois, tu avais une veine honnête, Jack, soupira le maître d'équipage en secouant la tête. On savait où on en était avec toi. Mais là, je n'y comprends plus rien...

Jack roula des yeux :

– Et cette veine d'honnêteté, où m'a-t-elle conduite ? interrogea-t-il. À la mort !

– Jack... essaya encore Gibbs en adressant au capitaine un regard où se lisait toute son indéfectible amitié.

Mais Jack resta imperturbable :

– Mr Gibbs, vous avez un navire à préparer pour le combat, me semble-t-il, n'est-ce pas ?

Gibbs hocha la tête. Il était étonné et meurtri. Il ne s'attendait vraiment pas à ça.

– Très bien, mon capitaine, dit-il, résigné.

Et il lui tourna le dos.

– Qu'est-ce qu'il y a ? grogna Jack en remarquant le regard de Teague, qui était posé sur lui. Tu as tout vu et tu as survécu à tout. C'est ça, le but, n'est-ce pas ? Survivre.

Le pirate secoua doucement la tête.

– Il ne s'agit pas seulement de vivre éternellement, Jack. Le but est de vivre *avec soi-même* éternellement.

Fouillant dans la musette accrochée à sa ceinture, il en tira un petit objet rond et chevelu. Jack eut un haut-le-corps en s'apercevant que c'était une tête humaine réduite.

– Tiens, prends ça ! dit le pirate.

Hochant la tête, Jack saisit l'étrange cadeau, tandis que Teague se détournait en laissant le capitaine à ses pensées.

24

Au petit matin, quand le soleil perça le brouillard au-dessus des hautes falaises de l'île des Naufragés, les vaisseaux des neuf Frères Pirates étaient prêts à appareiller. La dernière nuit avant la bataille avait été longue et peu de marins avaient dormi. Certains – aussi bien parmi les Frères, que parmi leurs lieutenants ou les membres d'équipage – avaient déambulé toute la nuit dans l'étrange Cité, en passant d'épave en épave, de pont en pont, de cabine en cabine, s'appuyant à des bastingages donnant sur d'autres bastingages, d'autres bateaux... Ils auraient aimé se reposer un peu là, dans cette ville qui leur ressemblait tellement, bien protégés de toutes les menaces qui les guettaient sur les mers, un endroit où on ne risquait pas de rencontrer un bateau maudit, ni de se retrouver dans une file de condamnés à qui le bourreau passe la corde au cou.

Ils auraient pu rester là bien à l'abri – on pouvait interdire facilement l'accès du chenal et chaque navire pirate qui passait par l'anse y laissait en guise de loyer une partie de ses provisions pour constituer des réserves communes en cas de siège –, mais leur reine avait déclaré la guerre et ils obéissaient à leur reine. C'était d'ailleurs une si belle reine, presque une déesse... Alors les marins avaient soufflé les centaines de petites bougies rouges qu'ils avaient disposées un peu partout en arrivant et avaient regagné leur bateau, qui serait peut-être leur cercueil... Mais ceux qui avaient eu cette pensée se gardèrent de la communiquer à leurs camarades. De sorte qu'au petit matin, tout le monde était prêt. L'un après l'autre, chacun des vaisseaux qui composait cette flotte hétéroclite venue du monde entier – telle la grande union des pirates des sept mers – s'engagèrent dans le tunnel qui s'ouvrait au pied de la falaise. Un brouillard à couper au couteau les attendait de l'autre côté : ultime défense de l'île, octroyée par la nature aux Frères Pirates.

À présent, l'île des Naufragés était derrière eux. Derrière eux la Cité mystérieuse, derrière eux l'eau douce et clapotante de l'anse, derrière eux les falaises protectrices. Leur seule protection désormais était leur courage... mais ils en avaient à revendre. Partout sur les ponts, de la jonque chinoise aux grandes ailes flamboyantes, que les hommes d'équipage d'Élisabeth avaient admirablement réparée pendant leur voyage, en passant par le fier galion espagnol de Villanueva, le vaisseau chamarré de Sri Sumbhajee, le trois mâts de Jocard le gentleman, la goélette d'Ammand le corsaire, la jonque verte et rouge de Maîtresse Ching, la caravelle du capitaine Chevalle, le bananier du capitaine Teague, jusqu'aux voiles noires et toujours déchiquetées du *Black Pearl*, les équipages affûtaient une dernière fois les lames de leurs sabres et de leurs coutelas, nettoyaient les armes à feu, vérifiaient les charges de poudre. Et tous les vaisseaux battaient pavillon pirate, signifiant ainsi à l'ennemi qu'il allait avoir affaire aux redoutables flibustiers des océans. Têtes de mort avec tibias entrecroisés, diables, squelettes, crânes, sabres, lances transperçant des cœurs ensanglantés, sabliers au sable presque entièrement écoulé : quels qu'ils soient, ces emblèmes de mort intimaient l'ordre aux vaisseaux de se rendre en leur annonçant d'ores et déjà qu'il n'y aurait pas de prisonnier. Le plus effrayant d'entre eux étant le drapeau intégralement rouge de Maîtresse Ching, qui signifiait sobrement : « La mort pour tous » ou « Pas de quartier », au choix. Maîtresse Ching quant à elle ne laissait pas le choix, elle exigeait les deux.

Les navires vinrent se placer les uns à côté des autres, en ordre de bataille.

L'*Impératrice* suivait le *Pearl* et les navires se retrouvèrent flanc à flanc. Fouillant des yeux le brouillard, Jack localisa Élisabeth qui, de son côté, cherchait des yeux le capitaine du *Black Pearl*. De capitaine à capitaine, ils se saluèrent. Élisabeth se redressa, fière mais anxieuse. Une vraie bataille l'attendait et c'était elle qui donnait les ordres. La nouvelle reine avait peur de faire des erreurs qui pourraient coûter la vie à des hommes...

Sur le pont du *Black Pearl*, Marty scrutait le brouillard qui commençait à se dissiper. Soudain, il sursauta et, l'instant d'après, il sonnait l'alarme.

– L'ennemi est là ! Sus à l'ennemi !

C'était l'*Intrépide*...

Avec enthousiasme, l'équipage du *Black Pearl* commença à pousser des hurlements à faire cailler le sang de ses adversaires. C'était toujours ainsi que les pirates se lançaient à l'abordage, avec des cris de sauvages, brandissant des haches qu'ils plantaient dans le bois de la coque pour se hisser le long des navires, avant de se ruer sur le pont en les faisant tournoyer au-dessus de leur tête pour trancher d'un coup les cordages et abattre les voiles. Tout ceci n'étant qu'une mise en scène destinée, comme les pavillons, à terroriser les équipages pour compenser un armement défaillant – point faible des flibustiers qui manquaient souvent de poudre – et obtenir ainsi une reddition rapide.

De navire en navire, les cris des pirates prenaient de l'ampleur. Si l'*Intrépide* n'était pas terrorisé avec ça, il ne restait plus qu'à démissionner de la piraterie. Un bateau contre toute une flotte : la victoire serait encore plus facile que prévu. Le *Hollandais Volant* avait dû se perdre en route ! Ils n'auraient pas de pitié. Pour chaque pirate pendu, chaque marin assassiné dans leur camp, un homme serait mis à mort sans douceur.

Mais c'est alors que Marty se rembrunit. D'autres bateaux commençaient à sortir du brouillard. Puis d'autres, d'autres encore. Les pirates criaient encore, mais avec nettement moins d'enthousiasme. À chaque apparition d'un nouveau navire, ces cris perdaient un peu plus de leur assurance.

Puis, le brouillard se dissipa complètement, révélant l'immense armarda de la Compagnie des Indes en sa totalité. Il y avait des centaines de bateaux de toutes tailles, en bon ordre, prêts pour la bataille et tous lourdement armés : tous ces bateaux avaient été réquisitionnés par la Compagnie au fil des captures du *Hollandais Volant*.

Il ne manquait plus que le navire de Davy Jones. Les pirates n'eurent pas longtemps à languir. Soudain, ils aperçurent non loin de l'*Intrépide* une forme sombre surgir des profondeurs et les voiles du bateau maudit percèrent alors la surface de l'océan. Quelques instants plus tard, les faces horribles des hommes de Davy Jones apparaissaient sur le pont, difformes et grimaçantes.

Sur l'*Intrépide*, Groves à ses côtés, Beckett baissa sa longue-vue. Il jubilait de voir la mine déconfite des pirates. Jack Sparrow avait donc tenu sa promesse. Il lui avait apporté tous les Frères Pirates sur un plateau d'argent, avec un napperon brodé à fanfreluches et une banane épicée posée à côté dans une soucoupe... Coup double, puisque si les pirates avaient choisi la guerre, c'est donc qu'ils renonçaient à libérer Calypso. Avec Calypso, une guerre aurait été superflue : ils auraient tous été engloutis dans un typhon. Davy Jones, qui était allé faire un petit tour incognito sur le *Black Pearl*, lui avait confirmé qu'ils n'avaient plus rien à craindre, car Barbossa lui-même avait mis la déesse derrière les verrous. Pirates et Compagnie des Indes étaient au moins d'accord sur une chose : le sort des océans se jouait entre les mains des hommes, non des dieux.

– Encore bien joué, Jack, dit doucement Beckett. Et maintenant, qu'est-ce que tu nous prépares ?

Sur le *Black Pearl*, le silence s'était abattu. Soudain, le perroquet de Cotton plongea du grand mât en frôlant les têtes de l'équipage, avant de décrire un grand cercle pour repartir à tire-d'aile en direction de l'île des Naufragés. Les pirates suivirent des yeux l'oiseau, tandis que leur angoisse montait.

À présent, des dizaines de paires d'yeux en colère se tournaient vers Jack. Des paires d'yeux appartenant à des pirates armés jusqu'aux dents, qui ne mourraient pas sans avoir haché menu ce capitaine qui les envoyait au massacre.

« Et maintenant, on fait quoi ? » disaient tous ces regards.

– Pourparlers ? proposa Jack en roulant des yeux.

Les pourparlers stipulaient qu'un prisonnier était protégé jusqu'à ce qu'il ait obtenu une audience avec le capitaine, s'il la sollicitait. Les pourparlers constituaient une tradition pirate qui était décrite précisément dans le Code édicté par Morgan et Bartholomew et ne concernait donc que les pirates. Mais Beckett accepta, car maintenant que la première chose qu'il désirait le plus au monde – trouver l'île des Naufragés – avait été exaucée, il n'avait de cesse d'obtenir ce qui venait en second : livrer Jack Sparrow à Davy Jones pour une éternité de damnation.

Tous les pavillons des navires furent baissés et deux chaloupes furent mises à l'eau : l'une partit du *Black Pearl*, qu'Élisabeth avait rejoint quelques instants auparavant, l'autre de l'*Intrépide*. La rencontre avait lieu sur une bande de sable blanc étincelant, parmi les multiples îlots entourant l'île des Naufragés.

Élisabeth, Jack et Barbossa – toujours flanqué de son singe – débarquèrent d'un côté, tandis que de l'autre arrivait la chaloupe ennemie, avec à son bord Beckett, Jones... et Will Turner.

Puis, chaque groupe se dirigea vers le milieu de la langue de sable et bientôt, les trois Frères Pirates faisaient face à la délégation de la Compagnie. Les regards d'Élisabeth et de Will se rencontrèrent. À la grande surprise de Will, il lisait dans les yeux d'Élisabeth un courant de sympathie...

Les deux groupes s'observèrent en silence pendant un bon moment. Élisabeth pensa fugitivement à sa robe de mariée. Elle était partie au fil de l'eau, comme ses fiançailles.

Ce fut Barbossa qui rompit en premier le silence.

– Est-ce donc toi le renégat qui a conduit ces loups à notre porte ? gronda-t-il en faisant un pas vers Will d'un air menaçant.

Mais Beckett s'interposa :

– N'accablez pas Mr Turner. Il n'a été qu'un instrument de trahison. Si vous voulez en connaître le véritable architecte, regardez à votre gauche.

Les têtes des capitaines se tournèrent vers Jack, qui regarda lui aussi à sa gauche, bien qu'il n'y ait personne.

Le capitaine eut un petit sourire d'une désarmante ingénuité :

– Ah, vous voulez parler de moi ? Mais mes mains sont propres. Métaphoriquement, tout au moins, accorda-t-il après avoir examiné ses paumes horriblement crasseuses.

Mais Will avait toujours son vieux fond d'honnêteté en lui.

– J'ai agi seul, déclara-t-il solennellement. Je n'ai été l'instrument de personne. Jack n'a rien à y voir.

– Très bien ! approuva chaudement Jack. Écoutez l'instrument ! Il dit vrai.

Élisabeth s'avança à son tour vers Will qui se sentit trembler des pieds à la tête. Les dernières paroles qu'elle lui avait adressées avant de s'en aller sur la jonque avec Sao Feng avaient été glaciales. Mais cette fois, le ton d'Élisabeth était complètement différent.

– Will, je suis allée sur le *Hollandais*, dit-elle. Je comprends maintenant le fardeau que tu portes... Mais je crains que cette cause ne soit perdue, hélas.

– Aucune cause n'est perdue, tant qu'il y a un imbécile pour se battre pour elle, répondit Will pensivement.

Son regard s'était porté involontairement sur Jack. Ils étaient deux, au moins, à se battre pour une cause perdue. Vaincre la mort était la plus perdue de toutes les causes perdues, mais Jack Sparrow se croyait toujours au-dessus de tout le monde. Quoi qu'il en soit, en tuant Jones à sa place, le capitaine le sauvait et peut-être même lui permettait-il de retrouver Élisabeth. Will regrettait d'avoir mal jugé Jack. Car même si on pouvait craindre encore quelques calculs machiavéliques de sa part, il les sauvait tous d'un destin funeste.

Mais Élisabeth – tout comme Barbossa – avait intercepté le regard qu'avait lancé Will à Jack et elle se demanda tout à coup s'il n'y avait pas un accord secret entre les deux hommes. En tout cas, elle était certaine qu'il y avait anguille sous roche. Will avait parlé d'un imbécile prêt à se battre pour une cause perdue. Élisabeth connaissait la cause perdue de Will, mais quelle pouvait être celle de Jack ?

– Si Turner n'était pas en cheville avec vous, reprit Beckett en sortant le compas qu'il lança à Jack, pourquoi m'aurait-il donné ceci ?

Barbossa agrandit des yeux comme des soucoupes. Will et Jack s'étaient donc entendus pour conduire toute l'armada de la Compagnie jusqu'à leur repaire ! Le vrai traître était Jack ! C'était à en pleurer ou à en mourir de rire...

– Et en cette époque pourrie, éructa-t-il, quel est le prix d'une telle saloperie de trahison ?

– Elle ! répondit tranquillement Beckett en désignant Élisabeth.

– Moi ? dit Élisabeth, sous le choc.

Will accusa le coup, lui aussi.

Mais le directeur de la Compagnie des Indes souriait avec légèreté :

– Quand la fumée des canons se sera dissipée, on verra le capitaine Jack Sparrow voguer sur le *Black Pearl*, Élisabeth Swann dans les bras. Et tous accuseront son rival d'être le traître... Ne soyez pas timide, Jack ! ricana le directeur, réclamez donc votre récompense ! C'est bien ce que vous avez négocié. Vos amis pirates contre Élisabeth Swann.

Celle-ci était devenue rouge comme une tomate. Elle ne savait plus où se mettre ni où elle en était.

Pour Barbossa, tout s'éclairait. Ce que dévoilait Beckett ressemblait bien au Jack Sparrow qu'il connaissait.

Après un long moment de silence, Jack prit la parole :

– Même si c'était mon idée, dit-il – mais notez bien que je ne reconnais rien – il n'y a désormais plus aucune chance pour que ce plan se réalise. N'est-ce pas ? dit-il en se tournant vers Élisabeth pour qu'elle confirme.

Celle-ci fut incapable de répondre. Elle pouvait à peine respirer. Barbossa affichait un air profondément méprisant, tandis que Will regardait tour à tour Jack et Élisabeth. Est-ce que Jack s'était joué de lui, une fois de plus ? se demandait-il avec abattement. Non, il ne le croyait pas.

– Ça n'a jamais eu aucune chance de réussir ! se moqua Beckett en répondant à la place d'Élisabeth. Je ne suis pas si naïf...

– Et ta dette envers moi court toujours, Jack Sparrow, aboya Jones en prenant la parole pour la première fois. Cent ans au service du *Hollandais*... pour commencer.

De nouveau, Élisabeth intercepta le regard que posait Will sur Jack. Donc, se dit-elle, cette cause perdue avait un rapport avec le *Hollandais*. Élisabeth commençait à assembler les pièces du puzzle. Jack voulait tuer Davy Jones, à la fois pour débarrasser la mer du capitaine maudit... et aussi pour devenir immortel à sa place. Elle sentit un abîme s'ouvrir dans son cœur. C'était une bénédiction pour les pirates mais cela voulait dire aussi que son destin et celui de Jack se sépareraient à jamais. Elle interrogea Will du regard, qui acquiesça d'un battement de cils.

– La dette a été payée ! protesta Jack. Avec un peu d'aide, ajouta-t-il en se tournant vers Élisabeth pour lui adresser un petit salut moqueur.

La jeune femme se sentit mortifiée. Ainsi donc, il ne lui pardonnerait jamais...

– Tu t'es enfui du Bas-Fond ! glapit Jones.

– Un détail, dit Jack d'un ton badin.

Soudain, Élisabeth s'avança vers Beckett :

– Il n'y a pas de meilleur endroit où Jack puisse finir sa vie que comme rat au fond de la cale du *Hollandais,* déclara-t-elle sèchement. Je vous propose un échange : Will repart avec nous et vous gardez Jack.

– Marché conclu, dit Will.

– Pas conclu ! protesta Jack mollement.

– Conclu, dit Beckett.

– Élisabeth, mon trésor, minauda Jack en se tournant vers la jeune femme, vous m'assassinez une deuxième fois !

Mais Barbossa n'était pas d'accord. Même s'il détestait Jack, il y avait des limites. Élisabeth et Jack semblaient oublier qui ils étaient : des Frères, les garants du respect du Code.

– Jack est l'un des neuf Frères Pirates, dit-il à la jeune femme en la toisant de haut en bas. Vous n'avez pas le droit de le sacrifier.

– Je suis la reine !

Barbossa s'apprêtait à donner à cette reine d'opérette la gifle qu'elle méritait depuis longtemps, quand il se ravisa. Il réalisait soudain qu'Élisabeth n'enverrait jamais délibérément Jack à la mort une deuxième fois. Ces deux-là avaient certainement une idée derrière la tête.

La réaction de Jack confirma son hypothèse.

– À vos ordres, Majesté, dit-il à la jeune femme en enlevant son chapeau et en la saluant bien bas.

Puis, il se dirigea vers Beckett en traînant les pieds. C'est alors que Barbossa le rattrapa au collet.

– Sale escroc ! Petit truqueur ! lui jeta-t-il à voix basse.

Le capitaine avait tout compris. Jack voulait tuer Jones. Pour prendre la place du capitaine du *Hollandais Volant* et il y avait fort à parier que Calypso s'intéresserait à ce nouveau et sémillant capitaine, comme elle le lui avait laissé entendre lors de leur dernière conversation. Sa jalousie lui faisait imaginer le pire...

Saisissant brutalement Jack à l'épaule, il le fit pivoter vers lui, tandis qu'il lui arrachait d'une main preste la piécette accrochée à son bandeau. Jack voulut la reprendre, mais sa « pièce de Huit » tomba alors dans le sable, où elle fut récupérée immédiatement par le singe. Tout avait été si rapide que tout le monde n'y avait vu qu'un accès de rage de Barbossa.

Les deux hommes s'affrontèrent du regard.

– Si tu as quelque chose à dire, siffla Barbossa à voix basse, c'est le moment, pour toi comme pour moi...

– Alors que le meilleur gagne ! répondit Jack avec un grand sourire. Rendez-vous sur le podium...

Et sur ces mots, il se dégagea pour rejoindre l'autre camp, tandis que Will traversait dans l'autre sens. À peine le capitaine avait-il rejoint Beckett, que Jones se jeta sur lui et le plaqua au sol.

– Crains-tu la mort ? lança-t-il en reprenant son éternelle rengaine.

– Tu ne peux pas savoir à quel point ! répondit Jack avec toute la franchise du monde.

Beckett considérait les pirates avec une expression de pitié.

– Je vous propose quelque chose, commença-t-il. Quelque chose qui éviterait un bain de sang général. Faites entendre raison aux autres Frères. Soit vous décidez de vous battre, auquel cas vous mourrez tous, soit je vous propose d'éviter la bataille, auquel cas quelques-uns d'entre vous survivront.

Mais Élisabeth n'était plus prête à accepter quoi que ce soit de Beckett. Et elle était la reine.

– Vous avez assassiné mon père ! accusa-t-elle.

– Il a choisi son destin, répondit tranquillement Beckett.

– Et vous, vous avez choisi le vôtre. Nous nous battrons... et vous mourrez.

– Ainsi soit-il ! ricana Beckett.

Après un dernier regard à Jack, Élisabeth se détourna, suivie de Will et de Barbossa, qui refermait le poing sur la pièce de Huit que son singe venait de lui glisser dans la main. Ils firent quelques pas, puis Will coula un regard vers Élisabeth. Il aurait eu envie de lui dire toute sa gratitude de l'avoir tiré de là, même si on ne pouvait pas vraiment dire qu'elle l'avait préféré à Jack, puisqu'elle aidait le capitaine à réaliser son plan.

– Reine ? lui glissa-t-il avec un sourire timide.

– Du Tribunal de la Confrérie, répondit Élisabeth. Avec l'aide de Jack.

Will avança la lèvre en hochant la tête. Il était très impressionné. Avec l'aide de Jack... Comment donc !

– Peut-être sait-il effectivement ce qu'il est en train de faire, dit-il pensivement.

25

Les pourparlers étaient terminés. Le temps était venu de se battre. Élisabeth et les deux hommes remontèrent à bord du *Black Pearl* pour décider ensemble de la stratégie à adopter. Les pensées de Barbossa étaient toutes entières tournées vers Tia Dalma, toujours enfermée dans la cale du *Black Pearl.* La déesse devait trouver le temps long, se dit-il. Mais maintenant, elle n'avait plus longtemps à patienter.

– Nous avons besoin du *Pearl* comme vaisseau amiral pour conduire l'attaque ! commença Élisabeth en s'appuyant avec Will contre un des bras du cabestan, tandis que Barbossa leur faisait face.

– En êtes-vous bien sûre ? répondit Barbossa en fixant un point derrière les deux jeunes gens.

Élisabeth et Will firent volte-face. Les pirates chinois qui étaient restés sur le *Black Pearl*, après l'attaque de l'*Intrépide*, les fixaient dans un silence lourd de menace.

– Qu'est-ce que ça veut dire encore ? s'exclama Élisabeth en se retournant vers Barbossa.

Elle eut un geste de surprise. Le capitaine tenait en

évidence entre son pouce et son index la piécette qui ornait d'habitude le bandana de Jack.

– Une pièce de Huit, fit-il en souriant, vous ne la reconnaissez pas ? Maintenant, ajouta-t-il en indiquant du menton le nœud de capitaine que portait Élisabeth, il me faut la vôtre...

– Vous voulez délivrer Calypso ? s'exclama Élisabeth, incrédule.

– Comment avez-vous deviné ? gloussa le capitaine. Toutes les pièces de Huit sont en ma possession. Exceptée la vôtre...

– Nous devons faire confiance à Jack ! protesta Élisabeth. S'il parvient à tuer Davy Jones, nous avons une chance de vaincre la Compagnie... Il n'est peut-être pas nécessaire de libérer Calypso. Vous ne pouvez pas savoir ce qu'elle fera !

Mais Barbossa secoua la tête.

– Désolé, mais le monde que nous connaissons prendra fin aujourd'hui. Et je ne laisserai pas des Cutler Beckett décider de ce qui va le remplacer. Quant à Jack, continua-t-il en poussant un petit grognement, je ne mets pas mes espoirs en lui non plus ! Voyez-vous, Mlle Swann, ajouta-t-il après quelques instants, cela fait trop longtemps que j'ai laissé mon destin me filer entre les mains... Allez, votre pièce de Huit, s'il vous plaît ! dit-il d'un ton impératif.

Will se dressa devant Élisabeth pour la protéger, mais surgissant par derrière, un des pirates chinois lui tordit le bras en lui pointant son couteau sur la gorge. Résignée, Élisabeth enleva de son cou son nœud de capitaine, qu'elle remit à Barbossa.

– Êtes-vous sûr de sa réaction ? insista-t-elle en regardant le capitaine au fond des yeux.

– C'est à moi qu'elle devra la liberté !

– Espérons que vous ne vous trompez pas.

Haussant les épaules avec irritation, Barbossa fit signe à l'homme qui tenait Will de le relâcher. À présent, ces deux freluquets avaient sans doute compris qu'ils avaient intérêt à se tenir tranquilles.

Plongeant sa main dans la musette accrochée à son ceinturon, le capitaine en sortit le bol de bois contenant les pièces de Huit. Il y fit tomber la piécette du bandana de Jack et le nœud de corde d'Élisabeth.

À l'instant même où les neuf « pièces de Huit » furent rassemblées, le vent tomba. Les pirates regardèrent autour d'eux, interdits. Toutes les voiles s'étaient affaissées. Barbossa avait les yeux qui étincelaient. La grande opération avait commencé !

– Faut-il prononcer une incantation ? interrogea Élisabeth, intriguée.

Le capitaine acquiesça d'un signe de tête.

– Oui, dit-il en contemplant avec déférence le bol, qu'il tenait à bout de bras. Il y a plusieurs choses à faire. Rassembler les objets... C'est fait. Se placer au-dessus de l'eau... Ça va aussi. Brûler les objets... Il faut brûler les objets ! s'exclama-t-il. Après quoi, quelqu'un devra prononcer ces mots : « Calypso, je te libère de tes entraves humaines ».

– C'est tout ? demanda Pintel qui s'était avancé avec Ragetti pour mieux voir.

– Oui, c'est tout. Donnez-moi du feu.

Pintel partit comme une flèche et revint peu après avec un briquet à silex.

– Une bouteille de rhum !

Cette fois-ci, ce fut Ragetti qui partit à fond de train. Tous les marins s'étaient peu à peu rassemblés sur le pont et Gibbs contemplait d'un air abattu la cérémonie. Décidément, dès que Jack avait le dos tourné, tout allait de travers. Si ce que voulait faire Barbossa réussissait, si Tia Dalma était vraiment une déesse enchaînée et qu'elle se déchaînait, il ne donnait pas cher de leur peau à tous.

Saisissant la bouteille de rhum que Ragetti lui tendait, Barbossa la brisa sur le bol. Puis, il saisit le brandon avec lequel Pintel était en train de se brûler les doigts et le plongea dans le rhum. Le contenu du bol s'enflamma immédiatement. Aussitôt, une fumée épaisse envahit le pont, tandis que des flammes longues et gracieuses s'élevaient en spirales au-dessus du bol. Des flammes comme ça, personne n'en avait jamais vues. Elles semblaient vivantes... Tenant à bout de bras le bol enflammé en luttant contre l'asphyxie, Barbossa invoqua alors la magie du fond des âges et toutes les puissances occultes et agissantes.

– Calypso ! clama-t-il de toute la force de ses poumons et de son cœur, je te libère de tes entraves humaines !

Brusquement, alors que le capitaine était au bord de l'évanouissement, flammes et fumée se dissipèrent et il ne resta plus des pièces de Huit qu'un peu de cendre au fond du bol. Celui-ci, intact, se découpait sur le ciel d'azur, parfaitement limpide et d'où toute trace de fumée avait disparu.

Ce fut tout. Sur le pont, les pirates regardaient partout – en l'air dans la mâture, en bas sur le pont, à droite, à gauche –, s'attendant à ce que la déesse apparaisse comme par magie, mais il ne se passait rien.

– Tu ne sens pas quelque chose sous tes pieds ? chuchota Ragetti au bout de quelques instants en se penchant vers Pintel.

Le sixième sens de Ragetti ne l'avait pas trompé. En bas, sous les ponts superposés du *Black Pearl*, à fond de cale, la sorcière des bayous se tordait de douleur. Quand les premiers Frères l'avaient condamnée, l'enchaînement de la déesse à ses propres os avait failli faire mourir l'immortelle de douleur. C'était comme mettre l'univers dans une tête d'épingle, comme compresser tous les océans pour les réduire à une seule goutte d'eau. Mais le processus inverse était aussi effroyablement douloureux. Les humains étaient décidément des barbares ! Dans les affres de la libération, le corps de Tia Dalma était parcouru de décharges, tandis que chacun de ses os se libérait des liens magiques qui les avaient unis entre eux pour enfermer la déesse dans un corps humain. Et ce fut comme si on lui arrachait l'un après l'autre chacun des deux cent quatorze os de son squelette...

Soudain, ses hurlements de douleur se transformèrent en un cri aigu de joie et, déployant son esprit et son corps, elle surgit sur le pont du *Black Pearl*, au milieu des pirates, qui battirent en retraite autour du cabestan.

Élisabeth écarquilla les yeux : celle qui venait d'apparaître sur le pont n'était autre que Tia Dalma ! Tia Dalma, la sorcière des bayous, belle et effrayante, quoique moins belle et beaucoup plus effrayante. Ses yeux brillaient d'une puissance longtemps contenue.

Elle étendit ses bras vers eux, sans que l'on sache si c'était pour les bénir ou les anéantir.

– Calypso ! cria Will.

À cet appel, la déesse tourna vers le jeune homme des yeux qui semblaient regarder bien au-delà de ce petit coin de la mer des Caraïbes...

Will comprit qu'il fallait agir sans attendre. Il fallait que la déesse les aide, tout de suite. Il fallait qu'elle les voie, qu'elle les entende et qu'elle les comprenne avant de partir rejoindre son élément. Il fallait surtout qu'elle sache qui elle devait aider et qui elle devait punir.

– Calypso, cria Will en martelant chaque mot, souviens-toi ! Quand le premier Tribunal de la Confrérie a décidé de t'emprisonner, sais-tu *qui* les a instruits du rite fatal ? Sais-tu *qui* t'a trahie ?

Les yeux de la déesse se mirent à rougeoyer comme de la braise, tandis que les pirates se reculaient un peu plus.

– Dis-moi son nom ! cria-t-elle d'une voix qui résonna sous la voûte du ciel.

– Davy Jones ! clama Will.

À ce nom, la déesse tournoya sur elle-même pour faire face au *Hollandais Volant*. Ses yeux rougeoyèrent encore plus, tandis que la rage et la haine dilataient l'immensité de son cœur. Tout son corps fut parcouru d'étincelles, jusqu'à devenir incandescent. Cette incandescence se mit à grandir, à devenir aussi énorme que sa colère. Calypso crépitait d'une colère gigantesque. Les pirates levaient les yeux vers elle, frappés d'horreur et de crainte.

Soudain, Barbossa se jeta à genoux devant la déesse.

– Calypso ! implora-t-il. Je me présente devant toi en serviteur humble et contrit. Je t'implore, maintenant. Je t'en conjure ! Épargne-moi, mon navire et mon équipage, mais déchaîne ta fureur sur ceux qui ont eu l'audace de se dire tes maîtres ou les miens !

À ces mots, Calypso reprit soudain sa forme humaine. Elle jeta au capitaine un regard méprisant :

– Imbécile ! cria-t-elle de toutes ses forces.

Et cette injure résonna sur le pont, tandis que son écho se propageait sur toute la flotte des pirates, ainsi que sur celle de l'armada de la Compagnie des Indes. Sur l'*Intrépide*, Beckett l'entendit. Sur le *Hollandais Volant*, Jones et Jack l'entendirent aussi. « Imbécile ! » criait une voix qui semblait venir de partout à la fois. Mais qui était donc l'imbécile ? Seul Jack n'avait aucun doute là-dessus. L'imbécile, c'était Barbossa.

Un instant plus tard, la déesse avait disparu...

Sur le pont du *Black Pearl*, les pirates restèrent la bouche ouverte un long moment. Puis, Will cligna des yeux :

– C'est tout ? dit-il, troublé.

– Mais ma parole, elle ne nous a pas aidés ! couina Pintel. Et maintenant, qu'est-ce qu'on fait ? demanda-t-il en se tournant vers Barbossa.

Le capitaine avait bien du mal à parler. La honte et la déception lui serraient la gorge. Et déjà, le vent se levait à nouveau, remplissant les voiles...

– Rien, répondit Barbossa. Elle est partie. Notre dernier espoir nous a quittés.

Le silence se fit de nouveau sur le pont, mais c'était un silence de désespoir, à présent. Si le légendaire capitaine Barbossa se reconnaissait battu, que pouvaient-ils encore espérer ?

Élisabeth ne disait rien, songeuse. Elle écoutait le vent. Le vent et la déesse ne faisaient qu'un. Elle l'avait bien vu, quand le charme du désenvoûtement avait commencé à agir. Le vent était tombé. Et maintenant, il revenait.

Élisabeth observa les voiles qui claquaient, de plus en plus fort. À tel point que le chapeau d'un des pirates fut soudain emporté. Élisabeth le suivit du regard, de plus en plus intéressée :

– Non, ce n'est pas fini, dit-elle.

À ces mots, Will se tourna vers elle. Élisabeth avait le don de lui redonner du courage. De redonner du courage à tout le monde.

– Tu as raison, dit-il. Rien n'est perdu, il nous reste une bataille à livrer !

Les pirates se regardèrent les uns les autres en roulant des yeux effarés.

– C'est une armada entière qui nous fait face ! rappela Gibbs. On n'a pas la moindre chance de gagner.

Élisabeth se contenta de sourire légèrement. Son attention revenait au chapeau. Il virevoltait dans tous les sens. Quelque chose de Tia Dalma l'habitait. Sa joie de vivre, son énergie...

– Pas la moindre chance ? répéta Élisabeth en souriant de plus belle.

Elle pensa à Jack. Elle avait confiance en lui. Si quelqu'un pouvait réussir à transpercer le cœur de

Davy Jones, si quelqu'un pouvait avoir ce courage, si quelqu'un pouvait être assez fou et assez génial pour le faire, c'était lui. Et Jack, Élisabeth le savait, comptait sur eux pour livrer bataille. Comptait sur *elle*...

Animée par une puissance qui était aussi forte et aussi joyeuse que celle qui continuait de faire danser le chapeau autour du mât, Élisabeth sauta sur le bastingage du bateau, où elle se dressa de toute sa stature de reine.

– Écoutez-moi ! cria-t-elle d'une voix retentissante. Les capitaines de notre Confrérie ont tous les yeux sur nous, sur le *Black Pearl*. Tous ont vu ou entendu la déesse. Tous sentent sa force gonfler leurs voiles. Tous attendent pour nous suivre...

Elle s'arrêta un instant pour reprendre son souffle. Son cœur battait à se rompre. Mais elle savait qu'elle allait les convaincre. On ne peut résister au vent, à la passion, à la force de l'énergie qui anime les justes causes...

Élisabeth reprit :

– Des rats de cale apeurés, à bord d'un bateau devenu indigne de son pavillon. Est-ce cela que les autres capitaines contempleront en nous regardant ? interrogea-t-elle vertement.

« Non », firent immédiatement de la tête de nombreux marins, dont Gibbs, Pintel, Marty, Ragetti et Barbossa.

– Non ! appuya Élisabeth. Ils ne verront pas des rats de cale : ils verront des hommes libres. Ils verront la liberté !

Elle leva le poing :

– Et ce que l'ennemi verra, c'est la fumée de nos

canons, l'éclat de nos épées et nos pavillons haut hissés ! Alors ils sauront de quoi nous sommes capables. Avec notre sang, à la force de nos membres et par le courage de nos cœurs, nous vaincrons !

Élisabeth se tut. Puis, elle se mit à regarder l'un après l'autre chaque homme sur le pont, tandis que l'espoir commençait à éclairer leurs visages burinés et las.

Alors, elle se tourna vers Will :

– Hisse les couleurs ! commanda-t-elle.

– Hissons haut les couleurs ! répéta Will d'une voix forte et résolue.

– Hissons haut les couleurs ! dit Gibbs plus fort encore.

– Hissons les couleurs ! reprirent Pintel et Ragetti en hurlant de toutes leurs forces, et c'est alors que tout le pont, par la bouche de chaque pirate, retentit de ce cri de défi et d'espérance, tandis qu'ils se dirigeaient résolument vers leurs postes de combat.

À présent, le vent déferlait en une véritable tempête, gagnant encore et encore en force, droit dans la direction de l'armada. Un ouragan se préparait et tous à bord savaient à présent que la colère de Calypso n'était pas épuisée. Ils n'avaient plus qu'à espérer que cette colère se tournerait contre leurs ennemis plutôt que contre eux-mêmes...

– Le vent est avec nous, camarades, clama Gibbs, et nous n'avons besoin de rien d'autre, avec un navire tel que le *Black Pearl* !

Mettant ses mains en porte-voix, Élisabeth se tourna vers l'*Impératrice*, où Tai Huang attendait ses ordres.

– Hissez haut les couleurs ! lui cria-t-elle.

Le cri fut répété de navire en navire : de la jonque chinoise aux grandes ailes flamboyantes, en passant par le fier galion espagnol de Villanueva, le vaisseau chamarré de Sri Sumbhajee, le trois mâts de Jocard le gentleman, la goélette d'Ammand le Corsaire, la jonque verte et rouge de Maîtresse Ching, la caravelle du capitaine Chevalle et jusqu'au bananier du capitaine Teague. Chaque Frère de la Confrérie se dressa à la proue de son bateau, prêt à se battre jusqu'à la mort s'il le fallait. C'était le moment ou jamais de mettre la Compagnie en déroute. Plus jamais ils n'auraient à se cacher ni à se trahir. Ils vivraient libres ou alors ils mourraient. Et cette fois, ils se battraient honorablement. Cette fois, ils resteraient unis et, quoi qu'il arrive, ce serait une heure glorieuse de l'histoire de la piraterie, dont les époques futures se souviendraient...

Dégainant son sabre, Élisabeth le pointa vers l'*Intrépide*, prenant la tête de la flotte pour mener les hommes à la victoire, tandis que le vent claquait joyeusement dans les voiles noires et déchiquetées du *Black Pearl*.

– Jack Sparrow ! cria-t-elle. Nous voilà !

Et le vent poussa les pirates vers le Hollandais Volant. *Ce fut la bataille la plus mémorable de toute l'histoire de la piraterie. On était au* XVIII*e* *siècle. Cent ans après, la Compagnie sévissait toujours... Privée de son monopole commercial en 1813 et du commerce du thé avec la Chine, vingt ans plus tard, elle perdit finalement ses prérogatives d'administration coloniale en*

1858, à la suite de la révolte des Cipayes. Au début des années 1860, toutes les possessions de la Compagnie passèrent sous le contrôle de la Couronne. Et le 1er janvier 1874, la Compagnie des Indes fut officiellement dissoute...

À ce moment-là, bien entendu, Lord Cutler Beckett était mort depuis longtemps. Il avait emporté dans sa tombe l'ultime cri de victoire des pirates, qui jamais ne meurent, roulant pour l'éternité sur les vagues, libres comme le vent et hissant haut les couleurs de leurs bâtiments jusqu'aux portes de l'enfer, où le diable leur fait danser la gigue au son de son violon...

Si Lord Cutler Beckett n'est resté dans l'histoire que comme un nom ou même comme un simple numéro sur un livre de compte, il n'en est pas de même de Jack Sparrow. Le séduisant capitaine au regard charbonneux et à la fantaisie irrésistible est encore dans toutes les mémoires. Et de temps en temps, il arrive que des marins de retour au port racontent qu'ils l'ont aperçu, au hasard des sept mers, à bord de son cher Black Pearl, *une majestueuse femme à son bras, qui s'appellerait Élisabeth ou Calypso, on ne sait pas très bien. Il y a plusieurs versions, mais* TOUTES SONT VRAIES...

Composition JOUVE - 62300 Lens
N° 1227255y

Impression réalisée sur CAMERON par
BRODARD ET TAUPIN
La Flèche
en avril 2007

Imprimé en France
Dépôt légal Imprimeur : 41178 – Éditeur : 86766
ISBN : 978-2-01-462750-3
Loi n° 49-956 du 16 juillet 1949 sur les publications destinées à la jeunesse
Dépôt légal : mai 2007.